DANIELA ARNOLD

DER VERBOTENE RAUM

DANIELA ARNOLD

DER VERBOTENE RAUM

CORNWALL-THRILLER

86179 Augsburg, Almenrauschstr. 6a

www.daniela-arnold.com

Umschlaggestaltung: Kristin Pang

Collage mit Motiven von Shutterstock.com und stock.adobe.com.
shutterstock 2033835812 (Personen) VictorPrilepa,

shutterstock 1444596503 (Riss) Cafe Racer, Adobestock 554246115 (Himmel) Stephan, Adobestock 521409264 (Haus) Markus S., Adobestock 442825874 (Klippen) Sayed Seraj, Adobestock 89637152 (Treppe) Helen Hotson, Adobestock 233327224 (Blut) Yuan.

Lektorat: Inca Vogt

Korrektorat: Ilka Bredemeier

Buchsatz/Innendesign: Inca Vogt

Motive von Adobestock, (Tor) 423628866 Blulake, (Armbrust) 33578735 niknikpo, (Manor/Park) 445932994 illustraterita

ISBN: 9798395906021

Imprint: Independently published

ÜBER DIE AUTORIN

Die Thriller-Autorin Daniela Arnold wurde 1974 geboren und lebt mit ihrer Familie im schönen Bayern. Daniela Arnold hat Journalismus studiert und viele Jahre als freie Autorin für zahlreiche und namhafte Zeitschriften gearbeitet.

Sie schrieb mit ***Lügenkind*** und ***Scherbenbrut*** zwei Kindle-Top 1 Bestseller und Bild-Bestseller.

Mit ihrem Thriller ***Die Nacht gehört den Schatten*** schaffte es die Autorin unter die Finalisten des Kindle Storyteller Award 2020.

Der verbotene Raum ist der 41. Thriller der Bestseller-Autorin.

Manchmal ist die Wahrheit so schmerzhaft, dass es sich leichter mit einer furchtbaren Lüge lebt …

Ashbury Manor, ein altes Herrenhaus an der rauen Küste Cornwalls

Seit Jahrzehnten ranken sich düstere Legenden um das Anwesen und dessen Bewohner. Tatsächlich versucht die dort lebende Familie Ashbury ein grauenvolles Geheimnis vor der Außenwelt zu verbergen – bis eine junge Frau auftaucht.

Sienna Crane, das neue Kindermädchen, beginnt Fragen zu stellen und enttarnt neben alten Lügen ein abscheuliches Verbrechen.

Aber ist das am Ende wirklich die ganze Wahrheit?

Für meine Leser

und

für meine Familie

PROLOG

Es war fast dunkel.

Die letzten Touristen des Tages schlenderten in Richtung der Parkplätze. Sie sah ihnen nach, erleichtert darüber, dass nun endlich Ruhe einkehrte und keine begeisterten Ausrufe sie bei ihrem Vorhaben störten.

Natürlich verstand sie, wie entzückt die Besucher auf diesen Ort reagierten. Sie selbst hatte so lange davon geträumt, einmal herzukommen und das alles mit eigenen Augen sehen zu können.

Die über 160 Meter hohen und in unschuldigem Weiß strahlenden Felsklippen, der malerische weiß-rotgestreifte Leuchtturm, über den ihre Lieblingsband sogar einen Song geschrieben hatte. Etliche andere Bands hatten vor dieser traumhaften Kulisse ihre Musikvideos gedreht. Es gab sogar Filme, in denen dieses Naturspektakel thematisiert wurde.

Ihr Vater war es gewesen, der ihr vor vielen Jahren erstmals von diesem malerischen Ort erzählt hatte, der sich knappe sechs Autostunden von ihrem Zuhause entfernt befand und zu dem jedes Jahr Zehntausende von Touristen strömten, um ihn zu bewundern.

»Beachy Head«, sprach sie den Namen mit einem versonnenen Lächeln aus.

Als sie heute am späten Nachmittag in Eastbourne angekommen war, hatte sie ihr letztes Taschengeld zusammengeklaubt, sich eine große Portion Fish und Chips gekauft und sich in den Bus gesetzt, der sie die letzten Kilometer bis hierher chauffiert hatte.

Hier angekommen, hatte sie sich die Klippen und den Leuchtturm bei Tageslicht angesehen, sich von der Begeisterung der anderen Besucher mitreißen lassen und wie eine ganz normale Touristin alles bestaunt.

Ein bitteres Lachen erschien auf ihrem Gesicht, als sie an den Moment dachte, an dem sie sich ins Gras gesetzt hatte, dem Wind nachgefühlt hatte, der mit ihren Haaren spielte und an ihrer Kleidung zerrte. Ein bunter Fleck im Grünen, der nicht weiter auffiel.

Kein Wunder, dass nur dieses ältere Paar sie wahrgenommen hatte, das dem Aussehen nach irgendwo aus Südeuropa stammen musste. Sie hatte die Blicke der beiden auf sich gespürt. Hatte sich gar eingebildet, dass dieses Paar ihre geheimsten Gedanken gelesen und geahnt hatte, warum sie an diesen Ort gekommen war.

Was natürlich Unsinn war.

Oder doch nicht?

Immerhin gab sie etwas vor, was sie nicht war ...

Ihr Handy plingte.

Sie zog es aus der Tasche, sah, dass es wieder ihre Mutter war mit einer Textnachricht.

Wo zum Teufel bist du?

Doch wie bereits zuvor ignorierte sie deren Worte, aus Angst, dass sie am Ende doch einknickte und versehentlich etwas preisgab. Die Gefahr, dass sie sich verriet, wenn sie mit ihr nahestehenden Menschen sprach, die ihr viel bedeuteten, war groß.

Sie steckte das Handy wieder in ihre Tasche, stieß die Luft aus.

Ihrer Mutter würde es besser gehen, wenn sie erst …

Nein, gebot sie sich, während ein Schluchzen aus ihrer Kehle hervorbrach. *Nicht weiter grübeln, es ist beschlossen.*

All der Kummer, den ihre Lieben ihretwegen hatten ertragen müssen. Ihre Mutter, ihre Schwester, Kevin, ihre Freundin Poppy. Es war genug.

Alle hatten natürlich versucht, stark zu sein, sich nicht anmerken zu lassen, wie sehr es sie erschütterte, sie so zu sehen. Doch gegen die äußeren Spuren, die er hinterlassen hatte, die sie alle auch noch in zehn, zwanzig oder gar dreißig Jahren daran erinnern würden, konnte niemand etwas tun.

Nur sie selbst. Wieder nickte sie sich entschlossen zu. Erinnerte sich wehmütig daran, wie ihre Mutter sie zu zig Ärzten und zu den besten Chirurgen des Landes gebracht hatte. Wie sie sich ihretwegen in Schulden gestürzt hatte, um zumindest die äußeren Male auszumerzen, die zurückgeblieben waren.

Vergeblich.

Die Narben in ihrem Gesicht, die dieses Monster ihr mit seinem Messer zugefügt hatte, waren irreparabel. Genau wie die Narben auf ihrer Seele. Wobei Letztere um ein Vielfaches schmerzhafter waren.

Sie atmete gegen die Panik in ihrem Innern an, die immer dann kam, wenn sie sich an jenen Abend erinnerte, an dem sie ihre Mutter beschwindelt hatte, um sich mit Kevin, ihrem allerersten festen Freund, zu treffen. Angeblich war sie nur bei Poppy gewesen und bereits auf dem Weg nach Hause.

Kevin. Ein versonnenes Lächeln stahl sich auf ihre Lippen, als sie daran dachte, wie sie sich geküsst hatten und wie sie ihm sogar erlaubt hatte, seine Hand unter ihr Shirt zu schieben. Es hatte sich gut angefühlt, seine warme Hand auf ihrer Haut zu spüren, seine zarten Fingerbewegungen.

Doch dann war es Zeit gewesen, zu gehen. Kevin hatte ihr wie ein echter Gentleman angeboten, sie nach Hause zu begleiten, doch sie hatte das abgelehnt.

Zu groß war ihr die Gefahr erschienen, dass Mutter ihn bemerkte und das Lernen mit Poppy als Lüge enttarnte, was weitere Treffen mit Kevin erschweren würde.

Seit Vaters Tod und dem Auszug ihrer großen Schwester hatte ihre Mutter wie eine Klette an ihr gehangen, hatte sie umkreist wie die typische Helikoptermutter.

Wie hatte sie das damals genervt.

Ihr Lächeln verschwand, machte einem bitteren Ausdruck Platz, während sie sich eingestand, wie gut sie ihre Mutter rückblickend verstand. Sie tat sich nun mal schwer damit, loszulassen und zu akzeptieren, dass sie mit ihren sechzehn Jahren kein kleines Kind mehr gewesen war.

Sie seufzte.

Vielleicht wäre das alles damals nicht passiert, wenn ihr Vater noch gelebt hätte.

Doch der Krebs hatte ihn im Alter von gerade fünfundfünfzig Jahren vollkommen zerfressen, sodass er am Ende nur noch ein Schatten seiner selbst gewesen war.

In diesem Zustand hatte er keinen Sinn mehr darin gesehen, gegen einen übermächtigen Feind anzukämpfen. Wahrscheinlich hatte ihm einfach auch die Kraft für eine letzte Chemo gefehlt und so hatte er seinem Leiden ein schnelles Ende bereitet, um den Menschen, die ihn liebten, nicht noch länger zur Last zu fallen.

Nicht dass sie es so empfunden hätte.

Sie hatte ihren Vater so sehr geliebt und wäre damals bereit gewesen, alles für ihn zu tun, sogar über ihre

Grenzen hinauszugehen, um seine letzten Monate erträglicher zu machen.

Nie hatte sie den Tag vergessen, an dem sie von der Schule in die Wohnung zurückgekommen war und die Mutter in Tränen aufgelöst vorgefunden hatte. Mit erstickter Stimme hatte sie ihr die schreckliche Wahrheit enthüllt. Vater hatte seine letzten Kräfte mobilisiert und sich außerhalb der Stadt von einer Brücke vor einen Zug gestürzt.

Laut Polizei sei er sofort tot gewesen, habe nichts gespürt, ganz im Gegensatz zu Mutter und ihr.

Der Kloß in ihrem Hals war wieder da. Zusammen mit der Frage, warum er ihnen so die Möglichkeit genommen hatte, sich zu verabschieden. Doch damit hatten sie leben müssen und letztendlich hatte sie ihm verziehen. Viel zu reif für ihr Alter, hatte sie verstanden, dass er einfach nicht mehr konnte, dass seine unerträglichen Schmerzen ihn so egoistisch hatten handeln lassen.

Und nun …?

Jahre später ging es ihr ganz genauso.

Sie hatte keinen Krebs. Nein, körperlich war sie völlig gesund. Einzig ihr zerschundenes Gesicht erinnerte sie noch an jenen Tag vor einem Jahr, an dem ein Typ, ganz in Schwarz, getarnt mit einer Sturmhaube über dem Kopf, alles zerstört hatte, was sie einst gewesen war.

Er musste sie bereits seit Längerem beobachtet haben, wusste eine Menge über sie. Wo sie wohnte, wo sie immer entlangging, dass sie sich heimlich mit ihrem Freund traf, sich jedoch niemals von ihm nach Hause bringen ließ. So hatte er ihr im Dunkeln aufgelauert, sie betäubt und es irgendwie geschafft, sie unbemerkt in seinen Wagen zu zerren.

Als sie zu sich gekommen war, hatte sie sich gefesselt und geknebelt auf dem kalten Waldboden wiedergefunden, während der Scheißkerl damit beschäftigt gewesen war, ihr die Klamotten vom Leib zu reißen. Aus irgendeinem Grund war es ihm nicht gelungen, sie zu penetrieren, was seinen Zorn angefeuert hatte. Sie erinnerte sich noch genau daran, dass er ihr vor Frust brüllend etliche Male mit der Faust ins Gesicht geschlagen hatte, bis sie erneut das Bewusstsein verloren hatte.

Ihr Ende, wie sie geglaubt hatte.

Doch stattdessen war sie in einem Krankenhausbett wieder zu sich gekommen, mit zahlreichen Messerstichen, die ihr Gesicht fast bis zur Unkenntlichkeit zerstört hatten. Später hatten die Polizisten es so dargestellt, dass er sie wohl zum Sterben zurückgelassen hatte.

Nur dass ihr Körper damals nicht gestorben war.

Ein Jäger hatte sie gefunden und die Polizei informiert.

Mehrere Ärzte waren anschließend Stunden damit beschäftigt gewesen, sie wieder zusammenzuflicken, sie ins Leben zurückzuholen.

Ihre Seele konnte jedoch nicht repariert werden.

Ihr Innerstes hatte den Angriff des Irren nicht überlebt. Dieser Teil Scarletts befand sich noch immer irgendwo im dunklen Wald, auf der Suche nach Erlösung.

Eine Erlösung, die sie heute bekommen würde.

Jetzt.

Sie holte tief Luft, trat näher an die Kante heran, horchte in sich hinein, vielleicht in der Hoffnung, doch noch irgendwo ein kleines Fünkchen Lebenswillen in sich zu finden.

Doch da war nichts.

Kein Echo. Kein Licht.

Nur Leere.

Dazu der verzweifelte Gesichtsausdruck ihrer Mutter, der es beim Anblick ihrer jüngsten Tochter jedes Mal aufs Neue das Herz zerriss.

Es war ein Spiegel, in den zu schauen sie nicht mehr ertrug.

Auch an Kevin dachte sie mit Wehmut im Herzen. Ihr Freund hatte sie zwar noch im Krankenhaus besucht, aber da hatte sie bereits geahnt, dass er sie verlassen würde. Genauso war es dann gekommen.

Es war ihm schwergefallen, die Beziehung zu beenden, das hatte sie an seinem Gesichtsausdruck und an seinen Augen erkennen können. Doch war seine Liebe für sie am Ende eben nicht so stark gewesen, dass er ihren Anblick ertragen hätte.

Sie würde jetzt also nicht nur ihr eigenes Leiden beenden, sondern auch das der wichtigsten Menschen in ihrem Leben.

Während sie sich die wenigen trennenden Zentimeter auf die Kante zubewegte, schickte sie einen letzten intensiven Gedanken an ihre Mutter und an ihre Schwester.

»Ich liebe euch über alles«, flüsterte sie mit brüchiger Stimme, hoffend, dass diese letzten Worte irgendwie bei ihnen ankamen. »Aber so ist es besser. Für uns alle. Lebt wohl.«

Sie füllte ihre Lungen ein letztes Mal mit der salzigen Meeresluft, die sie so liebte, schloss die Augen.

»Scheiß drauf«, murmelte sie. Dann breitete sie die Arme aus wie ein Engel seine Flügel, stieß sich ab.

EINS
SAINT JUST/ROSELAND

2019

Sienna

»Was kann ich Ihnen bringen?«

Sienna sah die Wirtin an, eine ältere Dame um die sechzig, die sie freundlich musterte.

»Eine Tasse Tee mit Sahne und Honig bitte.«

»Etwas zu essen?«

Sienna ignorierte das Knurren ihres Magens, schüttelte den Kopf. »Nur Tee, bitte.«

Die Frau nickte, verschwand.

Während sie auf ihr Getränk wartete, überlegte Sienna, wie lange ihr schmales Budget noch reichte, ohne dass sie einen Job fand. Sie besaß noch etwas mehr als vierhundert Pfund, doch die Gästezimmer in dieser Gegend waren unverschämt teuer, selbst jene, die jeglichen Komfort vermissen ließen.

Natürlich hätte sie auch in eine der umliegenden Städte gehen können oder gleich nach London – dort hätte sie schon längst Arbeit gefunden –, doch nach allem, was in den letzten Monaten passiert war, zog es sie an einen ruhigen Ort wie diesen. Hier hoffte sie, endlich zur Ruhe zu kommen und ihre Akkus wieder aufladen zu können. Also sollte sie besser sparsam leben und, statt ihr Geld für Essen in Restaurants auszugeben, auf günstige Optionen aus dem Supermarkt ausweichen.

Als sie die Wirtin mit dem Tablett auf sich zukommen sah, nahm sie all ihren Mut zusammen. »Darf ich Ihnen eine Frage stellen?«

Die Frau nickte schmunzelnd. »Nur zu.«

Sienna holte tief Luft. »Sie wissen nicht zufällig, wo ich hier im Ort einen Job finde?«

»Ach, Kindchen, das wird schwer, die Saison ist in vollem Gange, die meisten Kneipen und Hotels haben ihre Leute schon längst beisammen.« Sie sah Sienna forschend an. »Was genau suchen Sie denn für eine Arbeit?«

»Ganz egal, ich mache alles … Putzen, bedienen, was anfällt eben.«

Die Frau schüttelte den Kopf. »Wie gesagt, die meisten Wirte und Hotelbetreiber kenne ich persönlich und weiß, dass sie, was Personal angeht, versorgt sind. Da wird frühestens in der nächsten Saison wieder was frei sein.«

»Schade, aber vielen Dank.«

Die Wirtin zuckte unsicher mit den Schultern. »Aber vielleicht weiß ich doch etwas ... obwohl ich Ihnen damit bestimmt keinen Gefallen tue.«

»Sagen Sie es mir. Um was geht es?«

»Da ist eine Stelle als Hausmädchen bei den Ashburys frei geworden. Normalerweise hab ich mit der Familie nicht viel am Hut, so wie die meisten Einwohner von Saint Just. Diese Leute sind … wie drücke ich mich am besten aus, ein ganz anderer Schlag Mensch als wir, wenn Sie verstehen.«

Sienna runzelte die Stirn. »Was heißt das?«

»Na ja, die Ashburys leben bereits seit Jahrhunderten

hier in Saint Just. Ihr Anwesen da oben ist das größte und imposanteste der Gegend und seine Bewohner sind wie ihr Prunkbau: ziemlich protzig. Die ganze Bagage ist arrogant und hält sich für was Besseres. Der einzig Normale der Sippe ist Nate Ashbury. Der Gute hat eingeheiratet, stammt ursprünglich aus einer Londoner Familie von Professoren. Gut betucht, aber nicht abgehoben wie der Rest von denen.«

Sienna grinste. »Und diese Ashburys suchen tatsächlich eine Haushälterin? Sind Sie absolut sicher?«

Die Wirtin nickte, verzog dann das Gesicht.

»Was?«

»Mich würden ja keine zehn Pferde freiwillig in das Haus kriegen.«

»Und wieso?«

»Ist gruselig da. All diese Geschichten …«

»Jetzt sagen Sie bloß, Sie glauben an Spukgeschichten?«

»Na ja ... was Genaues weiß keiner ...« Die Wirtin brach ab, sah sich um, schien unschlüssig und beugte sich dann verstohlen zu Sienna herunter. »Es heißt, der Urgroßvater habe seine Frau auf dem Gewissen. Der Alte soll seine arme Gattin regelrecht abgeschlachtet haben. Angeblich war Eifersucht im Spiel, doch in Wahrheit hatte er wohl eine Geisteskrankheit.« Sie hob abwehrend die Hände. »Aber ich will nichts gesagt haben.«

Sienna spürte, wie ihr jetzt doch das Blut in den Adern gefror. »Und was ist mit diesem Mann passiert?«

»Er starb friedlich im Alter von sechsundachtzig Jahren.«

»Er wurde nie verurteilt?«

»Man hat ihm die Tat nicht nachweisen können. Er behauptete, ein Fremder sei in sein Anwesen eingedrungen und habe die arme Miss Ashbury auf dem Gewissen. Zumindest hat es mir meine Großmutter so erzählt. Was tatsächlich passiert ist, wissen wohl nur noch die Geister.«

»Also glauben Sie doch daran, dass es da oben spukt?«

Die Wirtin nickte schwerfällig. »Wundern würde es mich nicht, bei der finsteren Vergangenheit.«

»Und diese Stelle bei der Familie, wissen Sie zufällig, ab wann die vakant ist?«

»Ich denk mal, die brauchen sofort jemanden.« Wieder beugte sich die Wirtin verschwörerisch zu ihr herab. »Angeblich möchte die Stellenvermittlungsagentur, von der sie das frühere Mädchen hatten, ihnen niemanden mehr vermitteln. Wer will da schon arbeiten, nach dem, was da alles passiert ist.«

»Was genau ist denn vorgefallen?«

»Ob es stimmt, weiß ich nicht, doch im Ort haben sie sich erzählt, dass deren alte Hilfe verhaftet wurde.«

Sienna riss die Augen auf. »Verhaftet?«

Die Frau nickte aufgeregt. »Sie war mit der kleinen Ashbury in der Stadt, weil die zu ihrer Klavierstunde musste. Sie hat sie da abgegeben und die Wartezeit genutzt, um einkaufen zu gehen. In irgendeinem Kaufhaus in Falmouth. Sie hat Schmuck im Wert von mehreren hundert Pfund gestohlen, wurde vom Kaufhausdetektiv erwischt und festgehalten, bis die Polizei eintrudelte. Natürlich konnte sie deswegen das Mädchen nicht von seinem Musikunterricht abholen, woraufhin die Eltern informiert wurden. Die Ashburys haben die diebische Elster achtkantig rausgeschmissen und sitzen seither ohne Hilfe da. Das wiederum weiß ich von Nate, der ab und an hier vorbei kommt, um ein Pint zu kippen.«

Sienna trank ihren Tee aus, lächelte die Frau an. »Was meinen Sie, hab ich eine Chance, eingestellt zu werden?«

»Kommt auf Ihre Referenzen an, schätze ich.«

»Ich habe zwei Arbeitszeugnisse dabei, die sind allerdings schon etwas älter.«

»Versuchen können Sie es ja, aber ich persönlich rate Ihnen, sich lieber woanders umzusehen. Vielleicht haben Sie in St. Ives oder St. Agnes noch Glück, eine nette Anstellung zu finden.«

Sienna schmunzelte. »Mit ihrer Schilderung haben Sie tatsächlich meine Neugierde geweckt. Ich glaube, ich versuche es bei den Ashburys.« Sie ignorierte den besorgten Blick ihres Gegenübers. »Was bekommen Sie für den Tee?«

»Geht aufs Haus«, sagte die Wirtin. »Sehen Sie es als Wiedergutmachung dafür, dass ich Sie quasi in die Höhle des Löwen geschickt oder Sie zumindest auf den Weg dahin gebracht habe.«

»Ich danke Ihnen«, gab Sienna zurück. »Und machen Sie sich keine Sorgen um mich. Ich hab schon weitaus schlimmere Situationen in meinem Leben gemeistert. Mit den Ashburys werde ich schon fertig.« Sie trank ihre Tasse leer, stand auf.

Sie war schon fast zur Tür hinaus, als sie den Blick der Wirtin im Rücken spürte. Sienna drehte sich zu ihr um. »Noch mal danke.«

Die Wirtin sah sie nur ernst an und seufzte tief. »Ehrlich, Kindchen, ich weiß nicht, ob ich Ihnen damit einen Gefallen getan habe. Vergessen Sie nicht, dass ich Sie gewarnt habe.«

ZWEI
ST. IVES
2015

Brooke

»Klasse Auftritt«, sagte Marry. »Die Leute waren gefesselt und voll dabei. Das haben wir nur dir zu verdanken.«

»Ach«, winkte Brooke ab, »Romeo war auch nicht übel.« Sie sah zu Jonny hinüber, der sich mit einem Kerl aus dem Publikum unterhielt. Der Typ war ihr bereits während ihres Auftritts aufgefallen. Gut aussehend, dunkelhaarig, sanfte Züge. Ein echter Traumtyp. Aber er hatte die ganze Zeit über nur Augen für Jonny gehabt.

»Vergiss es«, kommentierte Marry grinsend ihren Blick. »Ich denke ja, dass er schwul ist.«

Brooke seufzte. »Das befürchte ich auch.«

Ihre Freundin hob die Achseln. »He, andere Mütter haben auch schöne Söhne. Kommst du?«

»Ja, du hast recht.« Enttäuscht riss sich Brooke von dem Anblick des unerreichbaren Traummannes los und folgte Marry nach hinten zu dem Lagerraum, der zur provisorischen Umkleidekabine umfunktioniert worden war, wo sie ihre Bühnenkostüme gegen normale Kleidung austauschten.

»Was denkst du, genehmigen wir uns noch ein paar Drinks?«, fragte Brooke, die wie nach jedem Auftritt viel zu aufgekratzt war, um die Nacht schon enden zu lassen. Was sie jetzt brauchte, waren ein bis oben hin gefüllter Abbey Road – ihr Lieblingscocktail – und anregende Gespräche mit ihren Schauspielkollegen.

Sie schmunzelte innerlich. Das hörte sich so gut an … ihre Schauspielkollegen.

In Momenten wie diesem vergaß sie, dass sie ein gewöhnliches Mädchen war, dessen Eltern zu arm waren, ihrer einzigen Tochter ein Studium zu ermöglichen. Nicht dass sie sich beschweren würde. Ihre Eltern waren warmherzig und liebevoll, stets um ihr Wohl besorgt. Seit sie auf der Welt war, hatten die beiden alles gegeben, um ihr jeden Wunsch von den Augen abzulesen, doch für ein Studium an einer renommierten Schauspielschule reichten ihre finanziellen Mittel nicht, seit ihr Vater wegen seiner Krankheit den Job verloren hatte. Brooke wusste, dass er selbst am meisten darunter litt, dass er seiner Prinzessin diesen Herzenswunsch nicht erfüllen konnte.

Sie hatte zwar so getan, als wäre es kein großes Ding und als fände sie ihr Leben auch ohne Studium in Ordnung. Doch natürlich wusste ihr Vater, wie sie wirklich empfand und wie enttäuscht sie darüber war.

Ihre Ausbildung zur Bürokauffrau hatte sie abgebrochen, weil es ihr missfiel, den ganzen Tag nur auf ihrem Hintern zu sitzen. Stattdessen hatte sie irgendwann angefangen, Saisonjobs in der Gegend um St. Ives anzunehmen, weil da die Bezahlung samt Trinkgeld so gut war, dass sich diese auch mit ihrem Hobby vereinbaren ließen. Wenn sie abends noch einen Auftritt mit ihrer Laienschauspielgruppe hatte, der bis spät in die Nacht ging, brauchte sie nur rechtzeitig Bescheid zu geben und sie bekam für den nächsten Tag eine Spätschicht eingetragen, die ihr eh lieber war, weil es da mehr Trinkgeld gab als tagsüber.

Im Grunde stimmte es also, was sie ihrem Vater vorspielte, und sie könnte zufrieden sein, wäre da nicht immer noch ihr Traum vom großen Durchbruch.

Viele echte Schauspieler, sogar einige von den ganz großen aus Hollywood, waren auf winzigen Bühnen entdeckt worden. Und genau das war es, was sie sich in ihrer Fantasie ausmalte, seit sie ein kleines Mädchen gewesen war.

»Also ich bin für heute durch«, drang die Stimme ihrer Freundin Marry in ihr Bewusstsein vor. »Ich mach mich vom Acker, okay?«

»Komm, lass uns wenigstens noch einen Drink nehmen«, wiederholte Brooke ihre Bitte.

Marry schüttelte gähnend den Kopf. »Deinen *einen* Drink kenne ich. Das werden immer drei, wenn nicht mehr. Bist du mir arg böse? Ich bin echt müde.«

Brooke schüttelte lächelnd den Kopf. »Quatsch. Geh schlafen, ich komm schon klar. Bin ja nicht allein.«

»Aber Jonny wohnt in entgegengesetzter Richtung und die anderen kommen auch nicht bei dir vorbei. Ich will nicht, dass du nachts alleine durch die Gegend läufst.«

»Ich ruf meinen Vater an, okay? Er holt mich ab. Und falls er schon schläft, nehme ich mir einfach ein Taxi, versprochen.«

»Na gut. Mach nicht mehr so lange. Wir sehen uns.«

»Ja, bis morgen«, verabschiedete sich Brooke und sah Marry nach, wie sie aus der Tür der Umkleide verschwand. Dann zog sie ihren Lippenstift aus der Tasche, verlieh ihrem Äußeren den letzten Kick.

Nach einem Blick in den Spiegel schnappte sie sich ihre Tasche und machte sich auf den Weg nach draußen, zu den anderen.

Ihr war leicht schummerig im Kopf, als sie Stunden später aus der Tür der *Flying Dutchman* traten, einer Bar im Zentrum von St. Ives, keine hundert Meter vom Restaurant entfernt, in dem sie morgen Mittag wieder volle Teller zu den Tischen balancieren musste.

Sie schwankte leicht, fing Jonnys Blick auf, der gerade dabei war, seinen Hintern in ein Uber zu verfrachten.

»Du hast ganz schön einen sitzen, Süße. Bist du sicher, dass du dir nicht auch eins rufen willst?«

Brooke nickte. Dass sie für ein Taxi kein Geld übrig hatte, musste ja keiner wissen. Sie sparte jeden Cent für den Winter, jene Zeit, in der die Touristen ausblieben und sie kaum Schichten bekam.

Zum Glück wohnte sie noch im Häuschen ihrer Eltern, hatte unterm Dach ihr eigenes Reich, und obwohl sie keinen Cent Miete von ihr annahmen, unterstützte sie sie zumindest mit einem Zuschuss für die wöchentlichen Lebensmitteleinkäufe.

Kurz errechnete sie dennoch die Kosten für das Taxi, um sich die Idee gleich wieder aus dem Kopf zu schlagen. Eine Fahrt von St. Ives Zentrum bis zum Haus ihrer Eltern würde knapp die Hälfte eines wöchentlichen Einkaufs ausmachen, und nach drei teuren Cocktails und einer Portion Wings mit Pommes war das heute einfach nicht mehr drin. Was solls, sie würde halt laufen und sich das Geld sparen.

Jonny war noch immer nicht losgefahren und sah sie besorgt an. »Versprich mir, dass du dir ein Taxi rufst.«

»Nicht nötig«, winkte sie ab. »Ich hab schon meinen Dad angerufen. Er sollte jeden Augenblick kommen.«

»Sollen wir warten, bis er da ist?«

»Das wird euren Fahrer aber ziemlich nerven.«

»Damit kann ich leben.«

Brooke schüttelte vehement den Kopf. »Nicht nötig, okay? Ich bleibe hier stehen, bis mein Vater kommt.«

Jonny und sein Adonis wechselten einen Blick.

»Wirklich«, sagte Brooke so eindringlich, sie konnte. »Fahrt einfach, ich komm schon klar.«

Sie wartete, bis das Auto um die nächste Straßenecke verschwunden war, dann machte sie sich auf den Weg.

Der Fußmarsch bis zum Haus ihrer Eltern würde eine knappe Stunde dauern. Zeit genug, um runterzukommen und wieder nüchtern zu werden. Und noch was Gutes hatte das Ganze: Sie würde morgen bei Dienstbeginn keinen Brummschädel haben.

Warum also ihren Vater anrufen? Einen Teufel würde sie tun, auch wenn er ihr angeboten hatte, sie abzuholen. Aber sie wusste doch, dass er um diese Zeit immer todmüde war, in seinem Sessel saß und halb schlummernd auf sie wartete, die Schmerzen im Rücken durch Medikamente gedämmt.

Während sie in Richtung Ortsrand marschierte, versuchte sie, den Abend Revue passieren zu lassen. Die Vorführung war bis zum letzten Platz ausverkauft gewesen, zwar nur für knapp zehn Pfund pro Karte, aber immerhin. Ein Teil der Einnahmen war wie immer an das Ensemble ausbezahlt worden. Seufzend gestand sie sich ein, dass sie die paar Kröten gleich wieder für die Drinks und das Essen verprasst hatte.

Allerdings spielte sie ja auch nicht für die Kohle in dem Stück mit, sie tat es, um ihrem Traum näher zu kommen. Irgendwann, da war sie absolut sicher, würde im Publikum jemand von Bedeutung sitzen, der ihr Talent erkannte und sie aus diesem Kaff herausholte.

Der Gedanke beschwingte sie, fast hätte sie angefangen, vor sich hin zu summen, während sie kräftig ausschritt und der Nebel in ihrem Kopf sich lichtete. Sie holte tief Luft, lief weiter und weiter. Die Lichter des Ortes hatte sie längst hinter sich gelassen und nur gelegentlich durchbrachen die Scheinwerfer eines vorbeifahrenden Autos die Schwärze der Nacht.

Trotzdem hatte sie keine Angst, alleine hier draußen.

Sie kannte diese Gegend wie ihre Westentasche, jeden Stein, jeden Baum, jeden Menschen, der hier in der Gegend lebte. Sie war hier geboren und aufgewachsen und obwohl sie dieses Fleckchen Erde, ihre Heimat, über alles liebte, so sehnte sie sich auch jetzt danach, in die Welt aufzubrechen und ihren Traum zu leben. In London beispielsweise oder in Los Angeles, drüben, im fernen Amerika.

In ihren zwanzig Lebensjahren hatte sie ja noch nicht viel gesehen.

Sie kannte nur Teneriffa, wo ihre Eltern, als Vater noch gesund gewesen war, ein Ferienhaus besessen hatten. Doch nach Ausbruch seiner Erkrankung hatte er dieses verkaufen müssen, um zumindest die Hypothek für ihr Zuhause hier abbezahlen zu können. Also war sie nie groß aus diesem Teil von England herausgekommen.

Bis vor wenigen Jahren war das auch okay gewesen, doch je älter sie wurde, desto mehr zog es sie in die Ferne. Es musste doch mehr geben als dieses bisschen Leben hier.

Vor sich hin grübelnd, setzte sie ihren Heimweg fort, die Hälfte hatte sie immerhin geschafft, während ihre Gedanken zu Marry wanderten. Die gute Marry, mit der sie bisher alles geteilt hatte. Bis auf die Zukunftspläne.

Anders als Marry träumte sie nicht davon, so schnell wie möglich einen Mann zu finden, zu heiraten und selbst Kinder zu bekommen. All das konnte warten, so lange bis sie etwas erreicht hatte, bis sie jemand war, den man beneidete oder noch besser bewunderte.

Wieder durchbrach ein Lichtstrahl die Dunkelheit. Doch anders als die Male zuvor wurde das Geräusch eines herannahenden Wagens nicht lauter, bis er schließlich an ihr vorbeizog. Er wurde langsamer.

Touristen, dachte sie, wahrscheinlich aus dem Ausland, die trauten sich hier in der Gegend nicht, aufs Gaspedal zu treten.

Sie machte einen Schritt weiter in Richtung Wiese, winkte, um dem Fahrer oder der Fahrerin zu bedeuten, dass er vorbeifahren sollte, drehte sich jedoch nicht um.

Doch diesmal war etwas anders …

Der Motor hinter ihr verstummte, es wurde dunkel, dann vernahm sie das Quietschen einer sich öffnenden Wagentür.

Ihr Herz setzte aus und sie wirbelte herum. Sie sah die Umrisse eines Mannes hinter der Frontscheibe, doch es war zu dunkel, um seine Gesichtszüge erkennen zu können.

Als sie bemerkte, dass er im Begriff war, auszusteigen, wich sie noch weiter zurück. Was zur Hölle machte der Kerl da? Warum hatte er überhaupt angehalten? »Was ist los?«, fragte sie so leise, dass er es vermutlich nicht mal gehört hatte.

Sicher hat er nur eine Panne, ging es ihr durch den Kopf.

Er sucht sein Handy, um den Abschleppdienst anzurufen.

»He!«

Sie zuckte zusammen.

Seine Stimme hatte etwas Dunkles.

Die Stimme eines Menschen, der bekam, was er wollte, und es sich nahm.

Lauf weg!

Ihre innere Stimme trieb sie an, warnte sie.

Sie lief weiter rückwärts. Vergrößerte den Abstand zur Straße.

Dreh dich um, lauf …

Bevor sie ihrer inneren Stimme gehorchen konnte, sah sie, dass der Mann ausstieg.

»Kannst du bitte mal herkommen? Ich brauche Hilfe.«

Hilfe? Das klang harmlos, vielleicht brauchte er wirklich Hilfe. Aber nein, etwas stimmte nicht mit seinem Tonfall. Er klang bedrohlich.

Was wollte der Kerl denn von ihr?

»Rufen Sie doch einfach den Pannendienst, okay? Ich hab keine Ahnung von Autos, hab nicht einmal eine Fahrerlaubnis.«

Er lachte laut.

»Was erzählst du da? So was gibt es doch kaum noch. Erwachsene Menschen, die nicht Auto fahren können?«

Sie hob die Achseln, blieb wie versteinert stehen.

»Na schön«, stieß er aus und hob beschwichtigend die Hände. »Ich hab geschwindelt. Wenn ich ehrlich bin, wollte ich nur mit dir reden. Du bist super, weißt du? Ich hab die letzten vier Vorstellungen gesehen, war vollkommen begeistert von dir. Jemand wie du sollte nicht auf einer Hinterhofbühne auftreten müssen …«

Was hatte er gerade gesagt?

Er kannte sie?

Nicht nur das. Er hatte sie beobachtet, das Geplapper mit ihren Kollegen belauscht und war ihr anschließend gefolgt. Sollte sie ihm das glauben? Besser nicht. Sie war hier völlig allein.

»Ich gehe jetzt, okay?«, sagte sie und bemerkte selbst, wie brüchig ihre Stimme klang. »Sicher kommt bald jemand vorbei, der Ihnen weiterhelfen kann.«

Wieder ein Lachen. »He, hast du nicht zugehört? Ich bin wegen dir hier, du hast mehr verdient als auf einer Hinterhofbühne zu stehen. Viel mehr ...«

In ihren Ohren klang nur dieses bellende Lachen nach. Wie eine Hyäne, oder wie diese komischen gefleckten Jäger hießen. Es klang nicht nett. Eher hämisch. Das passte nicht zu seinen Worten. Ganz und gar nicht.

Sie spürte, wie sich die Härchen in ihrem Nacken aufstellten.

»Ich fürchte beinahe, dass du es bist, die Hilfe braucht.«

»Ganz sicher nicht. Mein Dad ist unterwegs, er müsste gleich hier sein. Er fährt mir entgegen.«

»Und wieso klingt deine Stimme dann, als hättest du die Hosen gestrichen voll?«

Sie erstarrte, wusste nicht, was sie tun sollte. Ihre Beine zitterten wirklich, ihr Atem ging nur noch stoßweise. Dieser Mann ... er hatte noch keinen Schritt in ihre Richtung getan, dennoch jagte er ihr eine Heidenangst ein. Sie holte tief Luft.

In ihrem Innern begann es zu kribbeln.

LAUF!

Die Stimme in ihrem Kopf klang jetzt schrill, duldete keinen Widerspruch.

Sie wirbelte herum, wollte sich in Bewegung setzen, als sie Schritte vernahm.

Der Typ kam näher, rannte ihr nach.

Sie fing an zu rennen, bemerkte eine Art hohes Summen. Ein Ton, den sie noch niemals zuvor in ihren Leben gehört hatte. Dann folgte ein heftiger Schmerz, der sich von ihrem Nacken im Sekundenbruchteil bis in die letzte Zelle ihres Körpers ausbreitete. Es war ein brennendes Reißen, so stark, dass es ihr den Atem nahm, dass sie in die Knie sackte. Sie stützte sich auf ihre Hände, stieß ein erbärmliches Stöhnen aus, registrierte nur noch, dass der Boden ihrem Gesicht immer näher kam.

Dann wurde es schwarz. Tiefschwarz.

DREI
SAINT JUST/ROSELAND

2019

Tory

»Ich muss jetzt los, bin spät dran.«

Tory nickte abwesend, drehte sich nicht einmal zu ihrem Mann um, starrte stattdessen auf den Bildschirm der Überwachungsanlage.

»Stimmt etwas nicht?«

»Da ist eben eine junge Frau aus ihrem Wagen ausgestiegen und schleicht ums Haupttor herum. Ich glaube, sie versucht, einen Blick aufs Haus zu erhaschen.«

»Na und?«

Sie drehte sich zu Nate um. »Kann es sein, dass es sich um eine deiner Studentinnen handelt?«

Er kam näher, schaute mit gerunzelter Stirn auf das Display, schüttelte dann den Kopf. »Ich kenn sie nicht. Zumindest nicht auf den ersten Blick.«

Tory stieß ein Seufzen aus. »Was kann sie dann hier wollen?«

Nate hob die Achseln. »Vielleicht eine Touristin?«

»Durchaus möglich«, gab sie zu. »Oder es ist ein neues Mädchen von der Agentur.«

»Hattest du den Vermittlungsvertrag nicht gekündigt nach dem Mist, den wir mit Birdie erlebt haben?«

Tory schluckte ihren Ärger hinunter. »Natürlich habe ich den Vertrag gekündigt. Schon vor knapp einer Woche, als die Polizei sich bei uns gemeldet hat.«

»Und die andere Agentur? Vielleicht haben sie doch eine geeignete Kandidatin gefunden und sie gleich vorbei geschickt.«

»Ohne uns Bescheid zu geben? Wohl kaum.«

Tory wandte sich wieder dem Bildschirm zu. »Was machen wir jetzt? Sie ist immer noch da und sieht nicht aus, als hätte sie sich verfahren. Viel eher wirkt sie auf mich, als wüsste sie genau, wo sie ist und was sie hier will.«

»Meine Güte. Warum schaltest du nicht einfach die Gegensprechanlage ein und fragst, wonach sie da draußen sucht?«

Tory drehte sich zu Nate um, verzog das Gesicht.

Dann musterte sie wieder die junge Frau vor dem Tor. »Ich finde, sie kommt unsympathisch rüber. Viel zu forsch, fast aufdringlich.«

Nate lachte. »Da kommt wieder das Ashbury-Gen durch. Bis auf die Knochen misstrauisch Fremden gegenüber.«

»Bei Birdie hat mein Gefühl mich nicht betrogen.«

»Das stimmt«, gab Nate zu. »Aber du kannst nicht von einer Frau auf alle schließen.«

Tory schürzte frustriert die Lippen, rang mit sich.

»Was zögerst du noch? Wir brauchen dringend eine neue Hilfe. Wenn sie wegen der Stelle hier ist, sehen wir sie uns an.«

»Ist ja schon gut«, knurrte sie, drückte auf den Knopf. »Was wollen Sie?«, fragte sie harsch und ahnte, dass Nate hinter ihr wieder mit den Augen rollte angesichts ihrer Unfreundlichkeit.

»Ich bin Sienna«, stellte sich die junge Frau vor. »Sienna Crane. Ich habe von einer Dame aus dem Ort erfahren, dass Sie ein Hausmädchen suchen.«

»Na also, sagte ich es doch«, brummelte Nate und griff nach seiner Mappe mit den Unterlagen für die Vorlesung.

»Warte noch einen Moment«, bat Tory und beobachtete die junge Frau am Tor. Da war nichts Forsches an ihr. Ganz im Gegenteil. Wie sie da so stand und auf das Gebäude schaute, wirkte sie eher hilflos, ja fast verzweifelt.

»Worauf wartest du noch?«, fragte Nate ungeduldig.

Tory winkte ab, wandte sich wieder dem Kamerabild und der Besucherin zu, bevor sie wieder die Gegensprechanlage einschaltete. »Ja, das stimmt, wir suchen jemanden. Allerdings nicht als Hausmädchen, sondern als Kindermädchen, das gelegentlich anfallende Hausarbeiten mit übernimmt.«

Die junge Frau auf dem Bildschirm lächelte freundlich und Tory glaubte, Erleichterung in ihrem Blick zu erkennen.

»Ist die Stelle denn noch zu haben?«

»Wer genau hat Ihnen denn davon erzählt?«

Die junge Frau, die sich als Sienna vorgestellt hatte, schluckte auffällig, sah dann aber geradewegs in die Kamera. »Eine ältere Dame aus dem *Pink Umbrella*. Ich habe dort einen Tee getrunken und nachgefragt, ob sie jemanden in der Küche braucht oder weiß, wer ansonsten noch eine Stelle frei hat. Und da sie mir keinen Job anbieten konnte, hat sie mir schließlich von Ihrer Familie erzählt. Sie meinte, Ihre alte Hilfe sei ... verhaftet worden.«

Tory bemerkte, dass die junge Frau plötzlich verlegen wirkte.

»Das stimmt«, sagte sie. »Eine sehr unschöne Sache.

Deswegen haben wir noch niemanden gefunden. Nach den schlechten Erfahrungen verzichten wir auf die Vermittlungsdienste unserer bisherigen Agentur ...«

»Ich habe Referenzen«, unterbrach Sienna sie eifrig. »Gute Referenzen.«

»Als Kindermädchen?«

Siennas Schultern sackten nach unten, als sie den Kopf schüttelte. »Als Haushaltshilfe, Küchenhilfe und Bedienung. Ich erledige jede im Haushalt anfallende Arbeit sehr gewissenhaft.«

»Aber Sie haben noch nicht als Kindermädchen gearbeitet? Noch nie Verantwortung für einen anderen Menschen übernommen?«

Die junge Frau riss den Kopf hoch, starrte wieder direkt in die Kamera. »Für ein Kind nicht, das ist wahr. Aber ich habe meine todkranke Mutter gepflegt bis zu ihrem letzten Atemzug. Was es bedeutet, Verantwortung zu übernehmen, weiß ich also sehr wohl.«

Tory hörte Nate hinter sich einen Seufzer ausstoßen und wusste, dass die junge Frau zumindest sein Innerstes berührt hatte.

»Das mit Ihrer Mutter tut mir leid«, sagte sie und meinte es auch so. »Dennoch befürchte ich, ist es nicht ganz dasselbe, finden Sie nicht?«

»Wie alt ist ihr Kind denn?«

»Piper ist neun Jahre alt.«

»Als ich jünger war, so mit vierzehn, fünfzehn Jahren, da hab ich gelegentlich auf die kleinen Kinder unserer Nachbarn aufgepasst. Die beiden waren erst drei und fünf Jahre alt. Wenn Sie mögen, dann rufe ich die Eltern der Kinder an und bitte sie, mir eine Referenz auszustellen. Ganz sicher würden sie das für mich tun. Sie waren damals sehr froh, jemand Zuverlässigen gefunden zu haben, der so gut mit den Kleinen zurechtkam.«

»Jetzt komm schon, sie scheint wirklich nett zu sein«,

nörgelte Nate hinter ihrem Rücken. »Nun bitte Sie endlich rein, ich muss jetzt wirklich los zur Universität.«

»Na gut«, sagte sie halb an ihn gewandt und dann wieder in die Gegensprechanlage. »Einen kleinen Augenblick bitte.« Sie nahm den Finger vom Lautsprecherknopf und wirbelte zu ihrem Mann herum. »Dass sie dir ganz recht wäre, ist mir klar. Immerhin ist sie jung, blond und wunderschön. Ganz deine Kragenweite, nicht wahr?« Sie sah, dass Nate erst blass, dann dunkelrot wurde, und bereute ihre unbedachte Äußerung sofort.

»Hatten wir nicht ausgemacht, dass du mir das niemals wieder vorwirfst?«, fuhr Nate sie an. »Immerhin bist du, was Treue angeht, auch kein unbeschriebenes Blatt mehr.«

Tory klappte der Unterkiefer hinunter. Dann kam die Wut. »Nur im Gegensatz zu dir hatte ich mit Marvin nichts. Wir haben uns ein paar Mal getroffen und über früher geredet. Es kam zu einem Kuss, der von ihm ausging. Und ich habe dir freiwillig davon erzählt. Du jedoch ...« Sie hielt inne, winkte ab. »Lassen wir das«, knurrte sie, drehte sich um, drückte auf den Knopf. »Okay, ich öffne Ihnen das Tor. Aber ich verspreche Ihnen nichts. Wir unterhalten uns nur, lernen einander kennen.«

Eine knappe Stunde später – Nate war mittlerweile fort, hatte ihr jedoch hinterm Rücken der jungen Dame den Daumen nach oben gezeigt – war auch Tory davon überzeugt, dass Sienna Crane eine Chance verdient hatte. Sie schien über exzellente Manieren zu verfügen, war aufgeschlossen und freundlich, hatte es sogar geschafft, Piper ein kleines Grinsen zu entlocken. Sie interessierte sich aufrichtig für das Kind, schien auch nicht von der Größe des Hauses abgeschreckt zu sein und von der vielen Arbeit, die auf sie zukommen würde, sollte sie tatsächlich hier anfangen. Sie war einfach eine junge Frau, die sich nach dem Tod ihrer Mutter in einer finanziellen Notlage befand und nebenher die Ruhe und Abgeschiedenheit nutzen wollte, um wieder zu sich selbst zu finden.

Im Stillen leistete Tory Abbitte für ihre anfängliche Ablehnung. Da hatte sie sich wohl wirklich geirrt. Aber obwohl sie sich längst entschieden hatte, dass sie es mit Sienna versuchen wollte, ließ sie sich nichts anmerken.

Niemals Schwäche zeigen – das war der Lieblingsspruch ihres Vaters gewesen.

»Haben Sie noch irgendwelche Verbindlichkeiten außerhalb? Eine Wohnung oder ein Haus, das Sie gemietet haben? Dass Sie hier mit uns im Haus wohnen, wäre eine Einstellungsbedingung. Ich brauche jemanden, der Tag und Nacht verfügbar ist, falls ich mal zu einem Notfall in die Klinik muss, in der ich als Psychiaterin arbeite, und Nate nicht da ist.«

»Aktuell wohne ich in einem winzigen Gästehaus im Ort unten. Ich wäre aber offen gestanden erleichtert, wenn ich für diese Absteige keine achtzig Pfund mehr bezahlen müsste. Also nein, ich habe weder einen Mietvertrag noch Verbindlichkeiten. Ich kann jederzeit dort ausziehen.«

Tory schmunzelte. »Ihr Zimmer hier im Haus ist relativ groß, sauber und vor allem kostenlos, genau wie die Verpflegung. Zudem bekommen Sie ein großzügiges Gehalt von sagen wir … dreihundertfünfzig Pfund die Woche für den Anfang, danach sehen wir weiter. Wäre das für Sie in Ordnung?«

Sie beobachtete Sienna, musterte ihre Gesichtszüge. Als sie ein leises Zögern bemerkte, entwich ihr ein Lachen. »Diese Dame, die Ihnen von unserer Misere erzählt hat … lassen Sie mich raten, die hat Ihnen auch von meinem Urgroßvater erzählt, der hier angeblich ein Blutbad veranstaltet haben soll, nicht wahr?«

»Das stimmt also nicht?« Siennas Stimme klang erleichtert.

»Zumindest nicht ganz. Die zweite Frau meines Uropas ist die Treppe hinuntergefallen, hat sich das Genick gebrochen und den Schädel beim Sturz nach unten aufgeschlagen. Daraus abgeleitet haben die Leute in der Gegend dann ihre Gruselgeschichten über meine Familie erfunden. Nichts davon ist wahr.«

»Manchmal reden die Leute viel«, sagte Sienna mit einem erleichterten Lächeln.

»So ist es. Ich kann Ihnen versichern: Mein Uropa war eine Seele von Mann, niemals hätte er einem anderen Menschen auch nur ein Haar gekrümmt. Dieser Unfall ist im Übrigen auch der Grund dafür, dass wir einen Teil des Hauses mittlerweile vollständig renoviert haben. Mit den Arbeiten hat damals mein Uropa angefangen und alles an seine Kinder übergeben.«

»Sie bewohnen ein wirklich stattliches Anwesen.«

»Oh, ja, nach außen hin mag das so wirken. Aber tatsächlich benutzen wir bis heute nur einen Teil des Hauses. Eigentlich hätte der andere Flügel des Gebäudes auch längst fertig sein sollen.« Tory hob bedauernd die Hände. »Doch wir hatten Pech. Die beauftragte Baufirma ging in Konkurs und die Arbeiten ruhten eine ganze Weile. Es war ein wirklich ärgerlicher Gerichtsprozess, bis wir zumindest einen Teil des Geldes zurückbekamen. Nächsten Monat soll es endlich weitergehen. Daher muss ich Sie gleich darauf hinweisen, dass das Betreten der anderen Seite des Hauses absolut verboten ist. Niemand darf dort hinüber, solange gebaut wird. Das wäre lebensgefährlich. Weder Sie noch die Kleine dürfen die Baustelle betreten.«

Sienna nickte entschlossen. »Selbstverständlich.«

»Sollte ich Sie einstellen, müssen Sie mir versprechen, dass Sie diese Punkte beachten. Es ist zu gefährlich auf der anderen Seite des Hauses, vor allem für ein kleines Mädchen wie Piper. Ich will nicht, dass ihr noch einmal etwas zustößt. Vielleicht hat sie ein zweites Mal nicht mehr so viel Glück.«

»Was meinen Sie damit?«

Tory schluckte angestrengt. »Sie ist gestürzt, hat sich den Arm gebrochen. Das hört sich schlimm an, doch rückblickend sind Nate und ich dankbar, dass nicht mehr passiert ist. Sie hätte sterben können oder sich zumindest so schwer verletzen, dass sie für immer an den Rollstuhl gefesselt ist.« Sie sah Sienna eindringlich an. »So etwas darf sich keinesfalls wiederholen, verstehen Sie?«

»Natürlich«, versicherte Sienna.

»Dieser Unfall meiner Tochter ist übrigens der Grund dafür gewesen, dass wir Birdie – Ihre Vorgängerin – überhaupt eingestellt haben. Ich war im Krankenhaus, hatte eine Doppelschicht und Nate arbeitete in seinem Homeoffice, wobei ihm entging, dass Piper sich in dem abgesperrten Flügel herumgetrieben hat. Er hat sie erst gehört, als es bereits passiert war. Damals beschlossen wir, dass nun der Zeitpunkt gekommen war, Hilfe zu suchen und diese auch anzunehmen.«

Sienna nickte verständnisvoll. »Ich verspreche, dass ich Piper wie meinen Augapfel behüte. Solange ich hier bin, wird ihr nichts zustoßen.«

»Das hoffe ich«, gab Tory zurück und lächelte Sienna freundlich an. »Wann können Sie anfangen?«

VIER
FALMOUTH
2015

Avery

Chester traf seine Kollegin auf dem Flur des Präsidiums. »Ah, dich hab ich gesucht«, sprach er sie an. »Hast du kurz Zeit?«

Avery blickte ungeduldig auf ihre Uhr. »Ja, kurz. Um was gehts?«

»Ich hab gerade eine Vermisstenmeldung reinbekommen, die mir verdächtig vorkommt.«

»Hat die Zentrale den Fall zu dir durchgestellt?«

»Nein die junge Frau ist hier. Sie vermisst ihre Mitbewohnerin und befürchtet, dass ihr was Schlimmes zugestoßen ist.«

»Seit wann wird sie vermisst?«

»So wie ich es verstanden habe, ist sie seit drei Tagen nicht zu Hause gewesen.«

»Und warum kommt sie dann erst heute?«

Chester hob die Achseln.

»Okay«, stöhnte Avery, »wo ist sie?«

»Sie wartet im Empfang.«

»Na gut, schick sie in mein Büro. Lass mir aber noch fünf Minuten, ich muss noch kurz telefonieren.«

Wenige Minuten später klopfte es.

»Kommen Sie rein«, rief Avery und schob mit einem leisen Bedauern ihren nur halb verzehrten Schokoriegel, der ihr Mittagessen ersetzen musste, in die Schreibtischschublade. Dass sie die angesagten fünf Minuten zwischen ihrem Snack und dem Telefonat hatte teilen müssen, interessierte ihre besorgte Besucherin bestimmt nicht.

Eine Frau Anfang zwanzig trat ein. Die Sorge um ihre Mitbewohnerin stand ihr ins hübsche Gesicht geschrieben.

»Setzen Sie sich«, forderte Avery sie freundlich auf und wies auf den freien Stuhl ihr gegenüber. »Ich bin Avery Smith.«

»Danke sehr. Evie Wood«, stellte sich die junge Frau mit dünner Stimme vor. »Ich hab es Ihrem Kollegen schon erzählt, es geht um meine Freundin Annie. Annie Russel. Sie ist seit drei Tagen verschwunden.«

»Ja, er hat mich kurz informiert. Sie ist Ihre Mitbewohnerin, richtig?«

»Ja, wir teilen uns ein kleines Apartment in der Stadt. Es liegt in der Nähe der Falmouth University. Ich bin im fünften Semester, Annie im dritten.«

»Sie sind also Studienkolleginnen. Oder kannten Sie sich schon vorher?«

Evie schüttelte den Kopf. »Nein, wir haben uns erst vor knapp eineinhalb Jahren kennengelernt. Sie stammt aus London, ich aus Manchester. Ich habe mir das Apartment zuvor mit einem anderen Mädchen geteilt, doch nachdem dieses sein Studium abgebrochen hatte, musste ich mir eine neue Mitbewohnerin suchen. Ich hab einen Zettel ans Schwarze Brett in der Uni gehängt und zusätzlich eine Anzeige in der Zeitung geschaltet. Es haben sich etliche Interessenten gemeldet, auch Annie, und am Ende war sie es, die den Zuschlag bekam. Ich mochte sie, wir verstanden uns auf Anhieb aber ...« Sie brach ab, biss sich verlegen auf die Lippe.

»Aber ...?«

»Die Sache ist die … Annie und ich hatten Zoff. So richtig heftig.«

»Könnte es sein, dass Annie deshalb weg ist?«

»Nein, das glaub ich nicht. Ist ja nicht zum ersten Mal, dass wir uns wegen Geld streiten.«

»Wieso das?«

»Na ja. Annie hat es ja nicht nötig, neben dem Studium zu jobben, wie ich. Sie stammt aus gutem Haus, ist … Wie sagt man?«

»Privilegiert?«

»Ja, und nicht nur das. Sie hat nicht nur viel mehr Zeit Partys zu feiern, Edelclubs zu besuchen, sie versteht es auch nicht, dass ich mir das nicht leisten kann. Klar lädt sie mich auch oft ein, kauft Klamotten für mich und lässt das auch schon mal raushängen, als sei sie was Besseres.«

»Und das stört Sie? Oder warum kam es zum Streit?«

»Klar stört mich das. Es wurde mir einfach zu viel. Da ergab eins das andere. Irgendwann hab ich sie als eine reiche und verwöhnte Bitch beschimpft. Sie war sauer auf mich, verließ das Appartement und ging den ganzen Abend nicht mehr an ihr Handy.«

»Wann genau war das, als sie die Wohnung verlassen hat?«

»Kurz nach acht.«

»Und Sie wissen nicht, wo sie hinwollte?«

»Natürlich hat sie nichts gesagt, so wütend, wie sie auf mich gewesen ist. Aber im Nachhinein hab ich erfahren, dass sie im *Black Cat* gewesen ist, ihrer Stammkneipe. Ich hab den Typen hinterm Tresen nach ihr gefragt. Er meinte, sie sei bis kurz nach zwei Uhr nachts dort gewesen, habe ziemlich viel getrunken. Jemand vom Personal hat wohl mitbekommen, dass sie mit dem Auto da war, und nahm ihr den Schlüssel ab, damit sie keinen Unfall baut. Sie muss daraufhin randaliert haben, und zwar so heftig, dass man ihr dort Hausverbot erteilt hat.«

»Wann haben Sie dort nach ihr gefragt?«

»Am Tag nach dem Streit. Ich dachte, dass ich Annie da finde, ich wollte mit ihr reden.«

»Aber dazu kam es dann nicht mehr? Auch keine Nachricht oder ein anderes Lebenszeichen?«

Evie schüttelte den Kopf. »Sie hat nicht mal ihren Schlüssel im *Black Cat* abgeholt.«

»Dann steht Annies Wagen noch immer auf dem Parkplatz?«

»Genau.«

»Hat der Barkeeper etwas aufgeschnappt, vielleicht darüber, wo sie noch hinwollte?«

»Nichts, womit ich was anfangen konnte. Er meinte, sie sei so heftig drauf gewesen, dass sie bestimmt in die nächste Bar weitergezogen sei.«

»Passt das zu ihr?«

»Ja!« Evie nickte heftig. »Annie ist jemand, der immer alles auf die Spitze treibt. Sie ist wild, unbekümmert, absolut kritikunfähig und besitzt kein bisschen Verantwortungsbewusstsein.«

»Aber wo genau sie hinwollte, wissen Sie nicht?«

Evie verneinte stumm. »Aber ich schätze, dass sie sich ein Uber gerufen hat, um nach Truro zu kommen. Dort haben einige Bars bis fünf Uhr morgens auf. Und in Truro …«, sie brach ab.

»Was ist in Truro?«

»Um ehrlich zu sein, dachte ich, dass sie irgendeinen Typen getroffen und sich mit ihm amüsiert hat.«

»Ist es schon öfter vorgekommen, dass Annie einfach mit einem Typen mitgeht und eine Weile wegbleibt?«

Evie nickte.

»Hat sie einen festen Freund?«

»In London, ja. Aber sie sieht das mit der Treue nicht so eng. Sie hat mir erzählt, dass sie eine Abmachung mit ihm hat. Beide dürfen während der Studienzeit ihr Leben genießen, es krachen lassen. Und danach wird dann geheiratet.«

Avery musste sich ein Schmunzeln verkneifen. »Also dachten Sie, dass Annie jemanden kennengelernt hat und mit ihm mitgegangen ist und sich deswegen nicht meldet.«

»Zuerst ja. Aber nachdem sie ihre Autoschlüssel auch heute nicht abgeholt hat und ihr Wagen noch immer vor dem *Black Cat* steht …« Evie seufzte. »Wir haben uns in den letzten Monaten immer wieder mal in die Wolle bekommen, hatten Zoff, doch meistens kam sie spätestens nach einem oder zwei Tagen wieder und alles war gut. So lange wie jetzt war sie noch nie verschwunden. Und ihren Wagen würde sie auch nie so lange stehen lassen.«

»Was ist mit ihrer Familie? Könnte sie dort sein? Oder sich zumindest gemeldet haben?«

»Nein, ich hab dort gestern Abend angerufen und nach ihr gefragt. Ihre Mutter hat seit Wochen nichts von Annie gehört. Und ihr Vater ist seit ein paar Monaten beruflich im Ausland, hat sich sowieso kaum um Annie gekümmert. Er bezahlt ihr das alles, versorgt sie mit ausreichend Kohle, höchstwahrscheinlich um sein Gewissen reinzuwaschen, weil er als Vater nichts taugt – Annies Worte, nicht meine.«

»Und ihr Freund?«

»Annies Mutter hat ihn angerufen. Er habe seit ein paar Tagen nicht mit ihr gesprochen. Er sei im Prüfungsstress.«

»Und Sie sind absolut sicher, dass sie hier in der Gegend niemanden Festes in ihrem Leben hat?«

»Absolut sicher«, gab Evie zurück. »Annie ist ein Mensch, der sehr offen über sich redet. Das hätte sie mir ganz sicher gesagt.«

Avery stieß die Luft aus. »Also, ich denke nicht, dass Sie sich Sorgen machen müssen, angesichts der Vorgeschichte ihrer Freundin. Bestimmt taucht sie bald wieder auf.«

»Ich weiß nicht recht, ich habe kein gutes Gefühl.«

Avery nickte ihr aufmunternd zu. »Wir nehmen natürlich Ihre Vermisstenmeldung auf. Haben Sie ein aktuelles Foto von ihr? Und eine Beschreibung der Kleidung, die sie trug, als sie Ihre Wohnung verlassen hat?«

»Ja, sicher.« Evie kramte nach ihrem Handy und öffnete eine Foto-App, bevor sie Avery das Gerät reichte. »In dem Ordner sind alle Aufnahmen, die ich von Annie gemacht habe, auch ein paar Selfies von uns beiden«, fügte sie verlegen lächelnd hinzu.

»Danke, darf ich ein Passendes an unsere Technik schicken, das wir verwenden können?«

»Sicher«, bestätigte Evie. »Und was passiert jetzt?«

»Wir setzten den üblichen Mechanismus in Gang ...«

»Ja, aber was soll das bringen?«, fiel Evie zunehmend verzweifelt ein. »Ich hab doch schon alles versucht, um sie zu finden, hab die Krankenhäuser abtelefoniert, Hotels in der Gegend angerufen, bin sämtliche Kneipen abgefahren, in denen wir jemals waren, hab dort nachgefragt, ob jemand sie gesehen hat. Sie ist schlicht und ergreifend verschwunden, und genau das ist es, was mir wirklich Angst macht. Ich glaube, ihre Mutter sieht das genauso, deswegen ist sie mittlerweile auf dem Weg hierher. Ich schätze, sie wird spätestens morgen auch bei Ihnen vorbeikommen und darum bitten, dass aktiv nach Annie gesucht wird.«

Avery räusperte sich. »Warum genau glauben Sie, dass Ihrer Freundin etwas zugestoßen sein könnte? War sie psychisch instabil?«

Evie riss die Augen auf. »Oh Gott, nein! Annie war die Lebensfreude in Person. Es ist eher …« Sie stockte, brach ab, schien nach Worten zu suchen. Schließlich sah sie Avery düster an. »Ich weiß von diesem anderen Mädchen … ich glaube, Brooke ist ihr Name. Sie verschwand vor ein paar Monaten aus St. Ives und wurde bis heute nicht gefunden. Ich mache mir einfach Sorgen, dass meiner Freundin das Gleiche widerfahren ist.«

FÜNF

SAINT JUST/ROSELAND

2019

Sienna

Sie hatte sich den Wecker auf kurz vor sechs Uhr gestellt, doch die Aufregung angesichts ihres neuen Jobs hatte sie bereits vor dem ersten Morgengrauen aus dem Schlaf gerissen.

Seitdem lag sie wach in ihrem Bett und fragte sich, ob es in Ordnung wäre, wenn sie schon aufstünde, um sich einen Tee zu machen. Zwar hatte Tory ihr gestern Abend, nachdem sie mit Sack und Pack angerückt war, zugesichert, dass sie sich wie zu Hause fühlen solle, doch was hieß das schon? Sie war hier fremd, und genauso fühlte es sich auch an. Fremd und eher unbehaglich. Einfach aufstehen und so tun, als wäre das ihr Zuhause? In die Küche gehen, sich einen Tee machen?

Sie gähnte herzhaft, warf einen Blick auf den Wecker. Als sie sah, dass es in einer halben Stunde eh so weit war, dass sie aus dem Bett musste, schlug sie die Decke zurück und ging in das angrenzende Badezimmer, das ihr eigenes sei, wie die Hausherrin ihr zugesichert hatte.

Tory Ashbury, ihre neue Arbeitgeberin!

So recht konnte sie es immer noch nicht fassen, dass sie die Stelle bekommen hatte und jetzt auf diesem angeblich so berüchtigten Anwesen wohnte. Sie putzte sich die Zähne, band ihr langes Haar in einem Zopf zusammen, ließ sich zu einer Katzenwäsche hinreißen und machte sich schließlich auf den Weg nach unten in die Küche. Unterwegs kam sie an Pipers Zimmer vorbei, blieb kurz stehen und lauschte. Doch sie hörte keinen Ton, offensichtlich schlief das Mädchen noch.

Unten angekommen, sah Sienna, dass das Feuer in dem alten Küchenherd bereits brannte. Irgendjemand musste es also in aller Früh angeschürt haben.

Sie befüllte den Wasserkessel, stellte ihn auf den Herd und während sie wartete, überlegte sie, was sie für Piper zum Frühstück zubereiten sollte. Schließlich entschied sie sich für Eier mit knusprigem Speck. Sie suchte sich in der riesigen Küche die erforderlichen Zutaten für ein üppiges Frühstück, das für vier Personen reichte, zusammen und beglückwünschte sich zu ihrem neuen Leben. Sie hätte es schlechter treffen können.

Als der Wasserkessel ein lautes Pfeifen ausstieß, nahm sie ihn von der heißen Platte, goss etwas Wasser in die vorbereitete Teetasse und freute sich, dass sie so früh die Küche für sich alleine hatte. Vielleicht konnte sie sich das zur Gewohnheit machen, bevor die Tage mit ihren neuen Pflichten begangen. Zufrieden ließ sie sich auf einem der Stühle nieder.

Sie hatte sich mit Tory darauf geeinigt, dass sie gleich heute anfangen würde, was bedeutete, dass sie Piper in knapp eineinhalb Stunden in die Schule fahren und danach die anfallenden Hausarbeiten erledigen musste. Doch bis es für Piper Zeit zum Aufstehen war, wollte sie zumindest ihre erste Tasse Tee des Tages in Ruhe trinken.

Vorsichtig nippte sie an der heißen Flüssigkeit, schloss die Augen, während Geruch und Geschmack einer sicher erlesenen Sorte Tee ihre Sinne beflügelten.

Natürlich trank man bei den Ashburys keinen gewöhnlichen Tee aus dem Supermarkt. Das, was sie da in ihrer Tasse hatte, musste irgendeine edle Sorte aus London sein. Vor Jahren hatte sie mal Kekse von *Fortnum & Mason* gekostet und sie erinnerte sich mit halb geschlossenen Augen daran, dass diese genauso köstlich gewesen waren wie dieser Tee.

Was für ein Luxus! Den würde sie sich wahrscheinlich niemals in ihrem Leben leisten können, aber solange sie hier war, würde sie die Privilegien einer reichen Familie aus vollen Zügen mitgenießen.

Gleich nach ihrer Ankunft gestern Abend hatte Tory ihr die wichtigsten Räume gezeigt. Laut Torys Aussage verfügte das Haus über insgesamt zwölf Schlafzimmer, sieben Badezimmer, zwei Küchen, einen riesigen Salon, der der Familie als Wohnzimmer diente, eine Bibliothek, ein Esszimmer und mehrere Speisekammern. All diese Räumlichkeiten verteilten sich auf zwei Flügel des Hauses, von denen jedoch einer momentan gesperrt war.

Auch die Außenanlage war mehr als imposant. Sienna schätzte, dass zu Ashbury Manor mehr als zehn Hektar Land gehörten.

Allein der Park, der das Haus umgab, war riesengroß, dann der Ententeich weiter unten auf dem Grundstück, von dem aus ein Weg durch eine kleine Lichtung direkt zum Strand führte. Tory hatte ihr gesagt, dass zum Haus auch ein Bootsanleger am Fluss gehörte, und sie gebeten, darauf zu achten, dass Piper niemals ohne Aufsicht ans Wasser ging.

Alles in allem fand Sienna, dass das Haus zwar äußerst imposant und eine architektonische Schönheit war, aber irgendetwas daran kam ihr auch ein klein wenig beängstigend vor. Sie verdrängte den Gedanken an die Gänsehaut, die sie bei ihrer Führung in einigen Winkeln des Anwesens überkommen hatte. Dieses Gruseln war mit Sicherheit nur der Aufregung um den neuen Job geschuldet. Und auch dem Geplapper der alten Dame aus der Kneipe im Ort, das eben doch nur aufgebauschter Tratsch war.

Als ihre Tasse leer war, stand sie auf, stellte sie in die Spüle und wollte sich gerade auf den Weg nach oben machen, um das Mädchen zu wecken, als Nate Ashbury in die Küche trat. Sie hatte ihn gestern bei ihrem Vorstellungsgespräch kurz gesehen und ein paar Worte mit ihm gewechselt. Richtig kennengelernt hatten sie einander noch nicht.

»Einen wunderschönen guten Morgen«, begrüßte er sie, zwinkerte ihr zu und wirkte dabei wie das blühende Leben.

Etwas übertrieben und aufgesetzt, urteilte sie spontan, bevor sie ihm gleichfalls einen »guten Morgen« wünschte.

Sein Lächeln vertiefte sich, als er sich ihr näherte.

Ach komm, mahnte die Stimme in ihrem Innern, *du musst den Leuten schon eine Chance geben.* Sie zwang sich, sein Lächeln zu erwidern.

»Haben Sie gut geschlafen?«

»Um ehrlich zu sein, nicht besonders gut. Das ist bei mir immer so, wenn etwas Neues auf mich zukommt.«

Er schmunzelte. »Sehen Sie, dann haben wir beide schon etwas gemeinsam, denn mir geht es ganz genauso. Am schlimmsten ist es, wenn die Semesterferien vorbei sind und ich am Morgen wieder rausmuss.«

Für den Bruchteil einer Sekunde sahen sie einander an, bis Sienna die Vertrautheit zwischen ihnen unangenehm wurde. »Ich geh dann mal Piper wecken«, murmelte sie und wollte sich an ihm vorbeidrängen. Er hielt sie am Arm zurück und sie zuckte leicht. Die Stelle, wo seine Haut auf die ihre traf, fühlte sich prickelnd an, jedoch auf keine angenehme Art.

Sie wollte sich seinem Griff entziehen, als er von selbst losließ und sie angrinste. »Alles bereits erledigt. Meine Frau ist schon länger auf, weil sie mitten in der Nacht zu einem Notfall gerufen wurde. Als sie zurückkam, hat sie das Feuer hier unten angeschürt und Piper zum Kuscheln zu sich ins Bett geholt.« Für den Bruchteil einer Sekunde hatte Sienna das Gefühl, seine Augen würden sich verdüstern, doch dann war sein Blick wieder normal.

»Dann bereite ich zumindest das Frühstück für uns alle vor. Die meisten Zutaten habe ich schon gefunden.«

»Machen Sie sich meinetwegen keine Mühe. Ich frühstücke nicht, trinke nur eine Tasse Tee und verschwinde dann noch eine Weile in meinem Büro, bevor ich zur Uni fahre.«

»Und Tory? Hat sie Zeit für eine Mahlzeit? Nicht dass ich Lebensmittel verschwende.«

Er hob die Achseln, wirkte plötzlich überfordert. Als er ihren irritierten Blick bemerkte, stieß er die Luft aus.

»Am besten machen Sie nur etwas für Piper und sich. Tory ist morgens immer leicht angespannt und wird kaum etwas essen wollen.«

Sienna nickte, gab ein Stückchen Butter in die Pfanne, wartete, bis sie sich aufgelöst hatte und leicht brutzelte, dann schlug sie ein paar Eier hinein, gab Speck dazu. Schließlich drehte sie sich zu Nate um, der mit dem Tee hantierte. »Ich will einfach keinen Fehler machen, verstehen Sie? Ich brauche diesen Job dringend.«

Er stellte seine Tasse ab und sah sie eindringlich an. »Ich sage Ihnen was: Solange sie unsere Kleine gut versorgen, auf sie aufpassen und nicht zum Gerede der

Gemeinde werden, indem sie zum Beispiel einen Diebstahl begehen, brauchen Sie sich nicht zu sorgen.«

»Wichtig wäre auch noch, dass Sie sich an die Regeln halten«, kam es von Tory, die mit Piper im Schlepptau unbemerkt in die Küche gekommen war.

Sienna wirbelte zu ihr herum. »Guten Morgen zusammen«, stieß sie aus, verwünschte sich in Gedanken selbst, weil ihr nicht Besseres eingefallen war. Etwas Lustiges etwa, mit dem sie der Kleinen ein Lächeln entlocken konnte.

Sie sah zu, wie Piper sich auf einen der Stühle setzte und etwas verloren wirkte, als sie mit gesenktem Kopf auf den leeren Teller vor sich starrte.

Fragend blickte sie zwischen Piper und Tory hin und her. »Alles in Ordnung mit dir, Piper?«

Tory hob nur nichtssagend die Schultern. »Am besten lassen Sie sie um die Zeit in Ruhe. Piper war schon immer ein Morgenmuffel.«

Sienna nickte.

»Das wird schon«, kam es von Nate. »Sie braucht immer eine Weile, bis sie auftaut. Das mit Birdie ist noch nicht lange her und hat auch Piper ziemlich mitgenommen.«

Sienna nahm die Pfanne von Herd, ging damit zum Tisch, gab etwas von dem Essen auf den Teller des Mädchens. »Ich hoffe, du magst Eier und Speck?«

Piper sah zu ihr auf, schüttelte betont langsam den Kopf.

Ihr Blick war bockig und sprach Bände.

»Schatz!«, kam es scharf von Tory. »Du magst Eier und Speck, also mach nicht so einen Quatsch am frühen Morgen. Iss etwas und dann mach dich fertig. Ich schätze, Sienna wird heute am ersten Tag früher loswollen, weil sie den Weg noch nicht gefahren ist.«

»Ich hab aber keinen Hunger«, maulte Piper und schob den Teller von sich weg.

»Schon gut«, sagte Sienna schnell. »Ich mach dir einen Snack für die Pause fertig, okay? Was genau magst du denn?«

»Einfach ein Sandwich mit Käse«, kam ihr Nate zu Hilfe.

»Und ein wenig Obst«, warf Tory hinterher.

Sienna sah die beiden an, nickte und fühlte sich dabei fehl am Platz.

»Vertrauen Sie mir«, kam es wieder von Nate. »Das wird alles werden. Spätestens nach dem Wochenende frisst Ihnen Piper aus der Hand.«

»Welch netter Vergleich«, kam es spöttisch von Tory, die kopfschüttelnd an der Anrichte lehnte.

»Soll ich heute Mittag etwas für alle kochen?«, fragte Sienna.

Tory verneinte. »Ich esse in der Klinik und weiß nicht, wann genau ich wieder hier sein werde.«

»Und ich komme wahrscheinlich erst morgen zurück. Plant mich also auch nicht für den Abend mit ein.«

Sienna beobachtete, wie Tory unter seinen Worten zusammenzuckte, sich von der Anrichte abstieß und schweigend die Küche verließ.

Nate blickte ihr nach. Sein munteres Lächeln war verschwunden. Er wirkte frustriert, ja, fast schon resigniert.

»So wie heute Morgen ist es nicht immer«, erklärte er leicht verkniffen. »Sie sagen zwar, dass Sie diesen Job brauchen, und hoffen, keinen Fehler zu machen, doch genauso so sehr wie Sie uns brauchen, brauchen wir Sie.«

»Was denkst du?«, sagte Sienna wenig später zu Piper, sah das Mädchen durch den Rückspiegel an. »Sollen wir heute Nachmittag nach der Schule ein Eis essen gehen? Ich lade dich ein.«

Kopfschütteln.

»Und was ist mit Kino. Oder wollen wir baden gehen?«

»Geht nicht. Ich hab heute Nachmittag Klavierstunde«, kam es mürrisch zurück.

»Tut mir leid, das ist mir wohl entfallen. Ich hab den Plan noch nicht ganz verinnerlicht, ich hoffe, du verzeihst mir.« Sie sah das Kind weiter an, doch es kam keine Reaktion mehr von Piper.

Das kann ja heiter werden!

Sienna holte tief Luft, schickte ein stummes Stoßgebet zum Himmel. »Und was hältst du davon, wenn wir am Wochenende etwas Tolles unternehmen? Nur wir beide, um uns ein wenig besser kennenzulernen? Wir könnten machen, worauf du Lust hast.«

Piper sah auf, das Gesicht misstrauisch verzogen.

»Gibt es denn etwas, was du gerne machen würdest?«

Nicken.

»Verrätst du es mir?«

Piper senkte den Blick, zupfte am Ärmel ihrer Schuluniformbluse. »Mama hat mir schon oft versprochen, dass sie mit mir zu den Ponys fährt, doch gemacht hat sie es nie.«

Erleichtert griff Sienna nach dem Strohhalm. »Du liebst Pferde?«

Piper nickte, ihr Blick war jetzt nicht mehr ganz so distanziert.

»Ich auch, weißt du? Als ich noch klein war, träumte ich von einem eigenen Pony, doch meine Eltern hatten zu wenig Geld, um mir diesen Wunsch zu erfüllen.«

»Fahren wir da hin? Zu den Ponys?«

Sienna sah das Kind im Rückspiegel an. »Klar, das machen wir. Morgen ist ja schon Samstag, am besten machen wir uns gleich nach dem Frühstück auf den Weg.«

Der Rest ihres ersten Arbeitstages bei den Ashburys war so vollgepackt gewesen, dass sie kaum Zeit gefunden hatte, darüber nachzudenken, ob sie alles richtig machte. Ehe sie sich versah, war es Abend, und es schien, als habe sie ihr Pensum an Aufgaben ohne Zwischenfälle bewältigen können.

Sie hatte Piper pünktlich zur Schule gebracht, sie am Nachmittag rechtzeitig abgeholt, bei ihrer Musikstunde abgeliefert und später ihre Hausaufgaben überwacht. Nebenbei hatte sie das Abendessen vorbereitet.

Während Piper in der Schule war, hatte sie ein wenig sauber gemacht, die Wäsche gewaschen, Lebensmittel per Telefon bestellt und einen Liefertermin vereinbart.

Sie hoffte, dass sie nichts vergessen hatte, doch wenn dem so wäre, dann hätte Tory sie wahrscheinlich darauf hingewiesen. Zum Abendessen hatte sie ihre Spezialität zubereitet, eine Lasagne – und zumindest Piper damit eine große Freude gemacht. Anders Tory, die vor knapp einer Stunde nach Hause gekommen war und noch keinen Bissen angerührt hatte.

Sienna wusste nicht, wo genau in diesem riesigen Haus die Hausherrin sich gerade aufhielt, deswegen entschied sie, den Tisch so vorzubereiten, dass Tory sich ihre Portion später selbst aufwärmen konnte.

Als alles fertig war und sie das Gefühl hatte, nicht mehr gebraucht zu werden, warf sie einen Blick auf die

Uhr. Es war kurz nach neun Uhr und Piper schlief sicher schon.

Tory hatte darauf bestanden, dass sie auch vor dem Wochenende zu ihrer gewohnten Zeit zu Bett ging, was zu einem kurzzeitigen Tobsuchtsanfall des Mädchens geführt hatte. Doch am Ende war sie es gewesen, die es geschafft hatte, das Kind zu beruhigen, in dem sie es an den morgigen Ausflug erinnert hatte.

Dabei hatte sie das Gefühl gehabt, dass Tory ihr dankbar war. Doch seither hatte sie Tory nicht mehr zu Gesicht bekommen.

Sienna fragte sich, ob es okay wäre, wenn sie sich zur Entspannung ein Glas Wein einschenkte, um es mit auf ihr Zimmer zu nehmen. Doch am Ende siegte ihre Vernunft, und sie bereitete sich nur eine Kanne Kräutertee zu und legte ein paar Kekse als Betthupferl auf einen kleinen Teller.

Als sie an Pipers Zimmer vorbeikam, das sich in der Nähe ihrer Räume befand, hörte sie etwas.

Sie eilte in ihr Zimmer, stellte das Tablett auf dem Tisch ab und lief zurück zur Zimmertür des Mädchens. Dort presste sie das Ohr fest gegen das Holz und hielt die Luft an.

Da war es wieder.

Ein leises Schniefen, das in ein Schluchzen überging.

Behutsam drückte sie die Klinke hinunter, schlich im abgedunkelten Raum auf das Bett zu, beugte sich über das Kopfteil.

»Was hast du denn, meine Kleine?«, fragte sie leise, doch das Mädchen reagierte nicht. Sie zog ihr Smartphone aus der Hosentasche, entsperrte den Bildschirm, nutzte das Display als Lichtquelle. Als sie das Gesichtchen der Kleinen sah, zerriss es ihr beinahe das Herz.

Piper weinte im Schlaf!

SECHS
FALMOUTH
2015

Avery

»Du siehst müde aus.« Chester sah sie besorgt an.

Avery hob die Schultern. »Ist spät geworden gestern. Ich hab bis nach Mitternacht die Befragungsprotokolle und Meldungen nach Hinweisen durchsucht.«

»War was Brauchbares dabei?«

»Das Übliche. Wichtigtuer, neugierige alte Leute, besorgte Frauen und Eltern.«

»Also scheint niemand Annie gesehen zu haben?«

»Nicht seit ihrem Aufenthalt im *Black Cat*.«

»Was ist mit ihrem Handy?«

»Die letzte Ortung war in der Nacht ihres Verschwindens. In der Gegend um St. Agnes. Die Freundin des Mädchens hat Zettel aufgehängt, aber auch daraufhin hat sich niemand gemeldet, der etwas von Belang wusste. Nur die üblichen Spinner.«

»Annie kann sich doch nicht in Luft aufgelöst haben, verdammt!«

»Seh ich genauso.« Avery gähnte verhalten. »Du

wolltest doch ihre Kreditkartenbewegungen überprüfen? Gab es Käufe nach dem Abend in der Bar?«

Chester schüttelte den Kopf. »Nichts seit dem Abend ihres Verschwindens.«

»Hat sie die Zeche noch mit der Karte bezahlt?«

»Ja, sowie alle früheren, ihre Einkäufe, Shoppingtouren, alles lief über die Kreditkarte.«

»Und dann ist abrupt Schluss nach dem Barbesuch im *Black Cat?* Gab es auch keine Zahlungen mehr in der gleichen Nacht?«

»Nichts. Ich hab mir daraufhin auch die Bewegungen auf ihrem Bankkonto angesehen. Was abging, waren Daueraufträge und wiederkehrende Verbindlichkeiten, die automatisch abgebucht werden.«

Avery strich sich nachdenklich eine Haarsträhne zurück. »Du sagtest, sie hat so gut wie alles mit der Kreditkarte bezahlt. Wie kommst du darauf?«

Chester nickte und schob ihr einen Ausdruck über den Tisch. »Sieh es dir selbst an. Täglich mehrere Abbuchungen, auch für Kleinigkeiten.«

»Was ist mit Bargeldabhebungen?«

»Die letzte vor zwei Wochen. Hundert Pfund, womit sie nicht weit kommt.«

»Nicht bei ihrem üblichen Verbrauch«, bestätigte Avery mit einem prüfenden Blick über Annies Ausgaben pro Tag. »Die reichen kaum zwei Tage.«

»Ein Freund, der sie aushält? Von dem sie ihrer Freundin vielleicht doch nichts gesagt hat?«

»Wäre eine Möglichkeit«, antwortete Avery. »Aber was mich stutzig macht, ist, dass sie ihr Handy offenbar nicht mehr benutzt hat. Sie ist einundzwanzig. Gehört zur typischen Handygeneration. Die nehmen das Ding sogar mit aufs Klo. Warum sollte sie es ausschalten? Ich kenne Mädchen in ihrem Alter, die einen Nervenzusammenbruch bekommen, wenn sie keinen Handyempfang haben.«

»Vielleicht hat sie es ausgeschaltet, damit ihr niemand auf die Nerven geht?«, warf Chester ein.

»Du meinst, weil sie Streit mit ihrer besten Freundin hatte und auf stur geschaltet hat? Ist möglich. Die jungen Leute von heute sind alles andere als konfliktresistent. Ein winziger Krach unter Freunden und die Welt geht unter.«

Chester nickte. »Dann glaubst du, dass sie einfach nur untergetaucht ist?«

»Nachdem ich mit Annies Mutter gesprochen habe, will ich das nicht ausschließen. Sie hat bestätigt, was wir von der Freundin wissen. Annie ist schwierig im Umgang, schnell beleidigt, extrem ichbezogen. Auch ihr Vater hat sie in ähnlicher Weise beschrieben, ebenso ihr Freund aus London, mit dem sie diese merkwürdige Übereinkunft über freie Liebe und Austoben geschlossen hat.«

»Und wenn doch mehr dahintersteckt?«

»Was meinst du?«

Chester kratzte sich am Kopf. »Was ist, wenn ihr wirklich etwas zugestoßen ist? Immerhin ist Annie schon die zweite junge Frau aus der Gegend, die vermisst wird. Ihre Freundin hatte nicht unrecht, als sie dir gegenüber anmerkte, dass der Fall an Brooke erinnert. Und auch von Brooke fehlt bis heute jede Spur.«

»Darüber habe ich auch nachgedacht. Allerdings liegen Welten zwischen der verschwundenen Brooke und Annie.«

»Du meinst, die eine ist reich, die andere stammt aus einfachen Verhältnissen?«

»Nicht nur das«, entgegnete Avery. »Brooke hatte im Gegensatz zu Annie ein inniges Verhältnis zu ihren Eltern. Sie wurde von allen Leuten, mit denen wir damals gesprochen haben, als fürsorgliche und zuverlässige junge Frau beschrieben. Sie hatte einen Job, Verpflichtungen, war Mitglied einer Theatergruppe, war fest in St. Ives verwurzelt. Sie wäre niemals weggegangen, ohne ihre Eltern zu involvieren. Das Familienkonstrukt ist ein vollkommen anderes als das bei Annie. Brookes Verschwinden hat bei mir nach den Gesprächen mit ihren Angehörigen und Freunden sofort ein ungutes Gefühl hinterlassen, doch bei Annie jetzt ...«

»Eine verwöhnte Göre, die einfach gern im Mittelpunkt steht.«

»Ja, nach allem, was wir wissen.«

Chester räusperte sich. »Im Grunde hast du recht, was den Vergleich der beiden Mädchen angeht. Aber dennoch teile ich die ungute Vorahnung ihrer Freundin. Ich denke, du schätzt die Situation falsch ein.«

»Weil du glaubst, meine Vorurteile vernebeln mir die Sicht?«

Er sagte nichts, was Antwort genug war.

Avery stieß die Luft aus. »Mir lässt das auch keine Ruhe, ganz ehrlich. Ich bin genau wie du daran interessiert, dass wir sie finden. Ihre Mutter ruft seit drei Tagen ununterbrochen an, hält hier alle auf Trab. Denkst du nicht auch, dass mir daran liegt, dass das aufhört?« Sie schüttelte den Kopf, starrte frustriert auf die Akten und Unterlagen auf ihrem Tisch. »Sag mir einfach, was wir zum gegenwärtigen Zeitpunkt noch tun könnten!«

»Ich weiß es doch auch nicht, verdammte Kacke! Im Grunde haben wir schon alles versucht. Wir haben ihre Kontakte durch, ihr Zimmer durchsucht, ihren Laptop, das Handy. Annies Freunde haben Flugblätter verteilt und wir haben ihren Wagen nach fremden Fingerabdrücken untersucht und diese ebenfalls überprüft. Wir haben alles getan, was machbar ist. Trotzdem hab ich das Gefühl, dass es noch zu wenig ist. Ich fürchte, die Fälle Brooke und Annie hängen zusammen.«

»Weil du insgeheim davon überzeugt bist, dass Brooke tot ist. Dass jemand sie umgebracht und irgendwo vergraben hat. Und jetzt glaubst du ernsthaft, dass Brooke getötet wurde und Annie dasselbe zugestoßen ist?«

Chester verzog das Gesicht. »Meine Tochter ist im selben Alter wie die beiden Mädchen. Sie studiert zwar in London, dennoch mache ich mir meine Gedanken. Ich kann, seit jetzt auch Annie vermisst wird, an nichts anderes mehr denken, als daran, was wäre, wenn es meine Lucy wäre. Das raubt mir den Schlaf!«

Avery sah ihren Kollegen besorgt an. Erst jetzt fielen ihr die dunklen Schatten unter seinen Augen auf, die aschfahle Haut seines Gesichts, das nervöse Zittern seiner Finger.

»Willst du dich von dem Fall abziehen lassen? Ich kann mit Ivy reden, sie fragen, ob sie mir jemanden anderen zuteilt. Damon zum Beispiel oder Drew.«

Chester schüttelte entschlossen den Kopf. »Ich krieg das hin, klar?! Du wirst einen Teufel tun und zu Ivy rennen. Immerhin stecke ich schon bis zum Hals in den Ermittlungen drin. Was soll das bringen, wenn du mich abziehen lässt? Glaubst du wirklich, dass ich meine Gedanken dann einfach ausschalten kann?«

Avery schluckte hart. »Tut mir leid, ich will dir doch nur helfen.«

Er funkelte sie an. »Wenn du mir helfen willst, dann bring die Chefin dazu, eine Großraumsuche zu genehmigen. Am besten mit ausgebildeten Suchhunden. Wir könnten bei der Gegend um die Bar anfangen, dort wo Annies Auto stand, und uns dann schrittweise weiter vorarbeiten.«

»Und wo hören wir dann auf? Wenn du recht hast,

ihr etwas zugestoßen ist, dann kann sie überall sein. Der oder die Verantwortliche kann sie Gott weiß wo hingeschleppt oder abgeladen haben, hunderte Kilometer von hier entfernt. Das Ganze hatten wir doch schon bei der Suche nach Brooke vor einem halben Jahr … sicher erinnerst du dich, dass wir in dem Fall tatsächlich einen Suchtrupp mit mehr als zwanzig Hunden organisiert hatten.«

»Ich weiß.« Chester nickte resigniert. »Es hat nichts gebracht. Aber wir können doch nicht hier sitzen und nichts tun, bis es womöglich das nächste Mädchen erwischt.«

Avery stieß einen wütenden Grunzton aus, tippte auf den Aktenstapel vor sich. »Das nennst du nichts?«

Chester seufzte. »Du weißt, was ich meine. Heute ist der sechste Tag …«

Das Klingeln des Telefons auf ihrem Schreibtisch ließ Avery innerlich aufatmen. Sie hatte keine Lust, weiter mit ihrem Kollegen zu streiten. Er war Vater zweier Mädchen im Alter von einundzwanzig und elf Jahren, während sie selbst noch nicht einmal ein Haustier besaß oder einen Partner hatte. Sie war nur für sich selbst verantwortlich, konnte sich daher vermutlich nicht in dem Maße in jemanden hineinversetzen und auch nicht so hineinsteigern wie Chester, was sie immer noch für übertrieben hielt.

Sie angelte den Hörer von der Station. »Avery Smith«, meldete sie sich.

»Was war das?«, fragte Chester besorgt, als Avery das Gespräch beendet hatte und einen leisen Fluch ausstieß.

»Melody aus der Telefonzentrale hat einen Leichenfund gemeldet.«

»Was? Wo? Um wen handelt es sich?«

»Die Kollegen aus Truro haben ihn gemeldet.«

»Ja und?«

»Eine Schulklasse war heute Morgen zum Wandern im Idless Woods unterwegs. Die meisten der Kinder waren gerade erst sieben Jahr alt. Einige der kleinen Mädchen haben ein Haarbüschel entdeckt, das aus dem Boden hervorlugte. Sie dachten wohl, dass da jemand eine Puppe verloren hat, und wollten sie ausgraben. Nur leider war es am Ende kein Spielzeug, das die Kleinen halb ausgebuddelt haben.«

»Komm auf den Punkt, was haben die Kinder im Idless Woods gefunden?«

»Ich fürchte, du hattest den richtigen Riecher«, antwortete Avery. »Sie fanden eine weibliche Leiche. Dem Alter und der weiteren Beschreibung nach könnte es sich um Annie handeln. Einzig das Gesicht der Toten … nun ja … am besten wird es sein, wenn wir uns auf den Weg machen. Wenn es Annie ist, sind wir zuständig.«

SIEBEN
SAINT JUST

2019

Sienna

»Sienna …«

Die flüsternde Stimme drang wie durch dichten Nebel in ihr Bewusstsein. Zuerst dachte sie, es wäre eine Stimme in ihrem Traum, doch dann spürte sie ein leichtes Zupfen an ihrer Schulter, das drängender wurde und in ein Schütteln überging.

Langsam driftete sie aus dem Schlaf, blinzelte.

Als sie die Umrisse eines Menschen in der Dunkelheit erkannte, zuckte sie zusammen.

»Sienna, aufwachen, bitte aufwachen.«

»Piper, was machst du denn hier?«, fragte Sienna noch im Halbschlaf, als sie die flehende Stimme ihres Schützlings erkannte. »Was ist denn, Schatz? Warum schläfst du nicht? Morgen früh ist doch wieder Schule.«

»Aber ich hab Angst.«

Sienna setzte sich auf, tastete nach dem Schalter der Nachttischlampe, blinzelte gegen die plötzliche Helligkeit an. Als ihr Blick sich daran gewöhnt hatte, nahm sie das Mädchen in Augenschein. Piper sah sie aus rot geweinten Augen verängstigt an und zitterte am ganzen Körper.

»Magst du mir erzählen, was los ist?«

»Ich hab jemanden schreien gehört.«

Sienna legte den Kopf schräg, sah das Kind an. »Du hast ganz sicher nur geträumt.«

Piper verneinte kopfschüttelnd und bei dieser vehementen Bewegung flogen ihre blonden Zöpfe durch die Luft. »Hab ich nicht, ich war wach. Und dann hab ich es gehört. Jemand hat laut geschrien und es hat gepoltert.«

»Wo hat es gepoltert?«

»Da, wo wir nicht hindürfen?«

»Du meinst in dem anderen Flügel des Hauses, wo gebaut wird?«

Piper nickte mit zusammengepressten Lippen.

Sienna zog Piper am Arm zu sich heran. »Setz dich mal zu mir, du bibberst ja am ganzen Körper.«

Piper tat wie ihr geheißen, sah sie trotzig an. »Ich hab das nicht geträumt.«

»Bist du sicher?« Sienna legte einen Teil ihrer Zudecke über das Mädchen, das diese aufgebracht von sich schubste.

»Aber ich hab es genau gehört!«

Sienna sah sie skeptisch an. »Aber wenn da etwas gewesen wäre, hätte ich doch auch was gehört.«

Piper verzog den Mund zu einer Schnute. »Du schläfst tief wie ein Baby. Ich hab ewig gebraucht, um dich wach zu kriegen.«

Sienna grinste. »Das hab ich von meinem Vater. Den haben auch keine zehn Pferde aus dem Schlaf bekommen. Aber deine Eltern hätten es doch hören müssen, oder nicht?«

»Papa ist nicht in seinem Zimmer. Ich hab nachgesehen. Und Mama schläft. Sie will oft nicht, dass ich nachts zu ihr komme. Und wenn ich es doch mache, weil ich

Angst hab, dann schimpft sie. Deswegen bin ich zu dir gekommen.«

Pipers Unterlippe zitterte leicht. Sofort nahm Sienna das Kind fest in die Arme, was es dieses Mal zuließ. Beruhigend strich Sienna über Pipers Rücken. »Zu mir kannst du immer kommen, ganz egal, wann oder weswegen. Aber trotzdem müssen wir darüber reden und versuchen, dass deine Angst weggeht, okay?«

Piper nickte.

»Du bist sicher, dass du nicht doch eingeschlafen bist?«

Nicken.

»Und dieses Geräusch, dieser Schrei, wie hat sich der angehört?«

»Wie ein Mensch. Als wenn jemand wütend ist und schimpft. So richtig böse.«

»Wie kommst du darauf?«

Piper sah sie unheilvoll an. »Ich hab das schon ganz oft gehört.«

Sienna schluckte. »Du hast schon öfter jemanden schreien gehört? Mitten in der Nacht?«

»Einmal auch tagsüber.«

»Und dieses Poltern, das du gehört hast … kann es nicht sein, dass das vom Haus kommt? Dieses Gebäude ist mehrere hundert Jahre alt. Und so alte Gemäuer machen manchmal Geräusche. Der Dachstuhl zum Beispiel ist aus Holz, und Holz knarzt. Die alten Türen quietschen und rütteln in den Angeln, die Fenster lassen den Wind hindurch, was sich unter Umständen wie ein Fauchen, ja, vielleicht sogar wie Schreie anhören kann. Und heute Nacht …« Sienna drehte sich um, deutete auf ihr eigenes Fenster. »Es ist windig draußen, siehst du?« Sie sah wieder zu Piper. »Im Grunde gibt es unzählige Erklärungen für das, was du gehört hast, und jede einzelne davon ist alles andere als gruselig.«

Piper seufzte. »Ich hab trotzdem Angst.«

»Aber warum? Und wovor?«

Piper sah sie mit großen Augen an, sagte aber nichts.

Sienna schlug die Decke zurück. »Komm, lass mich aufstehen und dich in dein Zimmer bringen.«

Piper schüttelte stur den Kopf.

Sienna seufzte innerlich. »Okay. Und was hältst du davon, wenn ich dich in dein Zimmer bringe und dableibe, bis du eingeschlafen bist?«

Piper schien darüber nachzudenken, dann nickte sie, stand auf. »Okay, aber versprichst du, dass du wirklich bleibst, bis ich schlafe?«

Sienna grinste. »Aber nur, wenn du jetzt ganz brav bist und in deinem eigenen Bett verschwindest.«

Gemeinsam huschten sie über den dunklen Gang ins Zimmer der Kleinen, dort schaltete Sienna das Deckenlicht an, bis Piper im Bett lag. Dann deckte sie das Kind bis zur Nasenspitze zu, bevor sie das Licht wieder löschte, auf Zehenspitzen zurück zu dem Bett des Mädchens huschte und sich daneben niederließ.

»Bleib noch, ja?«, kam es zaghaft aus den Kissen.

»Ich habs versprochen, und da bin ich.«

Eine kleine Hand streckte sich nach ihr aus, die sie umfasste. »Und jetzt – auf die Plätze, fertig, schlafen.« Sie wartete, bis Piper die perfekte Liegeposition gefunden hatte und die kleine Hand in ihrer sich lockerte. Sie legte sie behutsam auf die Bettdecke und strich dem Mädchen sanft übers Gesicht. »Alles gut?«

Piper nickte laut gähnend, was Sienna ein Kichern entlockte, in das auch Piper mit einstimmte.

Schließlich verstummten sie und Pipers Atmen wurde ruhiger.

Während Sienna in der Dunkelheit die Umrisse des Mädchens unter der Decke betrachtete, spürte sie ein warmes Gefühl in ihrem Innern.

Noch am Freitag, ihrem ersten Arbeitstag, hatte sie geglaubt, das Kind und sie würden niemals miteinander warm werden. Doch innerhalb der letzten Tage hatte sich ihr Verhältnis zueinander vollkommen verändert. Sie hatte das Wochenende mit dem Kind verbracht. Selbst den Sonntag, der eigentlich ihr allein gehörte. Sie waren bei den Ponys gewesen, hatten ein Eis gegessen, waren zusammen durch die Gegend gestreift und hatten Insekten für Pipers Schulprojekt fotografiert.

Während dieser zwei Tage hatte sie es tatsächlich geschafft, Piper das ein oder andere Lächeln zu entlocken, und erfahren, dass sie Angst habe, ihre Eltern würden sich scheiden lassen, so wie die Eltern eines Mädchens aus ihrer Klasse.

Piper war erst neun Jahre alt, aber sie bekam so viel mehr mit, als manch Erwachsener glauben würde.

So hatte sie zum Beispiel genau wie Sienna erkannt, wie merkwürdig das Miteinander von Tory und Nate war. Die beiden achteten akribisch darauf, den jeweils anderen unter keinen Umständen auch nur zufällig zu berühren, geschweige denn kam es jemals zu irgendwelchen Zärtlichkeiten zwischen dem Paar.

Auch ihre Kommunikation war gereizt. Nate war der Ruhige und Besonnene, was die deutlich lebhaftere, oft nervöse Tory offensichtlich fast zur Weißglut trieb. Ständig stichelten die beiden, nörgelten, schienen kurz vor einem offen ausgetragenen Streit zu stehen, zu dem es aber dann doch nicht kam.

Noch auffallender war, dass sie sich aus dem Weg gingen. Nate war fast nie zu Hause. Er verließ das Haus meistens am frühen Vormittag und kam erst spät in der Nacht oder gar nicht zurück. In der wenigen Zeit, in der er anwesend war, was laut Piper nur an den Wochenenden vorkam, verbarrikadierte er sich in seinem Homeoffice. Piper liebte ihren Dad über alles und er sie ebenso, trotzdem nahm er sich viel zu wenig Zeit für seine Tochter. Was er stattdessen tat, während seiner Abwesenheit oder in den Stunden im Homeoffice – darüber konnte Sienna nur mutmaßen. Sie schätzte, dass er und Tory nur noch eine Zweckgemeinschaft waren und im Übrigen jeder sein eigenes Ding durchzog.

Auch über Tory hatte sich Sienna Gedanken gemacht. Sie war Ärztin und Mutter, scheinbar beides mit Leib und Seele, nur schaffte sie es selbst unter größter Anstrengung kaum, beidem gerecht zu werden.

Da sie von ihrem Ehemann kaum Hilfe bekam, ließ sie ihren Ärger nicht selten an dem Menschen aus, der am wenigsten dafür konnte. An ihrer Tochter Piper.

»Ich glaube, Mama hat mich nicht mehr gern«, hatte sie erst gestern zu ihr gesagt und ausgesehen, als bräche sie jeden Augenblick in Tränen aus.

»Quatsch«, hatte Sienna voller Überzeugung zurückgegeben und das Kind fest in die Arme genommen. »Deine Mutter vergöttert dich, aber sie hat einen anstrengenden Job, genau wie dein Vater. Beide lieben dich über alles, deswegen haben sie ja auch mich zu Hilfe geholt, damit es dir an nichts fehlt, verstehst du?«

Piper hatte zwar genickt, jedoch nicht gerade überzeugt ausgesehen.

Klar, Eltern machten nun mal Fehler, doch Nate und Tory taten der Kleinen nicht gut, sie litt so deutlich unter diesen Spannungen, dass es Sienna das Herz zerriss. Aber auch wenn sie der Meinung war, dass die Eltern dringend ihre Prioritäten überdenken sollten, war sie nicht in der Position, ihnen das offen zu sagen.

Es würde sie ihren Job kosten und Piper stünde wieder allein da. Sie musste auf andere Weise versuchen, zu schlichten und vielleicht dafür zu sorgen, dass sie sich zumindest für ihre Tochter mehr Zeit nahmen.

Ein Gähnen entfuhr ihr.

Dann flutete eine Welle der Müdigkeit Siennas Kopf und Körper. Ihre Gliedmaßen wurden schwer und sie konnte kaum noch ihre Augen offen halten.

Piper atmete inzwischen leise und regelmäßig. Vorsichtig richtete sie sich auf, um zurück in ihr eigenes Bett zu gehen, als Piper sich ruckartig umdrehte.

»Bitte, Sienna, geh noch nicht. Wenn du weg bist, dann hör ich bestimmt wieder das Schreien.«

Siennas Herz setzte für den Bruchteil einer Sekunde aus. »Das hatten wir doch vorhin geklärt, oder nicht? Das, was du hörst, ist einfach nur das alte Haus.«

»Nein«, protestierte Piper. Ein sanftes Licht leuchtete auf, das Piper angeknipst haben musste. Es hatte die Form eines Sterns und war am Kopfende des Bettes angebracht.

Während Sienna noch überlegte, wie sie Piper abermals beruhigen konnte, richtete sich das Mädchen auf, schüttelte heftig den Kopf, wirkte beinahe wütend. »Da irrst du dich, Sienna. Das ist nicht das Haus. Ich glaube, da drüben ist jemand.«

Sienna lachte. »Wer sollte sich denn nachts dort herumtreiben? Und vor allem, warum? Das Wichtigste ist aber, wie sollte jemand ins Haus gekommen sein? Deine Eltern haben eine Alarmanlage installiert, die einen Höllenkrach veranstaltet, wenn jemand ein Fenster einschlägt oder sich am Schloss zu schaffen macht.«

Piper fing an zu weinen. »Warum glaubst du mir nicht?«, nuschelte sie. »Ich lüg nicht.«

Schnell setzte sich Sienna wieder zu ihr, nahm sie in die Arme. »Pscht, Schatz. Ich schwöre dir, da ist niemand. Es ist schlicht und ergreifend nicht möglich, dass jemand Fremdes sich Zutritt zu eurem Anwesen verschafft.«

»Aber da ist jemand, ich hör es doch«, nuschelte Piper mit erstickter Stimme.

»Piper, wie soll jemand ins Haus kommen? Du weiß doch, dass man noch nicht mal auf euer Grundstück kommt, ohne dass die Bewegungsmelder Alarm schlagen und das Gelände in grelles Licht tauchen. Vom Haupttor aus kann keiner rein, das ist mit einer Schließanlage und Kameras gesichert. Und vom Strand aus geht es auch nicht so einfach, weil derjenige ein ganzes Stück schwimmen müsste, um unbemerkt ans Ufer zu kommen. Und auch da sind überall Kameras und Bewegungsmelder, weil dein Vater Angst hat, dass sich Kinder an seinem Boot zu schaffen machen und sich dabei verletzen könnten.

Nicht einmal der gewiefteste Verbrecher würde es einfach haben, hier reinzukommen.«

Piper sah sie an, seufzte. »Ich hab ja auch keine Angst vor Einbrechern. Dass Papa hier alles sicher gemacht hat, weiß ich. Mama ist doch genauso ein Schisshase wie ich.«

»Aber wovor hast du dann so große Angst, Süße?«

Piper sog die Luft ein, stieß sie dann langsam und zitternd wieder aus. »Versprichst du, dass du mich nicht auslachst?«

Sienna nickte und legte eine Hand auf ihr Herz. »Versprochen.«

»Ich glaube, dass es hier spukt«, flüsterte Piper und sah sich ängstlich um, als gäbe es heimliche Lauscher. »Irgendwas ganz Böses wird passieren, das weiß ich. Ich spür es!«

ACHT
FALMOUTH/IDLESS WOODS
2015

Avery

»Da vorne müsste es sein.« Chesters Hand war bereits am Verschluss des Sicherheitsgurts, als er auf den mit Fahrzeugen voll gestellten Waldparkplatz wies.

Avery ging vom Gas und setze den Blinker, um abzubiegen, als auch sie die Absperrbänder am Ende der Straße, erkannte. Sie hielt hinter einem der Transporter, so viel Platz lassend, dass dieser noch ausparken konnte. Dann löste auch sie ihren Gurt und schaffte es gerade noch, auszusteigen, als ein junger Mann in Uniform gestikulierend auf sie zukam. »Hier dürfen Sie heute nicht parken«, rief er aus.

»Ich denke doch«, entgegnete Avery und fischte nach ihrem Ausweis.

»He, Sie müssen hier weg«, schnarrte der Uniformierte sie scharf an. »Hier findet eine polizeiliche Ermittlung statt.«

Avery grinste und hielt ihm ihren Ausweis hin. »Ich weiß. Deshalb sind wir hier.«

Chester, der neben sie getreten war, fummelte gleichfalls seinen Ausweis hervor. »Avery Smith und Chester Tuner. Wir sind aus Falmouth, Ihre Kollegen haben uns informiert und uns gebeten, herzukommen.«

»Ah, entschuldigen Sie«, sagte der Uniformierte, nachdem er die Ausweise studiert und ihnen zurückgegeben hatte. »Da es hier ständig von Touristen wimmelt, dachte ich …« Er brach ab, sah sie unbehaglich an.

»Schon okay«, gab Avery zurück. »Sie machen ja nur Ihren Job, so wie wir. Was genau wissen Sie?«

Der junge Mann seufzte. »Nicht allzu viel, ich bin nur für die Absperrung zuständig. Die Tote wurde mehrere Kilometer von hier entfernt im Dickicht gefunden.«

»Kommen wir mit unserem Wagen da hin?«, fragte Chester.

Der Beamte beäugte stirnrunzelnd Averys BMW. »Der Weg dahin ist schlecht befahrbar, ich schätze, mit Ihrem großen Wagen kommen Sie nicht weit. Wir haben zwei Kleinwagen, mit denen man fast bis zum Fundort fahren kann. Den Rest des Weges müssten Sie laufen, etwa drei bis vierhundert Meter.«

Chester räusperte sich. »Wäre es möglich, dass Sie uns zu ihren Kollegen vor Ort bringen?«

Der Uniformierte schüttelte bedauernd den Kopf. »Ich kann hier nicht weg, ich bin angewiesen, jeden abzuwimmeln, der in den Wald will und nicht zum Ermittlungsteam gehört.« Er deutete auf einen kleinen Fiat, der hinter der Absperrung stand. »Den Wagen hat uns einer der Ranger zur Verfügung gestellt. Sie können ihn nutzen. Folgen Sie einfach den Absperrbändern bis zu einer Anhöhe. Von da aus geht es zu Fuß weiter, immer den Bändern nach. Aktuell ist die Spurensicherung noch bei der Arbeit, aber die Kollegen, die Sie informiert haben, sind auch noch vor Ort.«

Avery nickte knapp und eilte zu dem Kleinwagen. Sie

setzte sich hinters Steuer. Der Schlüssel steckte. Sie sah im Rückspiegel, dass Chester noch immer mit dem jungen Mann redete. Ungeduldig ließ sie den Motor an. Chester sah zu ihr, nickte ihr gereizt zu, bevor er sich endlich losriss und sich auf den Beifahrersitz zwängte.

»Du strotzt heute ja wieder vor Freundlichkeit«, brummelte er, während er sich anschnallte.

Avery fuhr schweigend an, warf ihm allerdings einen kurzen Seitenblick zu, bevor sie sich auf die von Absperrbändern gesäumte Strecke konzentrierte. Nach gut fünfhundert Metern seufzte sie. »Jetzt sag schon, was dir im Kopf herumgeistert.«

Chester sah sie an, schwieg aber.

»Verdammt, Chester, wir sind nicht hier, um nett zu plaudern.«

»Als ob ich das nicht wüsste.«

»Na schön, was ist es dann? Geht es darum, dass ich womöglich die Lage falsch eingeschätzt habe? Na gut, du hast recht. Sollte die Tote tatsächlich Annie sein, dann habe ich die ganze Zeit über falschgelegen. So weit okay, aber das ist es nicht, weshalb du die letzte Stunde kein verdammtes Wort gesprochen hast. Was ist los?« Sie warf Chester erneut einen Seitenblick zu, konzentrierte sich dann wieder auf den schmalen Waldweg vor sich.

»Brooke und Annie, zwei junge Frauen, sind einfach verschwunden. Jetzt der Fund einer weiblichen Leiche, die tatsächlich Annie sein könnte ...«

»Ja, und was schließt du daraus?«

»Wenn es Annie ist, müssen wir davon ausgehen, dass auch Brooke tot ist.«

»Das denke ich auch«, erwiderte sie, starr auf die Strecke vor sich blickend. »Das sagte ich vorhin ja. Bei Brooke sieht die Sachlage anders aus. Ihr Verschwinden war von Anfang an beunruhigend, auch für mich.«

»Das ist es nicht, was mich beunruhigt.«

»Sondern?«

»Erinnerst du dich an die Kleine aus Truro? Ich glaub, das war 2013.«

»Ja sicher, die Kollegen haben den Fall bearbeitet, der seinerzeit durch alle Medien ging.«

»Ein Irrer hat die junge Frau überfallen und versucht, sich an ihr zu vergehen, und als das nicht klappte, hat er sie übel zugerichtet und zum Sterben zurückgelassen. Gott sei Dank wurde sie von einem Jäger gefunden und ins Krankenhaus gebracht. Sie hat knapp überlebt, den Kerl aber nicht beschreiben können, weil er eine Sturmhaube getragen hat.«

Avery runzelte die Stirn. »Worauf willst du hinaus?«

»Was, wenn es derselbe Kerl gewesen ist? Vielleicht war die Kleine damals sein erstes Opfer. Und danach kam Brooke und jetzt Annie. Dann hätten wir es mit einem Serientäter zu tun.«

Avery blinzelte. »Die Kleine damals war fast noch ein Kind, wenn ich mich richtig erinnere. Ich glaube, sie war gerade sechzehn, oder? Brooke und Annie sind in den Zwanzigern.«

Chester stieß scharf die Luft aus. »Was heißt das schon? Diese Mädchen im Teenageralter sehen heutzutage fast alle wie erwachsene Frauen aus und kleiden sich auch so. Vielleicht hat der Täter die Kleine damals älter geschätzt. Ich denke, meine Theorie ist eine Überlegung wert.«

Avery nickte mit hochgezogenen Brauen. »Lass uns darüber mit den Kollegen reden. Die Kleine war ja aus dieser Gegend. Vielleicht erinnert sich noch jemand an den damaligen Fall.«

Chester atmete hörbar aus, fast, als hätte er Angst gehabt, sie könnte seine Bedenken einfach beiseitewischen.

Sie trat auf die Bremse, sah ihn ernst an. »Bist du sicher, dass du dabeibleiben willst?«

»Das sagte ich bereits. Ich werde einen Teufel tun und mich abziehen lassen. Ich erledige meinen Job, genau wie du.«

»Ich meinte nicht die Ermittlung, Chester. Ich meine das hier. Jetzt. In diesem Augenblick. Wir fahren zu einem Leichenfundort, und die Tote könnte Annie sein. Ein Opfer im Alter deiner Ältesten.«

Er nickte entschlossen. »Lass das meine Sorge sein. Und jetzt los, bringen wir es hinter uns!«

»Lange nicht gesehen«, sagte Avery und gab Detektive Sergeant Williams die Hand. Dann sah sie zu der jungen Frau neben ihm.

»Das ist Linda Pool, meine neue Kollegin«, stellte er diese vor und begrüßte auch Chester mit Handschlag. »Wir leiten die Ermittlungen.«

»Ich habe gehört, dass es sich bei der Toten um Annie Russel handeln könnte?«

Williams Gesicht verdüsterte sich. »Inzwischen ist es fast bestätigt«, erklärte er. »Auch wenn man von ihrem Gesicht nahezu nichts erkennt.«

Avery bemerkte, wie Chester neben ihr sich versteifte.

»Was soll das bedeuten?«, fragte sie.

»Wer auch immer das getan hat, ist ein sadistisches Dreckschwein. Er hat die arme junge Frau brutal zusammengeschlagen, ihr Gesicht bis zur Unkenntlichkeit zerschnitten. Ihr Körper …« Williams brach ab. »Am besten sehen Sie sich das selbst an.«

»Sicher, dafür sind wir hier. Aber wie kommen Sie

drauf, dass es Annie sein könnte, wenn man ihr Gesicht nicht erkennt?«

»Die Vermisstenmeldung«, erklärte er knapp. »Darin wurde eine Tätowierung oberhalb des Schambereichs beschrieben. Ein Kranich, wenn ich mich nicht irre.«

Avery schluckte, warf Chester einen Seitenblick zu. Die Kieferknochen ihres Kollegen waren angespannt, er wirkte, als würde er jeden Augenblick explodieren. »Na los«, sagte sie mit leiser Stimme, zog ihre Einmalfüßlinge, Kopfbedeckung und Handschuhe aus der Tasche ihres Parkas.

Sie wartete, bis auch Chester damit fertig war, dann stapften sie hinter Williams und Pool durch das Dickicht.

Während sie auf die in Plastikoveralls gehüllten Kollegen zuliefen, hatte Avery das Bedürfnis, sich ganz woandershin zu katapultieren. Vielleicht an einem wunderschönen Strand im Süden. Nach Spanien. Oder am besten gleich in die Karibik. Einfach nur in der Sonne liegen, an nichts denken, Meeresrauschen, Wein und leckeres Essen.

Die geschäftig klingenden Stimmen der Kollegen der Spurensicherung holten sie ins Hier und Jetzt zurück. Sie warf Chester neben sich einen Blick zu. Er wirkte so verkrampft, wie sie sich fühlte.

Sie stiegen schweigend weiter über umgestürzte Baumstämme, kämpften sich durch unwegsames Geäst, zwängten sich an wild wuchernden Büschen vorbei – und dann endlich sahen sie sie.

Die nackte und von Blut und Dreck verkrustete Leiche einer Frau. Ein lebloser Körper, übersät mit unzähligen Wunden, in einem etwa vierzig Zentimeter tiefen Erdloch.

»Diese Kinder hätten die Leiche wahrscheinlich gar nicht gefunden, wären da nicht ihre langen Haare gewesen, die teilweise aus der Erde ragten. Entweder wollte der Täter, dass wir sie finden, oder er hatte keine Zeit mehr, sein Opfer tiefer zu verscharren«, erläuterte Williams.

Chester nickte, atmete hörbar aus, während er die grauenvoll zugerichtete Leiche betrachtete. »Mit was wurde sie dermaßen heftig verletzt? Das sieht nicht nach üblichen Stichwunden aus?«

»Sie haben recht«, bestätigte Williams. »Anhand der Wundtiefe tippe ich auf Geschosse mit hoher Durchschlagskraft, vermutlich Pfeile.«

Avery blieb abrupt stehen. »Der Täter hat mit Pfeil und Boden auf sie geschossen?«

»Ich tippe eher auf eine Armbrust, zumindest vorläufig.«

»Woraus schließen Sie das?«

»Die Wunden deuten auf ein bolzenartiges Geschoss hin, das tief ins Fleisch eingedrungen ist, teilweise sogar den Körper der Frau komplett durchbohrt hat. Diese hohe Durchschlagskraft erreicht man mit Carbonpfeilen, die mit einer Armbrust abgeschossen werden.«

»Ein Jäger?«

»Nicht zwingend. Es war jemand, der genau wusste, wo er treffen musste, damit sie nicht sofort stirbt. Einige Schüsse wurden aus nächster Nähe abgegeben, andere aus weiterer Entfernung.« Er hielt inne, sah sie ernst an. »Wir vermuten, dass er sie gejagt hat.«

»Wie Wild?«

Williams nickte betreten.

Avery trat näher an die Stelle heran, an der die Spurensicherung die tote Frau mittlerweile komplett ausgegraben hatte, erkannte die Kollegin, die sich in einem früheren Fall als Jill Harper vorgestellt hatte. »Darf ich?«

Harper, die wie sie um die vierzig war, nickte. »Aber nichts berühren, wir sind noch nicht fertig.«

Avery ging in die Hocke. Chester tat es ihr gleich, schien aber einen Augenblick zu brauchen, ehe er voll konzentriert hinsehen konnte.

Avery ließ sich Zeit, während sie sich jede der über zwanzig Wunden genau ansah. Einige befanden sich an den Beinen des Opfers, die meisten jedoch an dessen Leib. Schließlich fixierte sie ihren Blick auf Hals und Gesicht des jungen Mädchens.

»Sieht für mich aus, als habe der Täter sein Opfer gewürgt und heftig geschlagen, wahrscheinlich mit einem dumpfen Gegenstand.«

Jill Harper nickte. »Das scheint ihm nicht genügt zu haben.«

»Diese Stich- und Schnittwunden im Gesicht ...«

»... wurden dem Opfer nach meiner Einschätzung später mit einem scharfen Gegenstand, vermutlich einem Messer, zugefügt.«

»Um sie unkenntlich zu machen? Oder aus Wut? Hass? Raserei?«

Harper zuckte nur mit den Schultern. »Das gilt es herauszufinden.«

»Williams hat recht«, murmelte Chester. »So zugerichtet würde nicht einmal die eigene Mutter des Opfers ihre Tochter in diesem bemitleidenswerten Wesen erkennen.«

Averys Blick wanderte über den Körper der Toten bis zu einer Tätowierung oberhalb des Schambereichs. Sie bemerkte, dass auch Chesters Blick dort hängen geblieben war.

»Einer der Einschüsse geht durch das Auge des Kranichs«, bemerkte er.

Avery nickte betrübt. »Darf ich Sie etwas fragen, Jill?«, rief sie der Kollegin von der Tatortsicherung zu.

Harper drehte sich zu ihr um.

»Ist es möglich, dass ich ihre Rückseite sehen kann?«

Harper verständigte sich mit einem Kollegen um die dreißig, der das Gesicht verzog, schließlich aber mit den Achseln zuckte.

Harper kam zu Avery. »Ein paar der Einschüsse vorn sind so heftig gewesen, dass sie komplett durchgingen«, erläuterte sie. »Aber er hat auch ein paar Mal von hinten auf sie geschossen. Einmal auf Höhe der Schultern und kurz oberhalb der Nieren sowie auf die Ober- und Unterschenkel. Die Schüsse auf die Extremitäten sind alle durchgegangen. Fassen Sie mal mit an?«

Avery nickte. Gemeinsam drehten sie den Körper der Frau so, dass sie einen guten Blick auf Nacken, Rücken, das Gesäß sowie die Hinterseite der Beine des Opfers hatten. »Ich müsste ganz kurz den Nacken genauer sehen.«

Harper schob vorsichtig das Haar das Opfers beiseite, sodass die Stelle unterhalb des Schädelknochens sichtbar war.

Avery zog scharf die Luft ein, als sie das kleine Mal zwischen den Haaransätzen bemerkte. »Da haben wir ja unser zweites unveränderliches Merkmal. Ein Leberfleck in Form eines Fisches«, seufzte sie. »Das ist definitiv Annie Russel. Dieses Muttermal hatten wir nicht in die Beschreibung für die Medien aufgenommen, weil es unter den Haaren versteckt liegt und somit für die Öffentlichkeit nicht von Belang ist.«

»Scheiße«, kam es von Chester.

»Wissen wir schon etwas über die Todesursache?«

Harper nickte. »Ja. Der Arzt war vorhin da und hat den Totenschein ausgestellt. Er meinte, sie sei verblutet. Aber Genaueres sollte die Obduktion ans Licht bringen. Wir haben bereits veranlasst, dass sie ins Universitätsklinikum gebracht wird und die Gerichtsmedizin sich umgehend an die Arbeit macht.«

»Sonst noch etwas, das wichtig für die Ermittlung ist?«

Harper verneinte. »Aber vielleicht bringen die Proben ja etwas Interessantes. Momentan heißt es für uns alle einfach abwarten.«

Avery zuckte zusammen, als sie eine Hand auf ihrer Schulter spürte. Williams stand hinter ihr, sah erst sie, dann Chester düster an. »Kommen Sie, das sollten Sie sich ansehen!«

Er führte sie an dem Leichnam vorbei, weiter ins Dickicht hinein. Nach knapp zehn Minuten Fußmarsch blieb Williams stehen, deutete auf einen Baum. »Sehen Sie genau hin!«

Avery runzelte die Stirn, trat näher an die Rinde heran. Als sie bemerkte, worauf Williams hinauswollte, zuckte sie zurück. »Ist das Blut?«

»Nicht nur, schauen Sie genauer hin!«

Ihr fiel etwas Helles auf, das zwischen den Einkerbungen der Baumrinde steckte. Sie trat noch näher, sah schließlich zu Williams. »Das sieht aus wie ein Büschel Haare!« Sie stieß die Luft aus. »Könnten das Annie Russels Haare sein?«

»Lass mal sehen«, kam es von Chester, der sich hinunterbeugte, um die Stelle genauer anzusehen. »Da ist noch mehr.« Er deutete auf mehrere Unebenheiten im Holz, zwei Handbreit unterhalb der Stelle, wo die Haare in der Rinde festklemmten. »Sind das etwa Einschusslöcher?«

Williams nickte. »Das Szenario könnte wie folgt abgelaufen sein: Der Täter hat das Opfer durch den Wald gejagt, hinterrücks niedergeschossen, es dann an den Baum gefesselt und als Zielscheibe benutzt, bis es tot war.«

NEUN
SAINT JUST

2019

Sienna

Als Sienna die Küche betrat, saß Tory bereits am Tisch, eine Tasse Tee in den Händen. Für sie sah es aus, als müsse Tory sich wärmen, vielleicht auch festhalten. Für Letzteres sprachen ihr fahles Gesicht, die langen, unordentlich zu einem Dutt gebundenen Haare, ihr müdes Lächeln, mit dem sie Sienna entgegenblickte.

»Guten Morgen«, begrüßte Sienna sie und warf einen Blick auf die Uhr. Bis sie Piper wecken musste, hatte sie noch ein wenig Zeit. Sie nahm eine Tasse aus dem Schrank, gab etwas Tee hinein, goss diesen mit dem noch heißen Wasser aus dem Kessel auf und setzte sich zu Tory. »Kann ich kurz mit Ihnen reden? Es geht um Piper.«

Eine steile Falte erschien zwischen Torys Augenbrauen. »Wenn es schnell geht«, blaffte sie. »Ich hab noch etwas im Haus zu tun und muss dann in die Klinik. Also, was gibts?«

»Piper geht es nicht gut«, begann sie.

»Wieso das? Es fehlt ihr an nichts«, kam es ungeduldig zurück.

»Rein äußerlich nicht«, stimmte Sienna zu. »Aber die Kleine hat fast die ganze Nacht kein Auge zugemacht. Zuerst hab ich mitbekommen, wie sie im Schlaf geweint hat, und dann kam sie mitten in der Nacht zu mir ins Zimmer, weil sie Angst hatte. Ich musste dann bis kurz vor vier bei ihr im Zimmer bleiben, weil sie glaubt, dass etwas Schlimmes passieren wird und dass es hier im Haus spukt. Ihre Tochter hat fürchterliche Angst.«

Tory riss die Augen auf. »Sie denkt, dass es spukt?«

»Sie hat wohl irgendwelche Geräusche aus dem abgesperrten Flügel gehört. Einen Schrei und ein Poltern.«

Tory entgleisten kurz die Gesichtszüge, bevor sie sich wieder fing. »Sie darf dort auf gar keinen Fall hingehen, haben Sie verstanden! Der abgesperrte Bereich des Hauses ist tabu.« Torys Stimme klang schneidend. Ihr Blick war stechend.

Sienna zog scharf den Atem ein, bevor sie sich kerzengerade aufsetzte. »Ich hab es nicht vergessen«, gab sie schroffer als beabsichtigt zurück. Sofort bereute sie es aber und lächelte entschuldigend »Machen Sie sich keine Sorgen. Ich glaube nicht, dass Piper freiwillig auch nur einen Fuß dahinsetzen wird. Erstens hat sie Angst vor diesem Ort und zweitens ist sie genau dort gestürzt. Warum also sollte sie dorthin wollen?«

Tory schien über ihre Worte nachzudenken, nickte schließlich. Seltsamerweise berührte sie die Tatsache, dass ihre Tochter sich in diesem Haus fürchtete und sich in den Schlaf weinte, überhaupt nicht.

»Soll ich die Kleine heute zu Hause lassen?«, fragte Sienna. »Immerhin hat sie kaum geschlafen.«

Tory musterte sie kurz, schüttelte dann entschieden den Kopf. »Nein, das schafft sie schon. Bringen Sie Piper wie gewohnt in die Schule. Dann ist sie heute Abend wenigstens richtig müde und schläft. Ach ja, sie hat ja heute Klavierstunde, gleich nach der Schule. Denken Sie dran. Auch die sollte sie nicht versäumen.«

Sienna nickte betreten. »Vielleicht möchten Sie noch kurz mit ihr reden, bevor Sie zur Arbeit fahren? Einfach nur ein paar Worte mit ihr wechseln, damit sie etwas ruhiger wird und sich verstanden fühlt.«

Tory seufzte leise. »Hören Sie, dafür hab ich jetzt weder die Zeit noch die Nerven. Piper ist neun Jahre alt und kein Kleinkind mehr. Sie muss lernen, sich an Regeln zu halten, und diese lauten, nachts wird geschlafen, damit man tagsüber ausgeruht ist. Mein Mann – sofern er sich heute mal blicken lässt – oder ich reden später mit ihr. Doch bis dahin muss alles seinen gewohnten Gang gehen. Schließlich haben wir Sie genau dafür eingestellt!«

Der Rest des Morgens verlief harmonisch. Entgegen ihrer Befürchtung war Piper doch leicht aus dem Bett gekommen, hatte sich klaglos für die Schule hergerichtet, schien sogar bestens gelaunt zu sein. Selbst auf der Fahrt zur Schule war sie wie immer und erwähnte die nächtlichen Ereignisse mit keinem Wort. Es schien fast, als wäre das alles nur ein schlechter Traum gewesen.

Sienna fragte sich, ob die Kleine nur vorgab, dass alles in Ordnung war, oder ob sie sich in Wahrheit damit abgefunden hatte, dass ihre Eltern vor lauter eigenen Problemen die ihres Kindes nicht wahrnehmen wollten.

Obwohl Tory unmissverständlich zu verstehen gegeben hatte, wo Siennas Platz in dieser Familie war, beschloss sie, ihr Glück später noch einmal bei Nate zu versuchen. Vielleicht konnte sie ihn eher dazu bewegen, mit Piper zu sprechen, damit so etwas wie letzte Nacht nicht noch einmal vorkam.

Sie sah auf die Uhr, überlegte, ob sie sich, bevor sie die anfallenden Hausarbeiten erledigen würde, noch ein wenig hinlegen sollte. Am Ende siegte ihr Pflichtbewusstsein. Sie konnte sich auch nach der Arbeit noch ausruhen, wenn sie nicht mehr ganz so aufgewühlt war.

Sie arbeitete sich von der Küche in das riesige Wohnzimmer vor, staubte ab, saugte und wischte, machte sich schließlich auf den Weg nach oben. Tory hatte ihr gesagt, dass Nate und sie ihre Privaträume selbst in Ordnung halten würden, sie sich nur um die Badezimmer und Pipers Zimmer kümmern müsse. Aber dann blieb sie doch vor Torys Bürotür stehen und rüttelt kurz an der Klinke. Nur zu gern würde sie einen Blick hineinwerfen, um etwas mehr über die Frau zu erfahren, für die sie arbeitete, deren Kind sie betreute. Doch wie erwartet war die Tür verschlossen, genau wie Nates Büro, zwei Zimmer weiter.

Schließlich versuchte Sienna es bei Torys Schlafgemach. Sie legte die Hand auf das Metall der Klinke, drückte, sog erschrocken die Luft ein, als sie nachgab.

Im Innern des Raumes herrschte, bis auf das ungemachte Bett, absolute Ordnung, was in völligem Gegensatz zu Torys fahriger und nervöser Persönlichkeit stand.

Sie sah sich um, betrachtete die Regale an der Wand, stellte fest, dass sich darin vor allem belletristische Romane und Bildbände befanden, jedoch keinerlei medizinische Fachliteratur. Sienna fragte sich, wie jemand, der so penibel darauf achtete, sein Schlafzimmer vom Berufsleben fernzuhalten, es im Gegenzug nicht schaffte, sich wegen seines stressigen Jobs morgens fünf Minuten Zeit für sein Kind zu nehmen.

Das war nicht in Ordnung und sie verstand es einfach

nicht. Ratlos ließ sie den Blick weiter schweifen, blieb bei einer kleinen Freiheitsstatue hängen, dann betrachtete sie eine Figur, die aus dem Orient zu stammen schien, und verharrte auf einer Sammlung gerahmter Urlaubsfotos.

Sie nahm eines der älteren Bilder in die Hand, betrachtete Nate und Tory, die – ihre Tochter zwischen sich – fröhlich in die Kamera strahlten. Anhand Pipers Alter auf dem Foto schätzte Sienna, dass das Bild maximal drei Jahre alt war. Sie schluckte. Tory und Nate sahen glücklich darauf aus, genau wie die kleine Piper.

Was also war in den letzten drei Jahren geschehen, das alles verändert hatte?

Sie nahm das nächste Foto in Augenschein. Nate schien es aufgenommen zu haben, denn es waren nur die lachende Tory und Piper als Baby darauf zu sehen. Auf einem Hochzeitsporträt sahen Tory und Nate extrem jung aus. Den Frisuren nach musste die Aufnahme aus den Neunzigern sein, sie passten zu der etwas aus der Mode gekommenen Kleidung des Paares.

Sienna stutzte.

Die Neunziger? Die lagen zwanzig Jahre zurück.

Vor zwanzig Jahren hatten sie geheiratet.

Demnach waren Pipers Eltern betagter, als sie angenommen hatte.

Sie hatte Tory keinen Tag älter als Mitte dreißig eingeschätzt und Nate auf etwa Ende dreißig.

Dem Foto nach, waren sie heute mindestens Anfang, wenn nicht Mitte vierzig. Und da war noch etwas, was ihr ins Auge stach. Auf dem Hochzeitsfoto war Tory ohne Zweifel schwanger. Doch niemals mit der heute gerade mal neunjährigen Piper.

Hatte Tory dieses Kind in ihrem Bauch verloren? War sie deswegen oft so abwesend?

Doch nein, das Urlaubsfoto mit Piper darauf war

später entstanden und da hatten Tory und Nate definitiv glücklich und zufrieden ausgesehen.

Nachdenklich stellte sie das Hochzeitsbild zurück, nahm das nächste zur Hand. Auch darauf strahlte die Familie pure Harmonie aus. Sienna spürte, wie sich ein ungutes Gefühl in ihrer Magengrube ausbreitete.

Kurz erwog sie, den Raum zu verlassen, Torys Privatsphäre nicht noch weiter mit Füßen zu treten, doch es war wie ein innerer Zwang, etwas mehr über die Leute zu erfahren, unter deren Dach sie lebte, deren Essen sie aß und deren Kind sie betreute.

Es folgten weitere Fotos des Paares mit Piper unterschiedlichen Alters in ihrer Mitte. Sie wollte schon das Zimmer verlassen, als sie aus dem Augenwinkel etwas auf Torys Nachttisch aufblitzen sah. Sie ging darauf zu, bemerkte, dass es sich um ein weiteres gerahmtes Foto handelte. Es lag mit der Bildseite nach unten auf dem Kästchen, der Ständer ragte nach oben.

War es versehentlich umgefallen?

Sie nahm es auf, drehte es um, sog die Luft ein. Auf dem Bild waren die Ashburys noch blutjung und ebenfalls zu dritt, nur dass das Baby auf Torys Arm nicht Piper sein konnte.

Sienna bekam eine Gänsehaut.

Das musste das Kind sein, mit dem Tory am Tag ihrer Hochzeit schwanger gewesen war.

Ihr fiel auf, dass das Glas auf Höhe des Gesichtchens des Kindes fettig und verschmutzt aussah. So als würde Tory jeden Tag sanft über diese Stelle streichen.

Dieses Baby, ging es Sienna durch den Kopf, war Pipers älteres Geschwisterchen. Was zum Teufel war mit ihm passiert?

»Wie war es heute in der Schule?«, fragte sie Piper auf dem Weg zur Klavierstunde und beobachtete das Kind durch den Rückspiegel.

»Ganz okay«, murmelte Piper und schien im Gegensatz zu heute Morgen brummelig. Wahrscheinlich war sie todmüde nach fast sieben Stunden Unterricht.

»Alles okay, Süße?«

Piper nickte abwesend.

»Wenn dich irgendwas traurig macht, sagst du es mir, oder? Ich bin zwar nicht deine Mama, aber trotzdem möchte ich, dass es dir gut geht, und du sollst wissen, dass du mit mir über alles reden kannst.«

Piper sah sie durch den Spiegel an, nickte.

Sienna überlegte, wie es sie anstellen konnte, etwas über das Baby auf dem Bild in Torys Schlafzimmer zu erfahren, ohne sich zu verraten. Nachdem sie mit dem Putzen fertig gewesen war, hatte sie in der Bibliothek, im Wohnzimmer und im Esszimmer nach weiteren Fotos des anderen Kindes gesucht, jedoch nichts gefunden.

»Erinnerst du dich gerne an früher?«, fragte sie Piper. »An die Zeit, als du noch jünger warst?«

Sie bemerkte, dass Piper die Stirn runzelte, darüber nachzudenken schien, schließlich nickte.

»Magst du mir ein bisschen von der Zeit erzählen? Was damals anders war als heute?«

»Mama und Papa hatten sich noch gern«, gab Piper zurück und Sienna fand, dass sie merkwürdig monoton klang.

Es brach ihr das Herz, doch sie musste weiterbohren, es war wie ein Drang, mehr zu erfahren. »Seid ihr oft in den Urlaub gefahren?«

Piper riss die Augen auf, nickte, sah plötzlich wie ausgewechselt aus. »Wir waren in Afrika und in New York, sogar in Arabien.«

Sienna grinste. »Du erinnerst dich an all diese Urlaube?«

Das Mädchen nickte.

»War es schön, mit deinen Eltern die Welt zu entdecken?«

Piper nickte und sah dabei glücklich aus.

»Und weißt du schon, wohin ihr dieses Jahr wollt?«

»Nirgendwohin.« Piper hob die Achseln. »Genau wie im letzten Sommer. Mama und Papa haben zu viel Arbeit.«

»Haben sie das gesagt?«

Piper schüttelte stumm den Kopf.

Sienna räusperte sich. »Vielleicht klappt es in diesem Jahr ja doch. Immerhin bin ich jetzt da, nehme deinen Eltern einen Teil ihrer Verpflichtungen ab. Da müsste doch ein wenig Zeit dafür bleiben, ein paar Tage wegzufahren, meinst du nicht?«

Piper verzog nur den Mund, schien wieder abwesend zu sein. Rasch knüpfte Sienna an ihr voriges Thema an, um mehr zu erfahren. »Als du mit deinen Eltern im Urlaub warst, in Afrika zum Beispiel, war da noch jemand mit dabei?«

Sienna bemerkte, wie Piper sich auf dem Rücksitz versteifte.

»Was ist los? Hab ich etwas Falsches gesagt?«

Piper senkte den Blick und schwieg.

»Ich wollte doch nur ein wenig über deine Familie erfahren, weißt du? Etwas über dich, deine Mama, deinen Papa … ob du ihr einziges Kind bist?«

Sienna bemerkte, wie Pipers Körper sich tief in den Autositz vergrub, als wäre sie am liebsten ganz woanders.

Sie fuhr auf den Parkplatz des Häuschens, in dem die Klavierstunde des Mädchens stattfand, drehte sich zu Piper um. »Magst du mir erzählen, warum du jetzt aussiehst, als hätte ich etwas wirklich Schlimmes gesagt, obwohl ich nur wissen möchte, ob du noch Geschwister hast?«

Piper sah Sienna düster an. »Weil es Mommy traurig macht, wenn ich darüber rede. Ich will nicht, dass sie wieder den ganzen Tag weint und Daddy durchdreht, weil er nicht weiß, wie er ihr helfen soll. Vielleicht kommt er dann gar nicht mehr zu uns zurück.«

ZEHN
ST. AGNES
2016

Renee

Sie wusste nicht, wie oft sie die WhatsApp-Nachricht schon gelesen hatte. Zehnmal? Fünfzehnmal? Vielleicht sogar zwanzigmal?

Blöderweise lichtete sich das Chaos in ihrem Innern auch nicht nach dem zigsten Mal. Anstelle von Wut empfand sie nur noch Trauer, fühlte sich leer.

Sie klickte die Instagram-App an, gab Andrews Namen in die Suchleiste ein. Als sie ihn gefunden hatte, durchsuchte sie seine Fotos. Sie musste ziemlich weit nach unten scrollen, bis sie endlich Glück hatte. Sie stieß ein bitteres Lachen aus. Glück? Schwachsinn! Sie hatte nur gefunden, wovor sie sich am meisten gefürchtet hatte.

Mit Tränen in den Augen starrte sie auf das Foto, das Andrew mit einem dunkelhaarigen Mädchen zeigte.

Christina. Selbst ihr Name war wunderschön. Die dunklen, geheimnisvollen Augen, der hübsche kleine Mund, die dunkle Haut – diese Christina sah einfach Bombe aus. Kein Wunder, dass Andrew bei ihr schwach geworden war. Seufzend schloss sie die App, steckte ihr Handy in die Tasche und entriegelte ihr Fahrradschloss.

Als sie sich auf den Sattel schwang und losfuhr, wunderte sie sich über sich selbst. Warum war sie nicht wütend auf Andrew? Warum konnte sie ihn nicht verfluchen und dann hinter sich lassen? Dann wieder sagte sie sich, dass es so hatte kommen müssen. Immerhin war sie inzwischen seit Monaten fort von zu Hause. Was zum Henker hatte sie erwartet? Dass ein Junge wie er, geduldig wartete, bis sie wiederkam?

Über Wochen hatte er sie bekniet, nicht zu gehen. Nicht über die Sommermonate in ein Kaff in Cornwall zu ziehen, nur des schnöden Geldes wegen.

Du findest auch hier eine Stelle, hatte er auf sie eingeredet. Doch sie hatte es natürlich besser gewusst.

In Chesterfield waren die gut bezahlten Jobs Mangelware. Die hübschen Mädchen bekamen die Stellen als Bedienung oder Bardame, wo man ordentlich Trinkgeld abgriff. Mädchen wie sie wurden in die Küche gesteckt, allenfalls durften sie als Zimmermädchen jobben, anderer Leute Betten neu überziehen, solche Sachen halt. Jobs, bei denen man nicht am Tag mit mindestens fünfzig Pfund Trinkgeld nach Hause ging.

Doch genau das hatte Renee gewollt. Arbeit, bei der sie Spaß hatte. Bei der die Kasse klingelte und sie so viel verdiente, dass Mom und sie über den Winter kamen.

Doch Andrew hatte das nicht verstanden. Überhaupt begriff er nicht, warum sie ihre Mutter noch unterstützte, bei ihr wohnte, sich um sie sorgte.

Sie ist eine nutzlose Säuferin, hatte er gesagt, nachdem er zufällig einmal früher als vereinbart zu ihr gekommen und auf sie getroffen war. Mom war zu dem Zeitpunkt bis Oberkante Unterlippe voll gewesen und hatte sich auch so benommen. Sie hatte Andrew als Schwein bezeichnet, weil in den Augen ihrer Mom alle Männer Schweine waren. Und sie hatte ihr, Renee, ans Herz gelegt, nicht wie sie selbst einem dieser Schweine ins Netz zu gehen.

Andrew hatte diese hässliche Begegnung nicht gut weggesteckt, nachdem sie zu ihrer Mutter und nicht zu ihm gehalten hatte.

Aber was hätte sie anders und besser machen können?

Immerhin war sie ihre Mom, die im Grunde ihres Herzens eine liebenswerte und gutherzige Frau war. Zumindest war sie früher eine tolle Mutter gewesen, aufopfernd, liebevoll, besorgt. Doch dann hatte ihr Mann, Renees Vater, sie von einem Tag auf den anderen wegen einer anderen Frau sitzen lassen. Einer jüngeren, hübschen, schlankeren Frau. Etwas, was Renees Mutter, bis heute nicht überwunden hatte.

Später hatte sich herausgestellt, dass das Verhältnis ihres Vaters zu dieser anderen Frau, die seine Vorgesetzte war, bereits seit zwei Jahren bestanden hatte. Das hatte Mom den Rest gegeben. Sie hatte sich gehen lassen, angefangen zu trinken.

Anfangs waren es nur ein paar Gläser Wein am Abend. Später eine ganze Flasche, und als auch das nicht mehr ausreichte, war sie dazu übergegangen, härtere Sachen zu trinken. Whiskey, Wodka, Gin, je hochprozentiger, desto lieber. Zuerst hatten sich ihre Freunde, die zum Großteil Dads Freunde gewesen waren, von ihr abgewandt, später hatte sie ihren Job verloren, nachdem sie sich ein paar Fehler zu viel geleistet hatte.

Inzwischen war sie auf dem Weg, trocken zu werden, ihrer Tochter zuliebe, wie sie sagte, und besuchte regelmäßig Sitzungen der Anonymen Alkoholiker.

Doch es würde noch dauern, bis sie so weit war,

wieder ins Berufsleben einzusteigen und ein vollwertiges Mitglied der Gesellschaft zu werden. Deswegen hatte Renee angeboten, über den Sommer so viel zu arbeiten, damit genügend Geld da war für den Winter. Geplant war, dass sie beide die Weihnachtszeit irgendwo in der Sonne verbringen und es sich gut gehen ließen. Nur Mom und sie, zwei Menschen, die keinen Alkohol tranken und dennoch Spaß hatten.

Sie hatte befürchtet, dass Mom in ein noch tieferes Loch fallen würde, wenn sie erführe, dass Dad diese andere Frau geheiratet hatte, ein Kind mit ihr bekam. Das Gegenteil war der Fall gewesen. Renee hatte es gar nicht fassen können, als sie ihre Mutter kurz vor ihrer Abreise nach St. Agnes dabei erwischt hatte, wie sie in nüchternem Zustand all ihre Alkoholflaschen in den Ausguss kippte und zu ihr sagte, dass sie, wenn sie Ende des Sommers zu ihr zurückkäme, ihr Leben wieder im Griff hätte.

Renee schätzte, dass die Hochzeit ihres Exmannes sie wachgerüttelt hatte. Mom hatte sich plötzlich mit der Frage konfrontiert gesehen, ob sie wirklich bereit war, für diesen Scheißkerl ihre besten Jahre zu verschenken, oder ob sie selbst versuchen wollte, sich und ihr Leben auf die Reihe zu bekommen, damit es nicht am Ende er war, der alles bekam. Die neue Frau, seinen Seelenfrieden, während er das Leben seiner Exfrau und seines Kindes zerstört hatte.

Renee hatte nach der Trennung ihrer Eltern – damals war sie vierzehn gewesen – eine Weile Abstand zu ihrem Vater gehalten, doch dann war es Mom gewesen, die sie gedrängt hatte, nicht ihretwegen mit dem eigenen Vater zu brechen.

Schließlich hatte sie mit ihrem Vater eine Art Übereinkunft getroffen, die ihn in ihrem Leben an letzte Stelle setzte, aber nicht völlig ausschloss.

Sie hasste ihn für das, was er ihrer Mutter angetan hatte, und sie wollte auch nichts mit seiner neuen Frau zu tun haben. Nach deren Hochzeit hatte sie mit ihrer Stiefmutter Jennifer keine zehn Worte gewechselt. Und sie würde auch nicht, wie es sich ihr Vater erträumte, ab und an auf ihre winzige Halbschwester aufpassen. Sie würde es einfach weiterhin so halten wie zuvor. Zuerst kam ihre Mutter, dann eine Weile nichts, danach Dad. Nur Dad.

Sie seufzte, als ihr wie ein Donnerschlag bewusst wurde, dass Mom recht behalten hatte. Andrew hatte ihr das Herz gebrochen, genau wie sie es vorhergesagt hatte.

Und nun … endlich kam er, der Zorn.

Sie war ihm nicht so viel wert gewesen, noch ein wenig zu warten. Stattdessen hatte er bereits munter die schöne Christina gevögelt. Und das nicht mal heimlich. Nein, alle Welt sollte es sehen.

Er hatte diese dämliche Fotze offen abgeknutscht, war mit ihr nach einem Treffen mit ihren gemeinsamen Freunden Hand in Hand abgezogen, obwohl er wusste, dass Rosi, ihre beste Freundin, ihr davon erzählen würde.

Im ersten Augenblick war ihr speiübel gewesen, als sie es heute Morgen erfahren hatte. Dann hatte sie Rosi aus der Leitung gekickt und Andrew angerufen. Er hatte ihre Anrufe abgewiesen, besaß nicht einmal den Anstand, ihr persönlich zu sagen, dass es vorbei war.

»So ein verdammtes Arschloch«, schrie sie in die Dunkelheit hinaus. Ihre Stimme klang wie ein Reibeisen, fremd und hart. Es war, als wäre da ein zorniges Etwas in ihr erwacht, von dessen Existenz sie nichts geahnt hatte. Ein zweites Ich, eine andere Renee.

Sie lachte. Vielleicht war sie am Ende ein Schizo … Eine Idiotin war sie auf jeden Fall, denn anders war es nicht zu erklären, dass sie, nach allem was Mom passiert war, in dieselbe Falle getappt war.

Sie holte Luft, trat fester in die Pedale.

Den heutigen Spätdienst hatte sie mehr schlecht als recht hinter sich gebracht, gelächelt, wenn es angebracht war, ansonsten aber keinen Zweifel daran gelassen, dass es heute besser war, sie in Ruhe zu lassen. Oft durfte sie sich ein solches Verhalten nicht leisten, sonst würde sie in hohem Bogen rausfliegen.

Ihr Boss würde innerhalb kürzester Zeit Ersatz finden, wie er stets motzte, wenn etwas nicht so lief, wie er es sich vorstellte.

Sie sah bereits die Lichter des Örtchens, in dem sie ein winziges Zimmer im Haus eines älteren Ehepaars bewohnte. Sie bezahlte dort kaum mehr als ein Taschengeld, musste nur zusätzlich Gartenarbeiten erledigen, die der Mann und die Frau aus körperlichen Gründen nicht mehr schafften. Sie trat stärker in die Pedale des alten Rades ihrer Vermieterin, das diese ihr leihweise überlassen hatte.

Als die Lichter eines Wagens sie erfassten, wich sie ein Stück zur Seite aus, hoffte, dass der Fahrer oder die Fahrerin die Neonstreifen auf ihrer Weste erkannte und langsamer wurden. Sie trat und trat, doch der Wagen überholte sie nicht. Schien hinter ihr her zu tuckern.

Sie winkte mit dem Arm, damit er verstand, dass er an ihr vorbeifahren solle. Er blieb jedoch weiter hinter ihr.

Dann heulte plötzlich der Motor auf.

Na endlich.

Endlich trat der Fahrer aufs Gaspedal.

Sie wich noch ein Stück zur Seite, doch nichts geschah.

Erneut ein Heulen, dann ein Ruck von hinten. Sie wurde nach vorne geschleudert, halb über den Lenker, schaffte es gerade noch, sich auf dem Rad zu halten.

»He«, schrie sie auf, als ihr klar wurde, dass der

Fahrer sie gerammt hatte. Sie sprang vom Rad, drehte sich um, blinzelte gegen die Lichter des Wagens an, gestikulierte wild. Ihr Herz raste vor Wut. Erst Andrew, dann ihr Boss und jetzt irgendein dämlicher Fatzke hinterm Steuer eines riesigen SUV. »Was soll die Scheiße? Da ist meterweit Platz neben mir. Idiot! Ich ruf jetzt die Bullen!«

Sie stand mit dem Rad zwischen ihren Schenkeln, die Arme auf den Lenker gestützt, fingerte das Handy aus ihrer Tasche, als sie hörte, wie die Wagentür aufging.

»Bleib mir bloß vom Leib, du dämlicher Wichser«, schrie sie. Was bildeten sich diese Arschlöcher in ihren Angeberkisten eigentlich ein? Glaubten wohl, dass sie etwas Besseres seien und die Straße ihnen allein gehörte.

Sie wollte gerade das Display entsperren, als sie einen Schlag an ihrem Oberschenkel spürte. Dann bemerkte sie, wie die Stelle warm wurde. Sie tastete mit den Fingern danach, fühlte etwas Längliches, Hartes. Dann klebrige Wärme.

War das Blut?

Ihr Blut?

Sie hob die Hand, hielt sie dicht vor ihre Augen.

Dann kam der Schmerz.

Mit voller Wucht, schier übermächtig. Ihr wurde übel, dann schwindelig.

Sie bemerkte, dass ihr der Griff des Lenkers aus der Hand glitt, dann ein Scheppern. Sie sackte in die Knie, fühlte, wie ihr langsam schwummrig wurde.

Wie durch dichten Nebel nahm sie Hände wahr, die an ihr zerrten, sie von ihrem Rad weg in Richtung Wagen zogen. Die Zeit dehnte sich, alles fühlte sich an, als geschähe es in Zeitlupe.

Sie bekam noch mit, wie starke Hände sie vom Boden hoben und unsanft ins Innere des Wagens warfen.

Ihr Körper prallte auf etwas Glattem auf. Ein seltsames Ploppen ertönte.

Eine verdammte Plastikplane, erkannte sie tastend. Doch diese Erkenntnis war so vage, dass sie keine Reaktion mehr in ihr auslöste. Ihr Kopf war leer, sie verspürte nicht einmal Furcht. Einzig das Gefühl von Wehmut beim Gedanken an ihre Mom war es, das sie ein wenig traurig stimmte. Schläfrig blinzelte sie zu der dunklen Gestalt, die sich über sie beugte.

Dunkel, zu dunkel, um etwas zu erkennen.

Selbst das Gesicht schien nur aus Schwärze und Augen zu bestehen. Eiskalte Augen, ein bösartiger Blick, wie sie ihn noch nie zuvor an einem Menschen gesehen hatte.

Der Typ trägt eine Sturmmaske.

Will nicht, dass du dich an ihn erinnerst.

Das ist gut.

Hoffnung keimte in ihr auf.

Hieß es nicht, dass Entführer sich nur dann verbargen, wenn sie nicht wiedererkannt werden wollten, nachdem sie ihre Opfer freigelassen hatten?

»Hallo Prinzessin«, sagte eine Stimme, die ihr vollkommen fremd war. Eine Stimme, die keinen Zweifel daran ließ, wie sehr sie sich hinsichtlich der Maske hatte täuschen lassen.

Scheiße!

Was will dieser Psycho?

»Hast du Lust auf ein Spiel?«, fragte er, und sie konnte an seinem Tonfall erkennen, dass er sich amüsierte und meinte, was er sagte. Nicht im Guten. Das hier war übel.

Sie schüttelte den Kopf, stöhnte angesichts des hämmernden Schmerzes in ihrem Bein.

Schließlich bündelte sie ihre letzten Kraftreserven.

»Du kannst dich selbst ficken, blöder Wichser«, spie sie ihm entgegen.

Er lachte auf. »Eine Katze, wie reizend. Ich hatte schon Angst, wieder ein Rehkitz zu erwischen. Wir zwei werden viel Spaß zusammen haben.« Er sah sie für den Bruchteil einer Sekunde an, dann schnellte seine Faust in ihr Gesicht. Es wurde Nacht für Renee.

ELF
SAINT JUST/ROSELAND

2019

Sienna

»Kannst du mir eine Geschichte vorlesen?«

Sienna legte den Kopf schräg, sah Piper an. »Klar. Und welche magst du?«

Das Mädchen räkelte sich müde unter seiner Decke und sah sie erwartungsvoll an. »Irgendwas mit Pferden?«

Sienna stand vom Bettrand auf, ging zum Bücherregal hinüber, suchte nach einem geeigneten Buch, setzte sich dann wieder zu Piper.

Während sie las, hatte sie Mühe, sich auf die Buchstaben zu konzentrieren. Immer wieder glitten ihre Gedanken zu dem Baby auf dem Foto. Auch Pipers merkwürdige Reaktion, als sie versucht hatte, etwas darüber herauszufinden, ging ihr nicht mehr aus dem Kopf.

Nach der Klavierstunde hatte sie das Mädchen in Ruhe gelassen, sich mit ihm über den heutigen Schultag unterhalten, um es nicht weiter zu überfordern. Am Spätnachmittag waren sie zusammen im Garten gewesen, hatten ein wenig Fangen gespielt, danach Pipers

Hausaufgaben erledigt, anschließend zusammen gekocht und gegessen.

Weder Tory noch Nate hatten sich zu ihnen gesellt und Sienna hatte das Gefühl gehabt, dass Piper ganz froh darüber war.

Gerade als sie das Essen für die Eltern auf zwei Tellern angerichtet hatte, um es in den Kühlschrank zu stellen, hatte sie Schritte in der Halle gehört. Wenig später hatte Tory nach Piper gerufen. Ihrem Tonfall nach war es um etwas Ernstes gegangen.

Später war Tory zu ihr in die Küche gekommen, hatte müde verkündet, dass sie bereits in der Klinik zu Abend gegessen habe und sich jetzt in ihr Büro zurückziehe, um Papierkram zu erledigen. Auf Siennas Frage, ob Nate nach Hause komme, hatte sie nur mit den Schultern gezuckt.

Sienna klappte das Buch zu, sah Piper an, deren Augen schon fast zufielen. »Hör zu, Schatz, was hältst du davon, wenn wir es für heute gut sein lassen und ich dir morgen dafür zwei Geschichten vorlese?«

Piper öffnete den Mund, wollte schon zum Protest ansetzen, doch dann nickte sie. »Kannst du bitte die Tür nur angelehnt lassen? Ich will hören, wenn Daddy kommt.«

Sienna spürte, wie sich ihr Innerstes zusammenzog, ließ sich aber nichts anmerken und nickte grinsend. »Versprichst du im Gegenzug, dass du brav die Äuglein zumachst, was Schönes träumst und nicht wieder auf Gespensterjagd gehst?«

»War ich ja gar nicht.«

Sienna lachte. »Weiß ich doch, ich hab nur Spaß gemacht.«

»Mommy war sauer deswegen«, stieß Piper wütend hervor.

»Was meinst du? Was hat sie denn zu dir gesagt?«

»Ich soll dich nachts nicht noch mal wegen so eines Blödsinns wecken. Sie hat richtig geschimpft. Ich soll mich nicht wie ein Baby aufführen.«

»Hast du ihr denn gesagt, dass du Angst hattest?«

Piper nickte. »Mommy war aber trotzdem böse auf mich.«

»Hat sie das gesagt?«

Wieder nickte Piper. »Sie hat gesagt, dass ich zu alt bin, um an solchen Unsinn zu glauben. Und dass der abgesperrte Bereich des Hauses absolut tabu für mich ist. Dass ich nicht einmal daran denken oder davon träumen soll.«

Sienna runzelte die Stirn. Was war das für eine bescheuerte Forderung? Wie sollte ein Kind verhindern, dass es von etwas träumte? Sie verstand die Frau immer weniger. War Tory nur vollkommen überarbeitet und deswegen überfordert, wenn es um ihr Kind ging? Oder steckte am Ende tatsächlich mehr hinter all dem?

Sie sah Piper ernst an und strich ihr leicht über die Wange.

»Bestimmt macht sich deine Mom nur schreckliche Sorgen um dich und will verhindern, dass dir noch mal was Schlimmes passiert.«

Piper sah sie an, als wüsste sie nicht, wovon sie sprach. »Was Schlimmes?«

»Ja, dein Unfall auf der Treppe in dem gesperrten Flügel. Deine Mutter hat mir davon erzählt. Du hast dir den Arm gebrochen.«

Piper riss die Augen auf, schüttelte den Kopf. »Das stimmt doch gar nicht! Mommy hat dich angelogen«, erklärte sie bestimmt. »Als ich mir den Arm gebrochen habe, war ich drei Jahre alt und bin noch in den Kindergarten gegangen. Betty hat mich von der Rutsche geschubst. Da ist es passiert.«

»Das hat sie bestimmt nur verwechselt oder ich hab

das falsch verstanden«, versuchte Sienna, Tory vor ihrer Tochter in Schutz zu nehmen.

Das Mädchen zog eine Schnute.

»Was ist, Piper? Sag es mir.«

»Sie hat nie Zeit für mich gehabt, ich bin ihr egal.«

Sienna starrte ihren Schützling an. »Was redest du da? Deine Mom hat mir erzählt, dass sie sich früher selbst um dich gekümmert hat, bis du so schlimm gestürzt bist. Erst danach hat sie euer altes Kindermädchen und später mich eingestellt.«

Pipers Augen hatten sich inzwischen zu wütenden Schlitzen verengt. »Das war aber ganz anders. Und es ist auch nicht auf der Treppe passiert«, presste sie hervor. »Ich bin in den Teich gefallen und wäre fast ertrunken. Daddy war arbeiten und Mommy hat nichts mitbekommen, weil sie mal wieder irgendwo im Haus unterwegs war.«

»Was genau ist da passiert?«

»Mir war langweilig, deswegen hab ich die Enten gefüttert. Als ich eine von ihnen streicheln wollte, bin ich nach vorne gekippt und ins Wasser gefallen. Ich hab geschrien und gerufen, doch sie hat mich nicht gehört. Bestimmt wäre ich ertrunken, wenn Daddy nicht nach Hause gekommen wäre.« Sie stoppte, schniefte.

»Und dann?« fragte Sienna leise.

»Als er mich im Teich fand, hab ich nicht mehr geatmet, aber er hat das Wasser aus mir rausgeholt und Mommy richtig doll angebrüllt. Sie hat mich dann untersucht und ins Krankenhaus gebracht. Danach haben Mommy und Daddy ganz lange nicht miteinander geredet.«

Als Sienna wenige Minuten später die Tür zu Pipers Zimmers hinter sich schloss, ging es ihr ähnlich wie dem Mädchen. Sie war wütend, weil Tory sie angelogen hatte. Warum hatte sie ihr nicht einfach die Wahrheit gesagt?

Ob Piper wegen der Unachtsamkeit ihrer Mutter nun gestürzt war oder fast ertrunken wäre – was für einen Unterschied machte das?

Vielleicht schämt sie sich, zuzugeben, dass ihre Tochter fast ertrunken wäre.

In ihrem eigenen Zimmer angekommen, atmete Sienna tief durch. Irgendetwas passte da trotzdem nicht zusammen. Sie erinnerte sich an Torys Gesichtsausdruck, als sie ihr nahegelegt hatte, Piper nicht auf die andere Seite des Hauses zu lassen. Sie hatte so bestimmt gewirkt, doch da war auch noch etwas anderes in ihren Augen gewesen.

Panik!

Sienna hatte ihr vor allem deswegen die Story von dem Unfall ihrer Tochter abgenommen. Weil sie gewirkt hatte wie eine Mutter, die sich darum sorgt, dass ein solches Unglück nicht noch einmal passiert. Warum also hatte sie sie nicht mit derselben Vehemenz vor dem Gartenteich gewarnt?

Okay, sie hatte Sienna ans Herz gelegt, Piper nicht alleine an den Strand runterzulassen, und sie gebeten, auch ein Auge drauf zu haben, wenn sie im Garten herumtollte, doch der Fokus ihrer Forderung war stets der andere Teil des Hauses gewesen. Wieso?

Sienna wollte sich schon ausziehen, in die Dusche gehen und dann hinlegen. Doch was würde das bringen? Sie hatte es den ganzen Tag über nicht geschafft, ein Nickerchen zu machen, fühlte sich wie erschlagen, sehnte sich danach, einfach nur ihren Kopf auszuschalten, die Augen zu schließen und an nichts mehr zu denken ... Doch sobald sie die Augen schloss, tauchte in ihrem

Kopf ein Bild aus ihrer eigenen Vergangenheit auf. Sie hatte so sehr gehofft, dass dieser Job ihr dabei helfen würde, nur noch in die Zukunft zu blicken.

Doch Tory, Nate und vor allem die kleine Piper schafften es irgendwie, das Dunkle in ihr selbst zurück an die Oberfläche zu zerren.

Es lag wohl daran, dass es Parallelen zu ihrer eigenen Vergangenheit gab. Auch diese Familie war in ihren Grundfesten vollkommen erschüttert. Für Torys und Nates Ehe war es ihrer Meinung nach fast schon zu spät. Doch die kleine Piper … das Mädchen hatte es wahrlich nicht verdient, dass alles um es herum zerbrach und es in einem Trümmerfeld aufwachsen musste.

Die Frage war: Was konnte sie tun, um dem Kind zu helfen, ohne dabei selbst zwischen die Fronten zu geraten? Aber war das nicht schon längst geschehen?

Erschrocken richtete sie sich auf. Es war stockdunkel und entgegen ihrer Befürchtung, nicht zur Ruhe zu kommen, war sie wohl eingenickt. Doch warum war sie dann urplötzlich aufgewacht?

Etwas musste sie geweckt haben. Sie war schon dabei, den Arm auszustrecken, um das Nachtlicht anzumachen, als sie innehielt. Sie hatte das Fenster ihres Zimmer vor dem Schlafen auf Kipp gestellt, nahm daher leise Stimmen wahr, die von draußen zu kommen schienen. Nach einem Blick auf ihre Armbanduhr runzelte sie die Stirn. Es war nach zwei Uhr.

Wer trieb sich um diese Zeit vor dem Haus herum?

Sienna schlug die Decke zurück, stand auf, tapste zum Fenster. Sie verzichtete darauf, die Gardine beiseitezuschieben, spähte durch einen schmalen Spalt zwischen Fenster und Wand und erkannte Tory und Nate.

Sie gestikulierten beide heftig.

Das geht dich nichts an, leg dich schlafen.

Sie sah noch einmal auf das Paar, sah, wie Nate plötzlich ausholte und seiner Frau eine schallende Ohrfeige gab.

Sienna zuckte erschrocken zurück, sog die Luft ein. Was zur Hölle war da unten nur los?

Sie holte tief Luft, lugte wieder hinaus, bekam gerade noch mit, wie Tory eilig ins Haus lief, während Nate in die Hocke ging, den Kopf gesenkt. Sienna erkannte, dass seine Schultern heftig bebten, und die Erkenntnis, dass er weinte, erschütterte sie beinahe noch mehr als die Ohrfeige, die er seiner Frau gegeben hatte.

Sienna zog sich zurück, ließ dem Mann seine Privatsphäre, ging wieder zu Bett und schlüpfte unter ihre Decke. Sie schloss die Augen, zwang sich, an etwas anderes zu denken, doch nach wenigen Augenblicken gab sie frustriert auf. Sie brauchte irgendetwas, um wieder einschlafen zu können. Eine heiße Milch mit Honig fiel ihr ein. Die hatte ihr ihre Mutter früher oft zubereitet, wenn sie vor lauter Aufregung nicht zur Ruhe gekommen war.

Doch wenn sie jetzt nach unten in die Küche ging, war die Gefahr groß, dass sie Nate oder Tory über den Weg lief. Einem von ihnen jetzt zu begegnen, würde sie nicht übers Herz bringen. Irgendwie würde sie es schon schaffen, noch eine Mütze Schlaf zu bekommen, bevor um sechs Uhr der Wecker schrillte.

Sie atmete langsam ein und aus, als das nichts half, begann sie vor lauter Verzweiflung, Schafe zu zählen, als ein Schrei die Stille des Hauses zerriss.

Oder zumindest hatte es wie ein Schrei geklungen.

War das Nate gewesen?

Stritten sie jetzt unten weiter?

Frustriert strampelte Sienna ihre Decke von sich, stand auf, ging zur Tür, öffnete sie und lauschte.

Doch es war vollkommen still im Haus.

Dann, aus dem Nichts, ein Krachen.

Nur Bruchteile von Sekunden später ein lautes Poltern oder mehr ein Hämmern. Es klang wie ein grässliches Signal. Oder wie pure Zerstörungswut.

Sienna sog die Luft ein, hielt den Atem an.

Dieses Geräusch kam definitiv von hier. Aus dem Haus. Und es klang nach jemandem, der sehr wütend war, der etwas zu demolieren schien.

War das Nate?

Schlug er irgendeinen Einrichtungsgegenstand kurz und klein?

Doch warum sollte er das mitten in der Nacht tun, wenn seine Tochter am nächsten Tag zur Schule musste?

Wütende Menschen tun irrwitzige Dinge …

Sienna atmete aus, nickte sich selbst bestätigend zu.

Das stimmte. Sie wusste das am allerbesten.

Sie trat auf den Flur hinaus, hoffte, dass Piper nicht wach wurde, schlich sich bis zum Geländer vor.

Als ein Quietschen aus dem Stockwerk unter ihr ertönte, zuckte sie zurück. Dann vernahm sie das Geräusch leiser Schritte. Tory wahrscheinlich. Wollte sie ihren Ehemann besänftigen?

Doch nein, deren Schritte waren bereits verhallt, als eine weitere Tür aufging. »Tory?«, vernahm sie Nates Stimme. »Was ist verdammt noch mal hier los?«

Keine Antwort.

Sienna hörte Nate einen nicht jugendfreien Fluch ausstoßen. Dann erneut Schritte, die schließlich im Nichts verhallten.

Ihr Herz pumpte heftig.

Was ging hier vor?

Wenn weder Nate noch seine Frau diese Geräusche verursacht hatten, wer zum Henker war es dann gewesen?

Piper etwa?

War sie doch wach geworden und irrte im Haus umher?

Oh Gott, ging es Sienna durch den Kopf.

Was, wenn ihr etwas zugestoßen ist?

ZWÖLF
FALMOUTH
2017

Avery

Gefrustet stakste Avery durch die regennassen Straßen. Inzwischen goss es wie aus Kannen, obwohl noch vor wenigen Minuten die Sonne durch den wolkenverhangenen Himmel geblitzt hatte. Das blöde Gewitter hatte sie auf der Hälfte der Strecke vom Präsidium zum *Dolce Vita* überrascht. Kurz überlegte sie, wieder umzukehren und Chester abzusagen, doch schließlich entschied sie sich dafür, es durchzuziehen. Sie wollte auf keinen Fall, dass er glaubte, sie sei noch immer sauer auf ihn, weil er sich hatte versetzen lassen.

Sie hatte in den letzten Monaten oft an ihn gedacht und letztendlich eingesehen, dass es am besten war, wenn sie akzeptierte, was passiert war. Außerdem, wer war sie, die Entscheidung eines erwachsenen Mannes infrage zu stellen?

Er war es, der irgendwie mit seiner Entscheidung klarkommen musste, ihr Team und die Fälle hinter sich gelassen zu haben.

Dennoch kam sie nicht umhin, zuzugeben, dass er ihr

noch immer fehlte, auch wenn sich Damon, entgegen ihrer Erwartung, als kompetenter Nachfolger bewährt hatte.

Als sie das Restaurant betrat und unmittelbar von wohliger trockener Wärme empfangen wurde, atmete sie auf und ließ sich vom Kellner aus ihrem klammen Mantel helfen. Als sie an sich herabsah, stieß sie verärgert die Luft aus. Auch ihr Pulli und ihre Hose hatten von dem Regenguss einiges abbekommen.

»Haben Sie für heute Abend einen Tisch reserviert?«, fragte der Kellner.

»Für Smith, um neunzehn Uhr.«

Der Mann deutete eine Verbeugung an, bat sie gestikulierend, ihm zu folgen. Avery spürte die Blicke der anderen Gäste auf sich, als sie durch das proppenvolle Restaurant hinter dem Kellner herdackelte. Sie versuchte, sie zu ignorieren.

Als sie Chester an einem der winzigen Fenstertische entdeckte, winkte sie betont fröhlich, ihre miesepetrige Laune überspielend.

»Du hast eine Dusche genommen, wie ich sehe«, flachste Chester, kniff sie sanft in den Oberarm, ehe er sie auf die Wange küsste.

Sie nickte, sah den Kellner an, der noch immer bereit schien, ihr jeden Wunsch von den Augen abzulesen. »Einen starken Kaffee mit Schuss bitte und eine Flasche stilles Wasser.« Sie sah Chester an. »Was nimmst du?«

Er grinste. »Ich hab mir ein Bier bestellt.«

Sie wandte sich der bereitliegenden Speisekarte zu, sah Chester über den Rand der Karte hinweg an. »Schon entschieden?«

»Steak«, sagte er. »Wie immer. Das zumindest hat sich nicht geändert.«

Jetzt konnte auch sie sich ein Grinsen nicht länger verkneifen.

Sie legte die Karte beiseite, sah ihn an. »Und? Wie lebt es sich als Leiter der Pressestelle mit zwei Gehaltsstufen über mir?« Sie verzog das Gesicht, um ihren Worten die Ernsthaftigkeit zu nehmen.

»Um ehrlich zu sein, hab ich sogar ein paar Pfund weniger im Sack als zuvor. Aber weißt du was? Ich lad dich trotzdem ein, also schaufle rein, was geht. So ein Angebot gibt's kein zweites Mal.«

Avery lehnte sich entspannt zurück. Jetzt, wo das Eis zwischen ihnen gebrochen war, betrachtete sie Chesters Gesichtszüge. »Du siehst entspannt aus. Dann bist du glücklich dort?«

Er nickte.

»Und deine Kollegen? Sind die netter als ich?«

Er lachte auf. »Viel netter und vor allem hübscher. Da wo ich jetzt bin, laufen die Mädels nicht so zugeknöpft herum, sondern sie tragen kurze Röcke und sind auch sonst um einiges offenherziger gekleidet.«

»Blödmann«, gab sie gespielt schmollend zurück.

Er lehnte sich vor, sah sie warmherzig an. »Du fehlst mir. Vor allem deine trockene und ehrliche Art. Nicht dass meine jetzigen Kollegen nicht nett wären, aber sie sind noch immer Fremde für mich. Man muss sich aneinander gewöhnen, und darin bin ich nicht besonders gut. Aber ich bemühe mich.«

»Das freut mich zu hören«, sagte Avery, beugte sich vor, griff über den Tisch nach seiner Hand. Als der Kellner kam, um ihre Bestellung aufzunehmen, ließ sie los, sah ihn grinsend an. »Du zahlst?«

Er lachte. »Klar, Feuer frei!«

Sie wandte sich dem Kellner zu. »Dann nehme ich den gegrillten Thunfisch mit Gemüse. Und als Vorspeise die Garnelen in Knoblauchöl.«

Chester bestellte dasselbe, lehnte sich dann zurück. Als der Kellner fort war, sah er sie ernst an. »Warum erst heute?«, fragte er leise. »Wieso hast du monatelang immer abgesagt oder behauptet, dass du keine Zeit hast? Ich meine, essen muss jeder, selbst du.«

»Ich war sauer, okay. Ich hatte Probleme damit, dass du anscheinend nicht mehr mit mir arbeiten wolltest. Dass du es vorgezogen hast, dich in die Pressestelle nach Truro versetzen zu lassen, statt mit mir zu arbeiten. Puh, ehrlich! Das hat mir einen Schlag versetzt.«

»Du weißt, dass es nichts mit dir zu tun hatte.«

Sie nickte. »Trotzdem war ich sauer. Im ersten Augenblick hat es sich für mich wie Verrat angefühlt. Du hast mich mit der ganzen Scheiße allein gelassen. Ich weiß, das klingt jetzt, als hätten wir eine Beziehung gehabt und du wärst abgehauen, doch im Grunde ist da nicht allzu viel Unterschied, außer, dass wir nie gevögelt haben. Unsere Beziehung war beruflich, aber dennoch sehr eng. Ich dachte echt, dass ich es nicht schaffe ohne dich.«

»Dabei bist du von uns beiden die Starke.«

Sie seufzte. »Was immer das bedeuten mag. Ich hab vielleicht keine Probleme damit, mir tote Mädchen anzusehen, und nehme hin, dass da noch Vermisste sind, um die sich Eltern und Familien sorgen. Was ich hingegen kaum ertrage, ist, dass wir diesen verfluchten Kerl noch immer nicht geschnappt haben.«

Chester nickte verständnisvoll. »Ich hab das von dieser Renee gehört. Die Eltern des Mädchens sind wohl inzwischen geschieden, haben aber zusammengehalten und das halbe Land mobilisiert, um sie zu finden. Jeder Fernsehsender hat wochenlang über Renees Verschwinden berichtet.«

»Trotzdem haben wir sie nicht gefunden.«

»Ich hab mitbekommen, dass das Rad, mit dem sie unterwegs war, irgendwo im Wald entdeckt wurde. Und das sich daran Spuren ihres Blutes befanden.«

Avery nickte. »Dann weißt du sicher auch, dass wir das komplette Waldgebiet mit Hunden nach ihrer Leiche abgesucht haben.« Sie schnaubte frustriert. »Vergeblich. Ich versteh das nicht. Wo zur Hölle schleppt dieser Kerl die armen Mädchen hin?«

»Annie wurde mehr als dreißig Kilometer vom Ort ihres Verschwindens entfernt gefunden. Durch Zufall, da bin ich inzwischen sicher. Der Täter hat es vermutlich nicht geschafft, sie tiefer zu vergraben. Deswegen glaube ich, dass er gestört wurde.«

»Aber wir haben anschließend mit Truro zusammengearbeitet, öffentlich nach Zeugen gesucht. Kein Mensch hat etwas gesehen oder gehört, niemandem ist auch nur etwas Ungewöhnliches aufgefallen.«

»Irgendwann macht er einen Fehler, da bin ich sicher«, sagte Chester und griff über den Tisch nach ihrer Hand. »Die Sache mit Annie war erst der Anfang. Dann Renees Rad. Er wird unachtsamer, wie fast alle Täter nach einiger Zeit.«

Sie lehnte sich zurück, musterte ihn. »Du hast dir also Gedanken gemacht? Bist doch noch nicht ganz weg aus Falmouth, mhm?«

Chester, der die Spitze in ihrer Bemerkung durchaus verstand, sah sie ernst an. »Nur weil ich nicht mehr bei den Ermittlungen mitwirke, bedeutet das nicht, dass ich blind bin, Avy. Ich hab Ohren und höre, Augen, mit denen ich sehe, ein Gehirn zum Denken. Ich wollte einfach nicht mehr mit rausmüssen, verstehst du? Ich musste da weg. Andernfalls hätte ich mich irgendwann entscheiden müssen, zwischen meiner Familie und meinem Job.«

Avery zuckte unter seinen Worten zusammen. »So schlimm?«

Er nickte stumm.

»Entschuldige, dass ich das nicht mitbekommen habe.«

»Du warst beschäftigt, wie wir alle. Hattest deinen Fokus auf den Fall verlagert, was absolut richtig war. Dass ich nicht mehr mit dem Herzen dabei sein konnte, war mir bereits seit Jahren klar. Im Grunde seit meine Mädchen älter wurden, mich wirklich brauchten und ich oft weder die Geduld noch die Nerven für sie hatte. Ich war sehr oft ein beschissener Vater. Dann verschwand Brooke ...« Er schwieg, sammelte sich. »Kurz darauf wurde Annie vermisst und im Gegensatz zu Brooke wurde sie gefunden. Als ich an jenem Nachmittag in dem Loch im Wald auf Annies toten Körper gestarrt habe, wusste ich, dass ich aufhören musste.«

Sie nickte ihm zu. »Ich hätte es merken müssen, aber ich war wie in einem Tunnel und nur mit den Fällen beschäftigt.«

»Das verstehe ich, ging mir eine ganze Zeit lang ja nicht anders. Aber ich hab auch Familie und musste mich entscheiden. Als ich dann diese Stellenausschreibung im Intranet sah, hab ich mich sofort beworben.«

»Warum hast du nicht mit mir darüber gesprochen, vorher?«

»Ich wusste, dass du versuchen würdest, es mir auszureden.«

»Und ob ich das hätte.«

»Siehst du! Wir beide sind aus verschiedenem Holz geschnitzt. Du bist stark, die geborene Polizistin, voll auf deinen Job fixiert.«

»Das warst du auch mal.«

»Ja, früher. Doch dann kamen die Kinder und veränderten alles. Ich weiß nicht, ob dir das auch passiert wäre, wenn du Mutter geworden wärst, schätze aber, dass du beides irgendwie gebacken bekommen hättest. Und vielleicht«, er brach ab, grinste sie an, »vielleicht werde ich es ja aus der Ferne miterleben dürfen, wenn es dich dann doch erwischt. Lad mich ja zu deiner Hochzeit ein.«

Sie winkte ab. »Vergiss es. Aber deine Familie hat wirklich großes Glück«, sagte Avery und meinte es genauso. »Die Notbremse zu ziehen und sich einzugestehen, dass man an seine Grenzen gekommen ist, erfordert viel Mut und noch mehr Stärke. Ich will offen sein … wenn es mir so ergangen wäre wie dir, ich weiß nicht, ob ich das geschafft hätte.«

»Dann ist alles gut zwischen uns?«

Sie sog betreten ihre Unterlippe ein.

»Was?«

»Bist du mir böse, wenn ich gestehe, dass unser Treffen nicht völlig uneigennützig von mir arrangiert war?«

»Ich bin es nicht anders gewohnt von dir, schieß los!«

Sie nickte. »Hast du das von der kleinen Kaden mitbekommen?«

»Kaden Stone, nicht wahr?«

»Ja. Hast du dich in den Fall eingelesen?«

Er verneinte stumm. »Ich kenne nur die Informationen, die ihr uns für die Pressemeldungen geschickt habt. Keine Einzelheiten. Mir ist aber aufgefallen, dass die Kleine erst fünfzehn ist.«

»War. Sie war erst fünfzehn.«

»Ihr habt sie gefunden?«

Avery stieß die Luft aus. »Ja. Kaden wurde heute Morgen gefunden. Ihr Mörder hat sie auf der Mülldeponie entsorgt. Keine Ahnung, wie er sich dort Zutritt verschafft hat. Meine Kollegen von der Spurensicherung mussten den Betrieb kurzzeitig lahmlegen und waren bis in die späten Nachmittagsstunden damit beschäftigt, das Gebiet nach brauchbaren Spuren abzusuchen.«

Chester schüttelte entsetzt den Kopf. »Davon höre ich zum ersten Mal. Die armen Eltern.«

»Der Täter ist diesmal anders vorgegangen. Es gibt zwar Übereinstimmungen zu Annie Russel, aber nicht viele. Auf sie hat er damals ja mit einem Bolzenschussgerät oder einer Armbrust geschossen und ihr das Gesicht zerschnitten.«

»Und Kaden? Wie ist sie umgekommen?«

»Sie wurde erschlagen, nicht erschossen, aber ihr Gesicht sieht ähnlich aus wie das von Annie. Zerschnitten und vollkommen verbeult, als hätte dieser Mistkerl zuerst eine Ewigkeit auf sie eingedroschen und sie erst dann mit dem Messer attackiert. Dann hat er ihr noch zusätzlich die Haare abrasiert. Er hat sie vollkommen kahl geschoren.«

Chester sah betreten auf die Tischdecke, schob den Kerzenständer hin und her. Als der Kellner die Vorspeisen brachte, zuckte er zusammen.

»Tut mir leid, dass ich dich damit überrumple, aber Damon und Alfie ...«

»Deine neuen Partner?«

»Ja, wie soll ich es sagen. Na schön, ich kann nicht so offen mit ihnen reden wie mit dir. Es ist anders ... na egal. Ich wollte einfach auch deine Meinung dazu hören, verstehst du?«

Er nickte, spießte eine Garnele auf seine Gabel, schob sie sich in den Mund.

»Sollen wir erst essen und dann weiterreden?«

Er sah auf, schüttelte den Kopf. »Dir steht die Ungeduld ins Gesicht geschrieben, also schließ los!«

»Kaden verschwand erst vorgestern Nacht. Sie kam nicht vom Lernen mit einer Freundin zurück. Fakt ist, dass sie gestern in den frühen Morgenstunden gestorben ist, laut Arzt. Gefunden wurde sie erst heute, weil die

Deponie sonntags geschlossen ist. Der Täter wusste das vermutlich. Die Sache ist nur die …«

»Hast du jemanden in Verdacht?«

Sie nickte, legte ihr Besteck zur Seite, lehnte sich zurück. »Für mich persönlich spricht vieles dafür, dass es derselbe Täter war, der auch Brooke und Annie auf dem Gewissen hat, auch wenn die Umstände sich unterscheiden.«

»Sie wurde rasiert, ist jünger, wurde erschlagen und auf dem Müll abgeladen«, zählte Chester auf. »Ich würde sagen, das sind erhebliche Unterschiede in der Vorgehensweise.«

»Und dennoch habe ich das Gefühl, dass es derselbe Scheißkerl gewesen ist, doch Damon und Alfie … na ja, sie sind anderer Meinung.«

»Warum?«

»Ich hab dir nicht alles erzählt und weiß ehrlich gesagt auch nicht, ob ich das sollte.«

Er senkte den Blick auf seinen Teller, sah schließlich wieder auf.

»Ich weiß, ich sollte dich nicht damit belasten, aber andererseits brauch ich deine Einschätzung.«

»Sag es einfach, ich habe eine super Therapeutin, zu der ich ein paar Mal im Monat gehe. Meine Frau hat mich dazu verdonnert und wie immer recht behalten. Carol hilft mir, also werde ich, egal was kommt, bestimmt auch das irgendwie wegstecken können.«

Avery nickte dankbar. »Als die Kleine vermisst gemeldet wurde, verstrickte sich der Vater – besser gesagt ihr Stiefvater – in ein paar Widersprüche. Lappalien eigentlich, aber dennoch merkwürdig, dass er wegen solcher Kleinigkeiten gelogen hat. Ich will nicht ins Detail gehen, weil es für die Ermittlungen nicht relevant ist, aber für Damon und Alfie ist der Mann so in den Fokus der möglichen Verdächtigen gerückt. Zumal sich bei Gesprächen mit Freunden des Mädchens herausstellte, dass Kaden wohl Angst vor dem Mann hatte.«

»Vor ihrem Stiefvater?«

»Ja, sie hat mit ihrer besten Freundin darüber gesprochen.«

»Nicht mit ihrer Mutter?«

»Nein, das ist auch so eine Sache, die mir durch den Kopf geht. Sie hat wohl versucht, mit ihrer Mutter zu sprechen, doch die ist, was ihren Gatten angeht, nahezu blind. Also haben wir den Stiefvater gestern in die Mangel genommen, ein bisschen gestöbert und herausgefunden, dass er früher beinahe wegen eines Sexualdelikts verurteilt worden wäre. Es ging damals auch um die Tochter seiner Lebensgefährtin, doch die hat ihre Anzeige später zurückgezogen und behauptet, gelogen zu haben, um ihm eins auszuwischen.«

»Verstehe«, gab Chester zurück. »Also, was genau wurde Kaden noch angetan, was dich ins Grübeln bringt?«

»Sie könnte anal vergewaltigt worden sein. Und das ist ein Vorgang, der irgendwie nicht so recht zu den anderen Mädchen und auch nicht zu unserem gesuchten Täter passen will.«

»Wieso nicht? Weil er womöglich Spuren hinterlassen hat, weil er leichtsinnig wurde?«

»Ja, warum sollte er bei aller Vorsicht, die er ansonsten walten ließ, bei Kaden das Risiko eingehen, Spuren zu hinterlassen? Ich glaube, ich muss dir nicht erklären, wie ich das meine?«

Chester nickte nachdenklich.

»Du hast eben erwähnt, dass es sich um eine Vergewaltigung handeln könne. Steht das nicht fest, hab ihr das nicht untersuchen lassen?«

»Doch, natürlich. Aber es ist momentan noch offen, ob es sich bei den Verletzungen nicht um ältere Wunden handelt. Bei der ärztlichen Untersuchung am Fundort der Leiche fielen dem Mediziner mehrere kleine Einblutungen am Anus des Opfers auf. Verletzungen, die vor allem durch Analsex entstehen. Daher unser Verdacht.«

»Also steht die Vergewaltigung momentan nur vage im Raum.«

»Genau. Alfie und Damon sind überzeugt davon, dass es sich bei Kadens Mörder nicht um unseren Wiederholungstäter handelt. Sie glauben, der Stiefvater könnte es gewesen sein, um zu verhindern, dass Kaden ihn anzeigt. Allerdings könnte diese Einblutung auch von einvernehmlichem Sex stammen. Oder von etwas ganz anderem. Wir müssen die Obduktion abwarten, um Genaueres zu erfahren.«

»Hatte sie denn einen Freund?«

»Ihre Mutter hat steif und fest behauptet, dass es da niemanden gebe, ihre Kaden habe noch nie Interesse am anderen Geschlecht gezeigt.«

»Die Mutter, die ihrer Tochter nicht zuhören wollte, als sie ihr Unbehagen über den Stiefvater geäußert hat?«

»Du sagst es. Sie hat gestern Stein und Bein geschworen, dass ihr neuer Ehemann ein Engel von einem Stiefvater ist. Sie bestreitet alles, was uns Kadens Freunde über den Typen erzählt haben, behauptet, ihre Tochter wolle ihn nur schlechtmachen, weil sie ihn gehasst habe.«

»Mütter wissen nicht alles, erst recht nicht von Mädchen dieses Alters. Zudem war ihr Verhältnis wohl nicht das beste«, warf Chester ein. »Wäre es nicht möglich, dass Kaden wirklich einen Freund hatte und die Sache mit dem Analsex einvernehmlich war? Die jungen Leute von heute sind frühreif und probieren so ziemlich alles aus. Und Kaden sah weiß Gott nicht wie fünfzehn aus. Ich hab die Fotos von ihr gesehen. Wüsste ich es nicht besser, hätte ich sie auf mindestens achtzehn geschätzt. Und wenn ich sie anhand der Fotos für älter hielt, warum dann nicht auch unser Mann? Ganz davon abgesehen, war die kleine Scarlett, die 2013 verschwand, auch kaum älter als Kaden.«

»Was sie angeht, ist nach wie vor nicht bewiesen, dass sie dem gleichen Täter in die Hände fiel.«

»Ist das deine Meinung? Oder gibt es neuere Hinweise?«

Avery verneinte stumm, nahm ihre Gabel wieder auf, stach wütend auf ihre Garnelen ein.

»Die sind schon tot«, sagte Chester trocken.

Avery sah auf, grinste. Dann wurde sie schlagartig ernst. »Dann denkst du also auch, dass Kaden Opfer unseres Mannes wurde und nicht ein Trittbrettfahrer dahintersteckt?«

»Schwer zu sagen, ob es nicht tatsächlich der Stiefvater oder ein geheimer Verehrer war, der die Kontrolle verloren hat.«

»Du hattest immer eine fast untrügliche Intuition. Was sagt sie dir?«

»Auf meine Intuition habe ich mich nie verlassen«, wehrte Chester ab. »Ich hab stets versucht, mir die Fakten vor Augen zu führen. Und da würde ich auch jetzt gedanklich ansetzen.« Er blickte auf. »Sagtest du eben nicht, dass die Wunden in Kadens Gesicht genauso aussehen wie Annies? Das kann doch kein Zufall sein! Woher sollte der Stiefvater genau dieses Detail kennen und nachahmen? Das spricht schon für deine Theorie, dass es sich um den gleichen Täter und nicht um einen Nachahmer handelt.«

Avery seufzte. »Das hätte ich vielleicht zuerst erwähnen sollen … Irgendwie sind Details des Mordes an Annie durchgesickert. Jemand aus unseren Reihen hat wohl geplaudert. Unter anderem über die Schnitte in ihrem Gesicht.«

Chester zuckte zurück. »Und warum weiß ich davon

nichts? Immerhin arbeite ich in der Hauptpresseabteilung des Devon und Truro Police Departments.«

»Das kam erst vor ein paar Tagen raus und wird zuerst intern bei uns in Falmouth geprüft. Wie es aussieht, haben wir entweder einen Maulwurf oder einen vollkommenen Idioten unter unseren Leuten. Auf jeden Fall jemanden, der wichtige Details über die laufenden Ermittlungen in die Welt posaunt hat. Mittlerweile haben wir eine Handvoll besorgter Mitbürger, die deswegen angerufen haben, und dann meldete sich heute Morgen zu allem Übel auch noch einer von diesen miesen Paparazzi bei mir. Ich musste diesem Schmierfinken alles Mögliche androhen, damit er seinen stupiden Hirnerguss nicht veröffentlicht. Fakt ist, wenn die Menschen da draußen diese Details kennen, dann ist Alfies und Damons Theorie nicht mehr ganz so abwegig.«

DREIZEHN
SAINT JUST/ROSELAND

2019

Tory

»Schon so früh auf den Beinen?« Tory sah Sienna an, die gerade damit beschäftigt war, Eier in die Pfanne zu schlagen.

»Guten Morgen«, begrüßte Sienna sie. »Frühstücken Sie heute mit uns?«

Tory schüttelte den Kopf. »Ich muss gleich weg, in die Klinik, habe heute einige Abschlussgespräche. Aber Nate kommt gleich runter, vielleicht hat er ein wenig Zeit.« Sie hielt inne, als Sienna sie fragend ansah. »Was ist los? Gibt es etwas, über das Sie reden wollen?«

Die junge Frau erwiderte ihren Blick, schien einen inneren Kampf auszufechten. *Sie weiß es,* ging es Tory durch den Kopf. *Oder zumindest ahnt sie etwas. Bleib ruhig, verlier jetzt nicht die Nerven.*

Es war unmöglich. Woher sollte sie es wissen?

Noch immer druckste Sienna herum. »Es ist nur so ...«, begann sie, schüttelte den Kopf, als habe sie es sich anders überlegt.

»Was ist?«, fragte Tory nach. Der Blick Siennas war merkwürdig, fast schon lauernd.

Dann ging ihr ein Licht auf.

Hatte Sienna in der vergangenen Nacht Nate und sie gehört? Womöglich sogar beobachtet, wie Nate ihr eine Ohrfeige gegeben hatte? Allein die Erinnerung daran ließ den Schmerz in ihrer Wange erneut aufflammen. Wie hatte er sich auch so gehen lassen können? Niemals zuvor hatte er sie geschlagen. Nicht Nate. Doch vergangene Nacht war ihnen alles entglitten. Nate war so wütend gewesen. Wütend und vollkommen erschöpft. Er hatte schlicht die Nerven verloren, als sie ihn verbal dermaßen in die Enge getrieben hatte.

War das ein Wunder?

Ganz sicher nicht. Sie standen doch beide völlig unter Strom. Es gab zu viele unausgesprochene Dinge zwischen ihnen, zu viele Probleme. Furchtbare Probleme, mit denen sie sich auseinandersetzen mussten und es doch nie getan hatten, aus Angst, irgendwann zu weit zu gehen.

Dennoch war Nate gestern zu weit gegangen. Hatte ausgeholt und sie ins Gesicht geschlagen. Danach hatten sie beide sekundenlang unter Schock gestanden.

Natürlich hatte sie noch mitbekommen, dass er sich hatte entschuldigen wollen. Doch sie war verletzt und zornig gewesen, hatte ihn stehen lassen, war zurück ins Haus geeilt. Dabei war ihr auch das gekippte Fenster aufgefallen.

Siennas Fenster.

Sie hatte es nicht weiter beachtet, war davon ausgegangen, dass Sienna schlief. Doch jetzt, da die junge Frau sie so seltsam anstarrte, ahnte sie, dass sie etwas mitbekommen hatte. Die Frage war nur: Was genau hatte sie gehört?

Tory überlegte noch, ob sie die junge Frau einfach

darauf ansprechen sollte, als Sienna sich verlegen räusperte.

»Ich hab da letzte Nacht etwas gehört«, begann sie erneut, und in Tory verkrampfte sich alles. »Da war ein Schrei und wenig später ein heftiges Rumpeln, als würde jemand alles kurz und klein schlagen. Was war da los?«

Tory atmete innerlich auf. Also hatte sie nichts von ihrem Streitgespräch mit Nate gehört. Es ging lediglich um das, was anschließend passiert war. Gestern war einfach alles zusammengekommen, kein Wunder, dass sie fast am Ende ihrer Kräfte angelangt war. Und Nate …? Er tat so, als trüge er die Last der Welt auf seinen Schultern, doch in Wahrheit war sie es, die alles alleine bewerkstelligen musste. Ihren Job, das Haus, Piper und dann noch …

»Ist letzte Nacht etwas passiert?«, drang Siennas Stimme zu ihr durch.

Tory fühlte sich ertappt, überlegte, was und wie sie es erklären sollte.

»Die Geräusche, die ich gehört habe, der Schrei … was war das?«, wiederholte Sienna ihre Frage.

»Ach das ...« Tory bemühte sich um ein entschuldigendes Lächeln. »Nate und ich hatten einen kleinen Streit. Nichts Wichtiges. Es ging darum, dass er so selten da ist, na ja … und wenn Nate sauer ist ... er hat sich wohl abreagiert.« Sie winkte ab und vertiefte ihr Lächeln. »Wie gesagt, nicht der Rede wert, ist längst vergessen.«

Sienna sah sie nur fragend an.

Sie weiß, dass du lügst!

»Guten Morgen die Damen«, kam es von Nate, der unbemerkt in die Küche gekommen war. Er grinste Sienna an, wandte sich dann ihr zu, schien in ihrem Gesicht nach einer Reaktion zu forschen.

»Ich hab Sienna gerade von unserem Krach erzählt«, sagte sie und sah Nate eindringlich an. »Sie hat etwas gehört. Einen Schrei im Haus, laute Geräusche. Ich hab ihr gesagt, dass du sauer warst, dich abreagiert hast.«

Nates Blick verdüsterte sich.

»Tut mir sehr leid, dass Sie das mitanhören mussten«, wandte er sich an Sienna. »Es ist nur so, ich habe derzeit in der Uni ein paar Sorgenkinder. Und Tory … na ja, als Ärztin steht sie natürlich noch viel mehr unter Strom als ich. Ich hab ihr zu viel zugemutet und gestern Abend hat sich das etwas entladen. Nichts, worüber man sich Sorgen muss. So was ist in einer Ehe vollkommen normal, aber Außenstehende sollten selbstverständlich außen vor gelassen werden. Daher entschuldige ich mich bei Ihnen in aller Form. Wir wollten Sie sicher nicht erschrecken.«

Tory beobachtete Sienna, die über Nates Worte nachzudenken schien. Sie sah keineswegs überzeugt aus. Ganz im Gegenteil. Sie starrte Nate herausfordernd und zugleich misstrauisch an.

Sie weiß mehr, als sie zugeben will. Aber was genau ist das?

Tory atmete tief durch, beschloss, das Thema zu wechseln, und sah Nate an. »Ach, ehe ich es vergesse, hast du dich um die Vertäfelung im alten Schlafzimmer meiner Eltern gekümmert? Ich hatte dir eine Erinnerung aufs Handy geschickt. Vor ein paar Tagen ist ein Teil davon heruntergebrochen. Du wolltest das Holz abstützen, damit es nicht komplett kaputtgeht.«

Nate nickte leicht.

Sie wandte sich wieder an Sienna. »Das Haus ist alt und der Flügel, den früher meine Eltern bewohnt haben, ist bislang nicht vollständig renoviert worden. Wir hatten vor ein paar Jahren einen Wasserschaden, nachdem ein paar Leitungen über den Winter eingefroren waren. Seither kommt es immer wieder vor, dass dort drüben etwas zu Bruch geht. Daher auch meine Bitte, diesen Bereich des Hauses zu meiden. Die weiteren Baumaßnahmen starten jetzt doch erst nächstes Jahr im Frühling. Bis dahin müssen wir einfach vorsichtig sein, dass niemand sich verletzt, verstehen Sie?«

Sienna nickte. »Darf ich jetzt, wo wir gerade so schön versammelt sind, auch kurz etwas zu Piper sagen?«

Tory sog die Luft ein, nickte schließlich.

Sie spürte, dass es Sienna wichtig zu sein schien, dieses Gespräch zu führen. Wenn sie sie wieder vertrösten würde, bestünde die Gefahr, ihr Misstrauen nur noch weiter anzuheizen. Sie blickte demonstrativ auf ihre Uhr. »Ja sicher. Ein paar Minuten hab ich noch«, sagte sie und warf Nate einen scharfen Blick zu, es ihr gleichzutun.

»Klar«, stimmte er zu. »Schießen Sie los!«

»Ich hatte es neulich schon mal kurz erwähnt … Piper weint nachts im Schlaf. Und sie fürchtet sich, hat Angst, dass es hier im Haus nicht sicher ist, dass etwas Schlimmes passieren wird. Ich weiß nicht, was genau sie damit meint, aber ...« Sienna zögerte.

»Sprechen Sie einfach geradeheraus«, ermunterte Tory sie, um das Ganze abzukürzen. Sie musste allmählich los, wenn sie nicht wieder zu spät in die Klinik kommen wollte.

Sienna nickte, räusperte sich erneut, als müsse sie sich selbst einen Ruck geben. »Wissen Sie, ich hab das damals mit meinem Vater erlebt und viel mehr mitbekommen, als meinen Eltern wahrscheinlich bewusst war«, begann sie. »Ich war noch jung, nicht einmal ein Teenager. Dennoch spürte ich schon Monate, bevor er ging, dass etwas nicht in Ordnung war. Meine Mutter war oft völlig abwesend, nervös und traurig. Mir fiel vor allem auf, dass sie nicht mehr lachte, manchmal sprach sie tagelang nur das Nötigste mit mir. Zuerst glaubte ich, es läge an mir, ich hätte etwas Falsches getan. Das Gefühl verstärkte sich, wurde immer unerträglicher. Nach Wochen und

Monaten wurde mir bewusst, dass etwas Furchtbares im Gange war, das nie wieder gut werden würde. Ich spürte, dass unsere Familie dabei war, in ihre Bestandteile zu zersplittern, und na ja … meine Mutter, sie ahnte natürlich nicht, was in mir vorging, weil sie die meiste Zeit über mit sich selbst beschäftigt war. Und ich hab ihr Schweigen so gedeutet, als wäre sie wütend auf mich.« Sienna brach ab, sah aus, als würde sie jeden Augenblick in Tränen ausbrechen.

Nate runzelte die Stirn, sah die junge Frau mit besorgtem Blick an. »Was genau wollen Sie damit sagen?«

Tory beobachtete, wie Sienna den Rücken durchstreckte, als sie seinen Blick erwiderte. »Ich denke, dass es Piper im Moment genauso geht wie mir damals. Sie spürt, dass etwas nicht in Ordnung ist, dass Sie beide Probleme haben. Sie macht sich ihre Gedanken deswegen und ich glaube, dass sie denkt, es sei ihre Schuld. Und dann ist da noch die Sache mit ihren nächtlichen Ängsten. In Wahrheit weiß sie sehr wohl, dass es keine Geister gibt, doch sie sucht verzweifelt nach einer anderen Erklärung.«

»Haben Sie mit ihr darüber gesprochen?«, fragte Tory. »Hat sie sich dazu geäußert?«

»Nein, ich habe nur eine Vermutung. Ich könnte mir vorstellen, dass sie ihre Panik, dass ihre Familie zerbrechen könnte, irgendwie auf das Haus projiziert. Ich fürchte, sie trauert einer Zeit oder jemandem nach. Da ist etwas in ihr, was sie nicht bewältigen kann, vielleicht eine nicht aufgearbeitete Trauer. Ich kann es nicht wirklich fassen, aber an irgendwas knabbert sie.«

Tory sog scharf die Luft ein, warf Nate einen alarmierten Blick zu, doch der beachtete sie gar nicht, starrte stattdessen perplex zu Sienna. »Trauer?«

Die junge Frau nickte zögernd. »Gesagt hat sie das

natürlich nicht, aber ich mache mir meine Gedanken, weil ich für sie verantwortlich bin. Und da ist noch etwas: Piper hat Angst, ihre Mutter mit ihren Gefühlen zu belasten, weil sie denkt, dass dann alles noch schlimmer wird.«

Tory sah verblüfft zu Sienna. »Was soll noch schlimmer werden?«

Sienna holte tief Luft. »Piper hat mir erzählt, dass Sie eine Zeit lang viel geweint haben. Und dass sie deswegen Angst hat, mit Ihnen über bestimmte Dinge zu sprechen.«

Tory starrte Sienna sprachlos an. In ihrem Kopf überschlugen sich die Gedanken. Schließlich sah sie hilflos zu Nate. In seinem Kopf schien es nicht besser auszusehen, denn er wirkte, als suche er verzweifelt nach etwas, was er sagen konnte, ohne zu viel zu verraten.

Schließlich nickte er, lächelte. »Ich weiß nicht, was in Piper vorgeht, aber ich kann Ihnen versichern, dass in unserer Familie alles zum Besten steht. Wir sind beide berufstätig, hatten in der Vergangenheit einige Schwierigkeiten, doch es geht aufwärts. Und zwar dank Ihrer Hilfe. Meine Frau und ich, wir sind wirklich sehr glücklich darüber, Sie gefunden zu haben, und hoffen, dass es Ihnen genauso geht und Sie uns noch lange erhalten bleiben.«

Torys Kiefer klappte hinunter, als ihr klar wurde, dass Nate wieder einmal tat, was er immer machte, wenn es eng wurde. Er legte die Scheuklappen an, konzentrierte sich nur auf den Weg nach vorne. Auf seinen eigenen Weg, ohne Rücksicht auf die möglichen Konsequenzen.

Doch Sienna war zu schlau, um seine Masche nicht zu durchschauen, das war offensichtlich. Genau wie sie selbst, hatte die junge Frau den drohenden Unterton und die zugrunde liegende Botschaft hinter seinen Worten verstanden.

VIERZEHN
FALMOUTH
2017

Avery

Als Avery sich dem Konferenzzimmer näherte, hörte sie schon auf dem Gang Alfies lautes Organ heraus. Doch als sie die Tür öffnete, um einzutreten, verstummten alle und Alfie beschränkte sich auf einen überheblichen Blick in ihre Richtung. Sie ignorierte ihn und entdeckte eine Kollegin, die nach zwei Wochen endlich aus dem Krankenstand zurück war.

Sie lächelte ihr zu. »Willkommen zurück«, begrüßte sie die junge Frau, bevor sie sich an ihren noch freien Platz begab und in die Runde blickte. »Ich nehme an, dass Sie alle inzwischen wissen, dass wir ein weiteres totes Mädchen gefunden haben.« Sie sah zu der jungen Frau, die sie soeben begrüßt hatte, und registrierte deren leichtes Nicken. »Okay, ich fasse mal zusammen, was wir wissen. Die Obduktion hat die Ersteinschätzung des Arztes, der den Totenschein ausgestellt hat, bestätigt.« Sie räusperte sich. »Bei der Toten handelt es sich um die fünfzehnjährige Kaden Stone, wie der Zahnabgleich bestätigt. Kaden starb durch extreme Gewalteinwirkung auf Kopf und Körper. Sie erlitt Quetschungen innerer Organe wie Leber, Milz und Nieren, eine schwere Gehirnblutung sowie einen Schädelbasisbruch, an dem sie letztendlich auch starb. Des Weiteren wurden an ihrem Anus sowie ihrem Rektum zahlreiche Einblutungen gefunden, wie sie bei hartem Analsex entstehen können. Die Gerichtsmedizinerin, Dr. Grey, konnte Spermaspuren in ihrem Enddarm sicherstellen. Das Ergebnis der DNA-Analyse ergab, dass es sich um das Sperma ihres Stiefvaters handelt, der daraufhin in Gewahrsam genommen wurde, jedoch standhaft seine Unschuld beteuert. Besonders erwähnenswert finde ich die Tatsache, dass selbst die Mutter des ermordeten Mädchens nach wie vor beteuert, dass sie sich nicht erklären kann, wie das Sperma in den Körper ihrer Tochter gekommen ist. Sie hält ihren Mann für unschuldig.«

»Die Alte ist genauso pervers wie ihr Typ«, rief Alfie und starrte Beifall heischend in die Runde. »Mal ehrlich, welche Mutter ignoriert Anschuldigungen dieser Art, wenn sie vom eigenen Kind kommen? Die hat sie doch nicht mehr alle!«

Avery ignorierte die Zwischenrufe ihres Kollegen, sah Damon an, der grinsend zu Alfies Worten nickte.

Innerlich seufzend fuhr Avery fort: »Nachdem sicher ist, dass Details unserer Ermittlungsarbeit nach draußen gedrungen sind, mussten wir tatsächlich von einem Trittbrettfahrer ausgehen. Einem Täter, der Kadens Tod dem Mörder von Annie Russel und dem Entführer der anderen Mädchen anhängen wollte. Derzeit überprüfen wir Kadens Stiefvater hinsichtlich Annies Ermordung und des Verschwindens der anderen Mädchen.«

»Aha«, warf Alfie ein und lehnte sich selbstgefällig in seinem Stuhl zurück.

»Bislang haben wir jedoch keinen Anhaltspunkt gefunden, der diesen Verdacht bestätigt«, fuhr Avery fort und blickte in Alfies Richtung. »Dennoch war ich bis vor knapp vier Stunden geneigt, Alfie und Damon recht zu geben, die mir mehr als eindringlich die Trittbrettfahrertheorie verdeutlicht haben. Ich war entschlossen, zuzugeben, dass ich mit meiner Theorie eines gemeinsamen Täters falsch lag.«

Sie unterbrach das einsetzende Gemurmel. »Warten Sie.« Wieder blickte sie zuerst Alfie, dann Damon ernst an. »Doch nachdem ich heute Nachmittag noch einmal mit Kadens engster Freundin gesprochen habe, ergibt sich ein völlig neues Bild. Schon während der ersten Befragung ist mir ihre Reaktion aufgefallen, die weit über einen Schock oder Trauerzustand hinausgeht. Ich fragte mich, was der Grund dafür ist. Deswegen bin ich heute noch einmal zu Kadens Freundin gefahren, habe mich sehr intensiv mit ihr unterhalten und schließlich einige Abweichungen zu ihrer ersten Aussage bemerkt.« Avery stieß ein theatralisches Seufzen aus, sah mit gespielter Betrübnis in die Runde. »Was soll ich sagen, das Mädchen hat tatsächlich gelogen oder vielmehr etwas verschwiegen, was diese Tragödie in einem völlig anderen Licht erscheinen lässt.«

»Du warst ohne mich bei ihr?« Damon sah sie irritiert an.

Avery hob die Schultern. »Alfie und du, ihr wart euch so sicher bezüglich des Tathergangs, dass ich eher gegen Wände gelaufen wäre, als dich dazu zu bewegen, mich unvoreingenommen zu diesem Gespräch zu begleiten.«

Damon senkte den Blick, schwieg.

Avery holte Luft, stieß sie dann aus. »Ich will euch eine Geschichte erzählen von einem damals achtjährigen Mädchen, dessen Eltern sich trennen, nachdem der Vater untreu war. Die Mutter will sich an ihm rächen, macht ihm bis zur Scheidung das Leben zur Hölle. Ob er es nach allem, was er ihr angetan hat, verdiente, sei dahingestellt. In dieser Zeit lernt die Mutter der Achtjährigen einen neuen Mann kennen, der sie in ihrem Hass auf den Ex nur zu gern unterstützt. Er pflanzt ihr eine Idee ins Hirn, ihren Mann vor Gericht so mies dastehen zu lassen, dass ihm das Sorgerecht für das Kind aberkannt wird. Das Mädchen selbst darf sich wegen ihres jungen Alters nicht vor Gericht zu den Vorwürfen der Mutter, der Vater habe es misshandelt, äußern. Es muss hilflos zusehen, wie das Gericht seinem Vater nur ein eingeschränktes Besuchsrecht unter Aufsicht einräumt. Der Vater, sichtlich verstört und vollkommen am Boden, zieht sich zurück, braucht eine Zeit, um sich wieder zu beruhigen. Die Jahre vergehen, das Mädchen wird älter, glaubt irgendwann all die Lügen der Mutter über den Vater.

Doch dann, eines Tages kommt durch einen blöden Zufall raus, dass alles nur gelogen war. Das Mädchen wird extrem wütend, es beginnt, seinen Stiefvater aus tiefster Seele zu hassen, und hat nur ein Ziel: Dieser Mensch soll aus ihrem Leben verschwinden.

Zunächst denkt die Kleine sich einige abstruse Storys aus, die ihr die Mutter aber nicht abnimmt.

Doch in ihrem Kopf manifestiert sich die Vorstellung, dass ihre Mutter wieder mit ihrem leiblichen Vater zusammenkommt, wenn sie es nur schafft, den Stiefvater loszuwerden. Indessen bietet der Stiefvater dem Mädchen an, es zu adoptieren, sofern der Vater zustimmt. Da der leibliche Vater sich all die Jahre nicht hat blicken lassen, sollte das kein Problem darstellen.

Doch das Mädchen, das seinen leiblichen Vater inzwischen mit verklärten Augen sieht, hasst den Stiefvater so abgrundtief, dass es buchstäblich Rot sieht.

Gemeinsam mit seiner besten Freundin – der es glaubhaft eine Story vom angeblichen Missbrauch des Stiefvaters unterjubelt – schmiedet es einen perfiden

Plan, wie es den verhassten und angeblich pädophilen Scheißkerl endgültig aus seinem Leben entfernen kann.

Das Mädchen weiß, dass seine Mutter die Pille nicht nehmen will, sie und ihr Mann verhüten mit Kondomen, was es auf eine Idee bringt. Es klaut eines der benutzten Präservative, aber weil es Angst hat, von seinem Stiefvater schwanger zu werden, lässt es sich was anderes einfallen.«

»Anderer Eingang?«, murmelt Alfie dazwischen.

Avery fuhr ungerührt fort. »Das Mädchen inszeniert etwas, was ihre Mutter nicht einfach ignorieren kann. Es will sich von seiner Freundin helfen lassen, das Zeug so tief wie möglich in den Anus zu schieben und sich dabei absichtlich zu verletzen.«

Damon patscht sich an den Kopf. »Wie kommt man denn auf so eine kranke Idee?«

»Gute Frage, Damon«, lobt Avery. »Aber die Kids von heute wissen schon sehr früh, wie sie an jede gewünschte Information kommen. Unser Mädchen hat seine Idee aus dem Internet und dort holt es sich auch weitergehende Informationen. Es weiß, dass es bei gewaltsamer Penetration des Anus zu Einblutungen kommt, die noch Tage später sichtbar sind. Die Vorbereitungen dieses Unterfangens sowie die Tat selbst finden übrigens im Kinderzimmer der Freundin statt, von der aus unser Mädchen anschließend sofort zur Polizei gehen will. Doch auf dem Weg läuft dieses raffinierte und ein wenig durchgeknallte Mädchen einer anderen gestörten Persönlichkeit über den Weg – unserem Täter.«

Avery hielt inne, ließ ihre Worte sacken, sah sich um, konnte das Entsetzen in den Gesichtern ihrer Kollegen sehen, doch keiner von ihnen brachte jetzt auch nur einen Ton heraus.

Damon war es schließlich, der das Schweigen brach. »Ist das wahr?« Sein Gesicht war käseweiß geworden.

Avery nickte düster.

»Die Freundin sitzt im Vernehmungszimmer und wartet. Ich hab jemanden zu ihr geschickt, um die Aussage noch mal schriftlich festzuhalten, aber wie es aussieht, war es wohl genau so. Die Freundinnen haben das Ding durchgezogen und Kaden wollte ihren Stiefvater noch am selben Abend anzeigen. Auf dem Weg zur Polizei ist sie unserem Mann in die Arme gelaufen und hier sind wir nun …«

Sie sah, wie Damon sich zu Alfie umdrehte, der finster vor sich hin starrte. Schließlich wandte er sich wieder zu ihr. »Und nun? Ich meine, gut, dann ist der Stiefvater eben unschuldig, doch Fakt ist nach wie vor, dass auch der Tathergang von Annie Russels Ermordung abweicht. Die anderen Mädchen sind nach wie vor verschwunden, wir haben also nur sie zum Vergleich. Und dann ist da noch das Alter. Kaden war fünfzehn, die anderen alle über zwanzig.«

Avery schüttelte den Kopf. »Da ist auch noch die kleine Scarlett gewesen. Sie wurde 2013 überfallen. Auch ihr wurde das Gesicht zerschnitten. Ich hatte Scarlett schon einmal gegenüber Chester und den Kollegen in Truro erwähnt, doch so recht wollte sich keiner auf die Möglichkeit einlassen, dass sie das erste Opfer unseres Mannes gewesen sein könnte. Fakt ist, dass sie uns durchaus etwas zu dem Täter hätte sagen können, auch wenn sie, laut ihrer damaligen Aussage, keine Erinnerung mehr an den Tathergang hatte.«

Damon sah Avery ungeduldig an. »Was hält uns davon ab, die Befragung jetzt nachzuholen?«

Sie seufzte. »Scarlett ist tot, Damon. Sie hat sich 2015 beim *Beachy Head* das Leben genommen. Wir sind also gezwungen, mit unseren Ermittlungen wieder ganz von vorne anzufangen, vielleicht sogar eine neue Richtung einzuschlagen.«

FÜNFZEHN
SAINT JUST/ROSELAND
201

Sienna

Die letzten Tage hatten sich für Sienna ein wenig wie die Ruhe vor dem großen Sturm angefühlt. Nach ihrem Gespräch mit Tory und Nate in der Küche hatten sich beide ausschließlich von ihrer besten Seite gezeigt. Nate war an den letzten beiden Abenden sogar zum Essen nach Hause gekommen und Tory hatte sich nach Dienstende beinahe jeden Abend intensiv mit Piper beschäftigt, was vermuten ließ, dass sie sich ihre Worte zu Herzen genommen hatten. Dennoch waren die Situation im Haus sowie das Verhalten der Ashburys eine merkwürdige Mischung aus aufgesetzter Höflichkeit ihr gegenüber, überbordender Fürsorge für Piper und offensichtlich nur gespielter Zuneigung füreinander.

Vor allem das angespannte Verhältnis zwischen den Eheleuten war trotz der oberflächlichen Freundlichkeiten spürbar. Zwischen ihnen knisterte förmlich die Luft, sowie sie aufeinandertrafen. Sienna fühlte sich, als wäre sie in einem Käfig mit zwei Raubtieren eingesperrt. Ständig war sie darauf gefasst, dass sich diese Spannung entladen könnte, und hatte das Gefühl, wie auf Eierschalen gehen zu müssen, um dem zerbrechlichen Konstrukt dieser zerrütteten Familie nicht den Rest zu geben.

Am liebsten hätte sie ihre Siebensachen gepackt und sich davongemacht. Doch sie brauchte diesen Job nun einmal, um ihre eigene Zukunft zu sichern. Irgendwann, das spürte sie, würde sie ihren Frieden finden, doch bis dahin musste sie die Zähne zusammenbeißen und durchhalten.

Inzwischen war sie etwas länger als eine Woche hier und hoffte von Herzen, es noch eine Weile auszuhalten, auch Piper zuliebe, die sie fest ins Herz geschlossen hatte. Sie war ein absolut liebenswertes Kind und brauchte sie. Was die beiden Erwachsenen anging, hatte Sienna sich inzwischen ein Urteil gebildet. Sie mochte beide nicht. Allerdings bemitleidete sie Tory, die offensichtlich ein schweres Paket mit sich herumtrug, sich jedoch von niemandem helfen lassen wollte. Und Nate war jemand, der es sich gern einfach machte.

Zweifelsfrei liebte er seine Tochter, und vielleicht war das, was er für Tory empfand, tatsächlich Liebe oder zumindest der Nachklang einst großer Gefühle, doch Sienna schien es, als habe er bereits vor langer Zeit aufgegeben, ihr das zu zeigen. Und auch er trug etwas mit sich herum. Etwas Dunkles umgab ihn, auch wenn er sich Mühe gab, es zu verbergen.

Sienna vermutete, dass Tory ihn verdächtigte, eine Affäre zu haben. Dass es vielleicht sogar tiefer ging, weiter reichte als nur ein kleines Abenteuer, das Nate vor seiner Frau verstecken wollte.

Der Grund für ihre düstere Vorahnung waren unter anderem all die Lügen.

Warum waren beide nicht einfach ehrlich zu ihr gewesen und hatten ihr von dem Unglück erzählt, das

Piper zugestoßen war? Das Kind wäre beinahe ertrunken, doch sie hatten ihr stattdessen einen Bären aufgebunden und fantasiert, dass sie die Treppe hinabgestürzt sei. Hinzu kamen diese seltsamen Geräusche nachts im Haus …

Seit jenem Gespräch in der Küche war es zwar ruhig geblieben, doch Sienna kam das alles falsch vor und sie fühlte sich, als wäre sie die einzige Zuschauerin einer zweitklassigen Seifenoper. Wobei sie befürchtete, dass auch Piper ihren Eltern dieses miese Schauspiel nicht abnahm. Das Kind war zwar erst neun, jedoch reifer als andere Kinder ihres Alters.

Mit jedem verstreichenden Tag schien der Zeitpunkt, an dem diese Theaterkulisse in sich zusammenbrechen würde, näher zu kommen. Doch was konnte sie tun, um das Unheil aufzuhalten?

Wollte sie das überhaupt?

Ein Windhauch in ihrem Rücken ließ sie herumwirbeln.

»Du hast mir versprochen, dass du mich suchen kommst!« Piper hatte die Hände in die Seiten gestemmt, sah sie wütend an. »Ich hatte ein echt cooles Versteck und du hast nicht einmal versucht, mich zu finden. Ich hab's gesehen, du bist nicht rausgekommen!«

»Oh Süße, bitte entschuldige, ich hab hier noch was fertig machen müssen, aber jetzt bin ich so weit.«

Piper wies aufgebracht nach draußen. »Aber jetzt regnet es.«

»Das macht doch nichts, spielen wir eben im Haus. Deine Eltern sind noch nicht zurück und ich hab die nächste Stunde nichts zu tun.«

Piper stöhnte. »Im Haus ist es langweilig, da findest du mich doch viel zu schnell.«

»Quatsch«, widersprach Sienna. »Du hast doch den absoluten Heimvorteil. Du kennst jeden Winkel im Haus, während ich noch fremd hier bin. Ganz bestimmt findest du ein tolles Versteck, wo ich dich ewig nicht aufstöbere.«

»Piper? Bitte komm raus, ich gebe auf!«

Inzwischen waren eineinhalb Stunden vergangen, Sienna klebte das Shirt am Körper und ihr Herz hämmerte ein wildes Stakkato. Längst hatte sie jedes einzelne Zimmer nach Piper abgesucht, doch das Mädchen war wie vom Erdboden verschluckt.

»Piper«, rief sie noch einmal, »das ist nicht mehr lustig. Komm raus, du hast gewonnen.«

In ihrem Kopf überschlugen sich die Gedanken.

Wo konnte sie noch suchen?

Sie hatte das komplette Erdgeschoss durchkämmt, die Etage, auf der Tory und Nate ihre Büros hatten – beide übrigens verschlossen -, sowie das oberste Stockwerk, auf dem sich Pipers und ihr Zimmer befanden. Selbst im Keller hatte sie nachgesehen, obwohl sie wusste, dass Piper sich dort unten fürchtete. Wo also konnte sie noch sein?

Inzwischen malte sie sich bereits Horrorszenarien aus, sah Piper mit dem Gesicht nach unten tot im Ententeich liegen. Oder war sie etwa gestürzt? Sie rannte zur Haustür, riss sie auf. Es goss mittlerweile wie aus Eimern, doch Piper hatte vorhin so unglücklich ausgesehen, vielleicht hatte sich das kleine Luder doch draußen versteckt, um sie an der Nase herumzuführen.

Ohne sich um den Regen zu scheren, stürmte Sienna hinaus, steuerte zuerst den Teich hinter der Hecke an, seufzte erleichtert, als sie die Enten sah, die völlig gelassen ihre Runden auf der Wasseroberfläche drehten.

Da war niemand in ihrem Reich, der sie störte.

Sienna schalt sich in Gedanken für ihre übertriebene Panik. Piper wusste doch um die Gefahr und würde nicht noch einmal riskieren zu ertrinken.

Suchend drehte sich Sienna um, überlegte fieberhaft, wo Piper sich noch verstecken könnte. Sie rannte durch den Park, immer wieder Pipers Namen rufend, sah hinter jeder einzelnen Amphore nach, lugte hinter Säulen und Mäuerchen und lief schließlich auf das Tor zu, das zum Privatanleger des Hauses führte. Doch auch am Steg und in dem winzigen Bootshaus war keine Spur von Piper.

Im Bootshaus verschnaufte sie kurz, wischte sich über das regennasse Gesicht und sah in Gedanken schon Titelzeilen der Klatschpresse vor sich: *Kindermädchen verantwortlich für das Verschwinden einer Neunjährigen!*

Oder noch schlimmer: *Kindermädchen schuld am Tod der kleinen Piper Ashbury! Sienna Crane vernachlässigte ihre Aufsichtspflicht …*

Sie sank auf die Knie, starrte in Richtung Haus, als ihr Blick an einem der Fenster im verbotenen Flügel hängen blieb. Hatte sich dort gerade die Gardine bewegt?

Sienna schnappte nach Luft, sprang auf, rannte los.

Zurück im Haus war sie bis auf die Knochen durchnässt, hinterließ überall schmutzig-nasse Fußspuren, doch es war ihr egal. Sie musste Piper finden und würde ihr gehörig die Leviten lesen, wenn sie sich wirklich in dem Flügel versteckt hatte, den zu betreten Tory mehr als ausdrücklich verboten hatte.

Entschlossen eilte sie in die verbotene Richtung. Schob Kisten weg und kletterte über Holzlatten, die Nate oder Tory an dem Durchgang platziert hatten, um zu verhindern, dass jemand auch nur versehentlich den Flügel betrat. Dabei wuchs ihre Unruhe ins Unermessliche und sie schickte ein stummes Stoßgebet zum Himmel.

Bitte, bitte, Piper darf nichts zugestoßen sein!

Sie eilte den langen Gang entlang, rüttelte an verschlossenen Türen, stieg die Treppe zum ersten Stock hinauf. Auch dort waren die meisten Zimmer abgesperrt, bis auf zwei, in denen sich Kisten bis zur Decke stapelten.

Schließlich stieg sie ins Obergeschoss. Auch dort war alles abgeschlossen oder mit Hausrat zugestellt.

Sich umblickend, erinnerte sie sich daran, dass Nate und Tory immer wieder darüber gesprochen hatten, wie gefährlich dieser Bereich des Hauses sei.

Wieso eigentlich?

Weder unten noch hier oben war es so baufällig oder gar gefährlich, wie sie es sich ausgemalt hatte. Sicher, die Wände waren nicht frisch verputzt wie auf der anderen Seite. Das Holz an der Wandvertäfelung war an einigen Stellen rissig und spröde, die Geländer waren nicht glatt und glänzend, sondern stumpf und rau. Aber sie entdeckte nichts, was größere Umbauarbeiten nötig hatte. Ein paar Maler- und leichtere Schreinerarbeiten müssten genügen, um diesen Teil des Hauses wieder ansehnlich herzurichten.

Mit einem merkwürdigen Gefühl in der Körpermitte machte sie sich wieder auf den Weg nach unten.

Erneut lief sie den Gang entlang, rüttelte an Klinken.

»Piper, komm raus, wenn du hier bist, sonst sag ich es deinen Eltern, hörst du? Ich hab keine Lust mehr auf dieses blöde Spiel.«

Doch da war nichts. Nur absolute Stille.

Siennas Angst verwandelte sich in Zorn.

Sie brauchte diesen verdammten Job. Und sie würde einen Teufel tun, sich das von der verwöhnten Rotzgöre vermasseln zu lassen.

»Piper, verdammt, melde dich!«, schrie sie und lauschte angestrengt.

Wieder blieb es still, bis auf den inzwischen peitschenden Regen. Doch dann hörte sie etwas, was sich von dem monotonen Geräusch von draußen unterschied.

War das ein Röcheln?

Hatte da jemand gehustet?

Sie versuchte, die Quelle auszumachen.

Jetzt, da sie sich auf das Geräusch konzentrierte, hörte sie es deutlicher. Es kam von irgendwo ganz in ihrer Nähe.

Ihr Herz überschlug sich.

»Piper? Bist du das? Jetzt sag schon was, Süße. Ich mach mir ganz schreckliche Sorgen.«

Nichts.

Sie ging einen Schritt nach vorn, blieb stehen.

»Piper? Bitte sag was, wenn du kannst! Ich verspreche auch, dass ich nicht böse bin. Ich will einfach nur wissen, dass es dir gut geht, mein Engel.«

Wieder ein Husten

Dann ein leises Stöhnen.

Sienna rannte zu der Tür vor ihr, rüttelte an der Klinke. Dann hämmerte sie dagegen. »Bist du da drin? Piper? Bitte sag was, Liebling! Hast du dir wehgetan?«

Sie starrte auf das Holz der Tür, drückte sich mit der Schulter, so fest sie konnte, dagegen. Doch die Tür gab keinen Millimeter nach.

»Scheiße, verdammt«, fluchte Sienna halblaut und fummelte sich eine Haarklammer aus der Frisur.

In Filmen klappte das ja auch immer, also würde sie das wohl auch schaffen.

Doch egal wie sie das Ding auch bog und damit in dem Schloss herumstocherte, es gab kein Klicken, die Tür blieb verschlossen. Sie zog ihr Handy aus der Hosentasche, ging online und gab in die Suchleiste ein: *Dietrich selbst bauen.* Sie las die Tipps, überlegte fieberhaft, wo sie die genannten Hilfsmittel finden könnte, und erinnerte sich, dass Tory ihr bei ihrem Rundgang auch den Keller gezeigt hatte, in dem verschiedene Werkzeuge gelagert waren.

Sie las weiter, während sie bereits nach unten eilte und sich dort in den Regalen umsah. Am Ende entschied sie sich für einen langen Nagel, steckte ihn in eine an der Werkbank befestigte Schraubzwinge, nahm eine Zange, fing an zu biegen. Als der Nagel den richtigen Winkel zu haben schien, nahm sie ihn, rannte wieder zurück nach oben.

Vor dem Zimmer angekommen, schob sie ihr Behelfswerkzeug ins Schloss, fing an zu drehen und zu drücken. »Jetzt komm schon, du Scheißding«, murmelte sie verzweifelt, pustete sich eine schweißnasse Strähne aus der Stirn. Sie wollte schon aufgeben, als sie ein leises Klicken vernahm. Ihr Herz machte einen Satz. Hatte es geklappt?

Sie hielt den Atem an, als sie die Klinge ergriff und niederdrückte, stieß ihn heftig aus, als die Tür sich öffnete. Instinktiv presste sie die Lider fest zusammen, aus Angst, Piper könne vor ihr auf dem Boden liegen, reglos, vielleicht sogar leblos …

Jetzt komm schon, mach …

Die Stimme in ihrem Kopf war unnachgiebig.

Sie machte einen Schritt nach vorn.

Feigling …

Widerstrebend öffnete sie die Augen, blinzelte, taumelte rückwärts, stolperte.

»Was zur Hölle …« Mund und Augen weit aufgerissen, stand sie einfach nur da und starrte auf das Bild, das sich ihr bot.

Der Schweiß brach ihr aus.

Nur Sekunden später wurde ihr eiskalt.

In ihrem Kopf drehte sich alles.

Langsam ging sie einen Schritt nach dem anderen

zurück, unfähig, auch nur einen klaren Gedanken zu fassen.

Du musst Hilfe rufen …

Sienna holte tief Luft, doch noch immer fühlten sich ihre Muskeln wie erstarrt an.

Jetzt mach schon … Schnell!

Und dann schaffte sie es endlich, sich aus ihrer Schockstarre zu lösen. Sie drehte sich um und sog den Atem ein. Dann rannte sie los …

SECHZEHN
FALMOUTH HOSPITAL

2018

Dr. Thomas Mitchell

»Dr. Mitchell, ich brauche Sie dringend, wir bekommen in wenigen Minuten einen Notfall rein«, meldete ihm die junge Schwester.

»Danke, Nora. Wissen wir schon was Näheres?«

»Weiblich, zwischen zwanzig und dreißig Jahren, mehrere Schusswunden am Körper, schwere Kopfverletzung und innere Blutungen nicht ausgeschlossen. Sie wurde am Flussufer bei Saint Just angespült und von einem Fischer gefunden. Sie atmete nicht mehr, hatte Wasser in den Lungen. Der Fischer hat die Rettungsleitstelle verständigt und es geschafft, sie wiederzubeleben.«

Thomas Mitchell runzelte die Stirn. »Schusswunden, sagten Sie? Dann müssen wir die Polizei hinzuziehen.«

Nora nickte. »Die Rettungsleitstelle hat bereits alles veranlasst. Ich stehe mit den Kollegen in Verbindung, von ihnen weiß ich, dass es ernst ist.«

»Ist die Patientin ansprechbar?«

Nora schüttelte den Kopf. »Aber sie war es. Kurz nachdem ihr Retter ihr das Wasser aus dem Brustkorb gepumpt hat, ist sie für wenige Sekunden zu sich gekommen. Er hat nicht alles verstanden, weil sie sich kaum artikulieren konnte, aber er glaubt, dass sie vor irgendjemandem weggelaufen ist und große Angst hat.«

»Haben wir Informationen zur Person selbst? Namen? Das genaue Alter?«

Nora verneinte. »Sie hat nichts bei sich, wurde vollkommen nackt aufgefunden.«

»Dann veranlassen Sie, dass ein MRT frei ist, sobald sie eintrifft. Außerdem brauchen wir einen freien OP und ein Team an Chirurgen. Fragen Sie Dr. Nickels und Dr. Meyers, ob sie mir assistieren, und streichen Sie meine nächsten Termine, verlegen Sie alles auf heute Abend.«

Nora nickte, eilte davon.

Thomas nutzte die wenigen Augenblicke der Ruhe, bevor das Chaos ausbrach, und setzte sich auf eine der Fensterbänke mit Blick auf den Garten. Als er schlagende Türen und schwere Schritte vernahm, sprang er auf und eilte den Sanitätern und dem Notarzt entgegen.

An ihren besorgten Gesichtern erkannte er, wie knapp es war, und warf einen ersten Blick auf die bewusstlose Patientin, die mit einer Folie notdürftig zugedeckt war. »Vitalfunktion?«, wandte er sich an den leitenden Notarzt.

»Instabil, sie verfällt immer wieder ins Kammerflimmern, weil sie zu viel Blut verloren hat. Ich habe vier Einschusswunden festgestellt. Eine am Schenkel, die die Schlagader nur knapp verfehlt hat. Eine auf Höhe des rechten oberen Lungenflügels, eine auf Höhe des Darms und eine ging an der linken Seite auf Rippenhöhe durch den Körper hindurch. Zusätzlich hat sie einige Wunden, die von einem Taser stammen könnten.«

»Und die Kopfverletzung?« Er wies auf den Verband.

»Vermutlich durch einen Sturz verursacht«, antwortete der Notarzt. »Sieht übel aus. Ich empfehle eine Stabilisierung des Herz-Kreislauf-Systems, anschließend ein MRT des Kopfes, danach Untersuchungen der inneren Organe auf Blutungen.«

Thomas nickte dankbar. »Raum 5 ist frei«, wies er die Sanitäter an.

Als die Frau auf dem Tisch lag, angeschlossen an zahlreiche Gerätschaften, fiel ihm die weißlich-blaue Verfärbung der Haut der Patientin auf. Zwei Schwestern stürmten ins Zimmer, lösten die Sanitäter ab, die bereits zum nächsten Einsatz gerufen wurden.

»Wir müssen wieder los«, sagte der Einsatzleiter zu Thomas. »Alles klar so weit?«

»Danke, wir übernehmen«, antwortete er knapp, als das Flimmern anfing. »Defi, schnell«, wandte er sich an die Schwestern. »Wie weit ist Nora?«

»MRT ist bereit, OP 7 und Team ebenfalls.«

Das Piepsen wurde schneller, ging in einen Endloston über.

»Wir haben einen Herzstillstand«, hörte Thomas eine der Schwestern in den Gang hinaus rufen. »Wer kann, kommt zu uns, sofort!«

Innerhalb weniger Sekunden füllte sich der kleine Raum mit hektisch herumwuselnden Menschen.

»Brauchen Sie Hilfe?«, fragte Schwester Angie, eine seiner kompetentesten Kolleginnen.

Thomas nickte, schaltete das Gerät an, nahm die Elektroden zur Hand. »Bereit?«

Angie nickte.

»Alles klar, dann los.«

»Dr. Mitchell? Wir müssen mit Ihnen sprechen, es ist wichtig.«

Er wirbelte herum, sah sich einem Paar gegenüber.

Die Frau hatte rötliches Haar, Natur, nicht gefärbt, war zierlich, aber offenbar gewohnt, das Kommando zu übernehmen. Der Mann neben ihr, einige Jahre jünger, blond mit Ziegenbart, den er als Hipster einstufte.

»Ja?« Er hörte selbst, wie gereizt er klang, aber er hatte jetzt wirklich keinen Nerv für Gespräche, und die beiden sahen nicht aus, als seien sie besorgte Angehörige eines Patienten.

»Detektive Sergeant Avery Smith«, stellte sich die Frau in geschäftsmäßigem Ton vor. »Mein Kollege, Detektive Sergeant Damon Wheeler. Wir müssen mit Ihnen über die junge Frau mit den Schusswunden sprechen, die vor ein paar Stunden eingeliefert worden ist.«

Thomas nickte knapp. »Gut, aber ich hab nicht viel Zeit. Was wollen Sie wissen?«

Die weibliche Polizistin nickte. »Das Wichtigste zuerst: Wird sie es schaffen?«

Thomas stieß die Luft aus. »Das kann ich Ihnen beim besten Willen nicht beantworten. Sie hatte einen Herzstillstand, konnte aber reanimiert werden. Außerdem sind da eine Kopfverletzung – nichts Schlimmes, aber es musste behandelt werden, genau wie der Milzriss, die Leberquetschung und der verletzte Lungenflügel. Sie wurde von einem Chirurgenteam ganze sechs Stunden am Stück operiert und ist – zumindest für den Augenblick – stabil. Wenn sie die Nacht übersteht, wissen wir mehr. Wir mussten sie in ein künstliches Koma versetzen, keine Ahnung, wie sie das wegsteckt.«

»Hat sie irgendwas gesagt? Ist sie kurz wach geworden?«

»Leider nein.«

»Sind Ihnen bei der Körperuntersuchung irgendwelche Details aufgefallen, die uns bei der Identifizierung helfen könnten? Etwas wie eine Tätowierung oder ein Muttermal? Irgendwas …«

»Ein paar alte Narben. Eine am Schienbein, die von einem offenen Bruch vor vielen Jahren stammen muss. Eine am Unterleib auf der rechten Seite – Blinddarm, nehme ich an. Und dann am rechten Handrücken – wahrscheinlich wurde ihr dort ein Überbein entfernt. Außerdem scheint die junge Frau Asthmatikerin zu sein. Vielleicht hilft ihnen das ja weiter.«

Avery Smith verzog das Gesicht, was das Gegenteil zu bedeuten schien. »Was denken Sie, wann wir mit ihr reden können?«

Der Mann neben ihr hob die Brauen, sah seine Kollegin ungläubig an. »Du hast doch gehört«, setzte er an, wurde jedoch von Smith unterbrochen. »Dr. Mitchell, was ist mit dem Gesicht der Patientin, hat sie Schnittwunden? Wurde ihr der Schopf rasiert?«

Mitchell verneinte. »Allerdings hat sie ein paar Schwellungen im Gesicht, Hämatome und Schürfwunden.«

»Und diese Schussverletzungen«, hakte Detektive Smith nach. »Von was für einer Waffe könnten die stammen?«

»Puh«, stieß Thomas aus, »Keine Ahnung. Ich kann nur sagen, dass wir keine Patronenrückstände in ihrem Körper gefunden haben. Die Wunden sahen trotzdem übel aus. Wenn es nicht zu weit hergeholt wäre, würde ich drauf tippen, dass sie mit Pfeil und Bogen beschossen wurde.«

Thomas beobachtete, wie die beiden einen Blick wechselten. Dann stieß die Frau einen Seufzer aus. »Könnte unser Mann gewesen sein.«

»Definitiv.« Ihr Kollege nickte.

»Ich muss, so schnell es geht, mit dieser Frau reden, Dr. Mitchell. Sie ist unsere wichtigste Zeugin in einer mittlerweile fünf Jahre andauernden Ermittlung. Die Art ihrer Wunden weist möglicherweise auf einen Täter hin, auf dessen Konto mehrere vermisste und getötete Mädchen gehen. Sobald sie zu sich kommt und ansprechbar ist, rufen Sie mich bitte sofort an!«

Er beobachtete, wie sie in ihrer Tasche wühlte, eine Visitenkarte hervorzog und ihm reichte.

»Tag und Nacht, ganz egal, ich erwarte Ihren Anruf«, erklärte sie eindringlich und verzichtete auf weitere Höflichkeitsfloskeln, was seine Einschätzung ihrer Person betreffend nur bestätigte.

Er nahm die Karte, sah sie zögernd an.

»Was?«

»Sie glauben, dass meine Patientin ein Opfer des gleichen Wahnsinnigen ist, der auch Annie und Kaden auf dem Gewissen hat?«

»Sie kannten die Mädchen?«

»Nein.« Er schüttelte den Kopf. »Ich hab in der Zeitung davon gelesen. Außerdem reden die Leute … Es ist eine furchtbare Sache.«

»Das ist es in der Tat.« Avery Smith musterte ihn, als versuche sie, in seinem Gesicht zu lesen. »Dann unterstützen Sie uns dabei, diesem Irrsinn ein Ende zu bereiten? Bitte, helfen Sie uns und der jungen Frau, die heute beinahe gestorben wäre, und lassen Sie uns zu ihr, sowie sie aufwacht.«

»Eigentlich steht ja die Genesung des Patienten an erster Stelle. Gerade bei Menschen, die im Koma lagen, ist es wichtig, dass wir sie sanft und behutsam zu sich kommen lassen, in ihrem eigenen Tempo, wenn Sie verstehen.«

»Die Zeit haben wir vielleicht nicht«, sagte Smith,

»wir müssen den Täter stoppen, ehe er sich die Nächste schnappt.«

Thomas nickte seufzend, als er das Funkeln in den Augen der Frau erkannte. »Gut. Ich melde mich, sobald meine Patienten aufwacht.«

SIEBZEHN
SAINT JUST/ROSELAND

2019

Tory

»Wie geht es Ihnen heute?«, fragte Tory ihren Patienten, der wie zuvor ihrem Blick auswich.

»Haben Sie etwas zu sich genommen?«

»Keinen Hunger.«

»Und Ihre Frau? War sie hier und hat nach Ihnen gesehen?«

»Gestern.«

»Bestimmt kommt sie heute wieder, meinen Sie nicht?«

»Kann schon sein.«

»Die Tabletten werden Ihnen helfen, aber es wird ein wenig dauern, bis sie anschlagen. Deshalb musste ich Sie vorübergehend in eine psychiatrische Klinik überweisen. Verstehen Sie das? Es ist nur zu Ihrem Schutz.«

»Sie meinen, weil ich so ein Freak bin, muss ich zu den anderen Freaks.«

»Sie haben versucht, sich das Leben zu nehmen«, erinnerte Tory ihn sanft. »Als Sie hier eingeliefert wurden, hatten Sie eine Unmenge an Alkohol und

Tabletten in Ihrem Blutkreislauf. Wir hatten alle Hände voll zu tun, Sie wieder in einen stabilen Zustand zu bringen.«

»Hab nicht drum gebeten.«

»Und Ihre Frau? Ihre kleine Tochter? Sind die es nicht wert, dass Sie versuchen, wieder auf die Füße zu kommen?«

Diesmal schwieg der Mann, starrte nur trübsinnig auf seine Schuhspitzen.

»Wir haben noch mehr als eine halbe Stunde, bevor ein Krankenwagen Sie in die psychiatrische Klinik bringt«, erklärte Tory. »Wollen wir die Zeit nicht nutzen und gemeinsam überlegen, was wir tun können, damit es Ihnen wieder besser geht?«

»Meine Frau hält mich für einen Versager. Und meine Tochter wird es irgendwann genauso sehen.«

»Ihre Tochter ist gerade mal zwei Jahre alt«, gab Tory zurück. »Für die Kleine sind Sie ein Held, ganz egal, was sie auch tun. Sie braucht Sie und sie wird Sie immer brauchen, ihr Leben lang, weil Sie ihr Vater sind.« Tory hielt inne. »Und wie kommen Sie darauf, dass Ihre Ehefrau Sie für einen Versager hält? Hat sie Ihnen das gesagt?«

»Ich kann es in ihren Augen sehen. Erkenne es an der Art, wie sie sich mir gegenüber verhält.«

»Und Sie meinen nicht, dass es die Krankheit ist, die aus Ihnen spricht?«

»Welche Krankheit? Ich bin einfach durchgeknallt. Hat das seit Neuestem einen Namen?«

»Ja, Ihre Krankheit hat einen Namen, und das nicht erst seit Kurzem. Sie leiden unter Depressionen, ausgelöst durch ein Burn-out-Syndrom. Sie haben sich zu viel zugemutet und das hat all die düsteren Gefühle in Ihnen ausgelöst, die Ihnen weismachen, Sie seien nichts wert. Doch das spielt sich nur in Ihrem Kopf ab. Ihr Kopf ist es auch, der Ihnen vorgaukelt, dass andere Sie genauso sehen wie Sie sich selbst. Doch in Wahrheit sind es nur Sie, der so über Sie denkt. Ihre Frau, Ihre Familie und Ihre Freunde, sie alle lieben Sie so, wie Sie sind. Sie sollten das verinnerlichen. Die Medikamente werden Ihnen helfen, die Symptome zu bekämpfen, doch mithilfe der Therapeuten müssen Sie die Ursachen für Ihre Krankheit erforschen und ausmerzen. Andernfalls ziehen die dunklen Gedanken Sie immer tiefer in ihren Sog.«

»So wie Sie das sagen, klingt es, als sei alles meine Schuld.«

»Nein, ich sagte, dass die Tabletten allein nicht genügen, Sie müssen selbst aus diesem Tief herauskommen wollen und in der Psychiatrie wird man Sie auf Ihrem Weg zurück ins Leben unterstützen.«

Tory suchte weiter nach Worten, als ihr Patient sie nur verstockt ansah. Ausgerechnet jetzt summte auch noch das Handy in ihrer Tasche. Verärgert über die Störung nahm sie es hervor, sah, dass Sienna versuchte, sie zu erreichen, und drückte sie weg.

Dann blickte sie wieder zu ihrem Patienten. »Warum fangen wir nicht ganz am Anfang an? Erzählen Sie mir, was in den Wochen vor Ihrem Suizidversuch vorgefallen ist und wie Sie sich gefühlt haben.«

Ihr Patient senkte erneut den Blick, dann fingen seine Schultern an zu zucken, als würde er weinen.

Wieder summte das Handy in ihrer Tasche. Genervt zog Tory es hervor, sah auf dem Display, dass es auch dieses Mal ihr Kindermädchen war, und drückte das Gespräch erneut weg.

»Es ist gut, wenn Sie Ihre Gefühle rauslassen«, sagte Sie zu ihrem Patienten, »aber darüber zu sprechen, ist genauso wichtig. Ich bin hier, wenn Sie ...«

Wieder das Brummen des Handys.

Der Mann sah auf, zog den Rotz hoch, brachte ein schiefes Grinsen zustande. »Vielleicht sollten Sie drangehen.«

Tory sah ihn an. »Entschuldigen Sie mich eine Sekunde.«

Sie erhob sich, ging ans andere Ende des Zimmers, zog das Handy hervor, drückte auf Annehmen.

Ein Redeschwall schlug ihr entgegen.

»Langsam, ich versteh kein Wort von Ihrem Gestammel«, zischte sie Sienna an, mit einem Auge und in Gedanken weiter bei ihrem Patienten, der in seiner eigenen Welt gefangen mit dem Zeigefinger Kreise auf den Tisch malte und vor sich hin knodderte.

»... Sie müssen herkommen ...«, verstand Tory nur.

»Warum rufen Sie nicht einfach meinen Ehemann an? Er ist Kunstprofessor, arbeitet nicht mit Kranken, sondern mit gesunden jungen Leuten, die es verschmerzen dürften, wenn er mal nicht da ist.« Tory schnaubte aufgebracht, drehte sich zu ihrem Patienten um, nickte ihm aufmunternd zu. »Kleinen Moment noch, ich bin sofort wieder für Sie da«, flüsterte sie und richtete ihre Aufmerksamkeit erneut auf das Telefonat. »Haben Sie gehört, das passt jetzt nicht. Ich bin mitten in einer Therapiestunde, also rufen Sie Nate an.«

Siennas Atem am anderen Ende der Leitung ging heftig. »Ich denke, es ist besser, Sie kommen.«

Dieses Mal verstand Tory die hektisch hervorgebrachten Worte und stutzte jetzt doch. »Verdammt, was ist denn los? Ist etwas mit Piper?« Die Probleme des Mannes hinter ihr verblassten, stattdessen sah sie Sienna vor sich, wie sie scheinbar nach Luft rang und nach Worten suchte. »Reden Sie schon. Geht es Piper gut?«

»Ja, ja, Piper gehts gut«, antwortete Sienna etwas ruhiger. »Ich hab sie gefunden, nachdem sie sich beim Versteckenspielen in meinem Badezimmer in der Duschkabine verkrochen hatte, dem einzigen Ort, an dem ich vorher nicht nachgesehen habe.«

»Und deshalb rufen Sie hier an? Himmel, Sienna, ich dachte schon, es ist was passiert ...«

»Das ist es ja auch«, unterbrach Sienna sie. »Auf der Suche nach Piper bin ich in den abgesperrten Bereich gegangen, nachdem ich hinter einem der Fenster etwas gesehen hatte. Ich befürchtete, es sei Piper, die sich trotz Ihres Verbotes dort vor mir versteckt hatte. Also hab ich mich da umgesehen und hörte eine Art Röcheln aus einem der Zimmer, gefolgt von einem keuchenden Husten. Ich dachte, Piper sei da drin und habe sich verletzt. Also hab ich die verschlossene Tür aufgebrochen, um ihr zu helfen ...«

»Genug«, unterbrach Tory sie lauter als beabsichtigt. »Hat Piper … ich meine, war sie …?«

»Nein«, erwiderte Sienna. »Ich hab sie in ihr Zimmer geschickt, nachdem ich sie dann doch noch in meinem Badezimmer gefunden hatte.«

Tory schloss erleichtert die Augen. »Ich versuche, in einer Dreiviertelstunde da zu sein, okay? Halten Sie um Himmels willen Piper von diesem Zimmer fern!«

Nur gute dreißig Minuten später öffnete Tory mit der Fernbedienung das Tor zu ihrem Anwesen, heilfroh, dass kein Streifenwagen sie angehalten und sie keinen Unfall verursacht hatte. Ohne auf die Geschwindigkeitsbeschränkungen zu achten, war sie über mehrere rote Ampeln gebrettert, hatte einem Lkw die Vorfahrt genommen, sich anhupen und anbrüllen lassen müssen und zu guter Letzt hätte sie fast eine Radfahrerin überfahren. Jetzt konnte sie nur hoffen, dass die junge Dame, der sie einen Hundertpfundschein als Entschuldigung für den Schrecken in die Hand gedrückt hatte, es dabei belassen würde und nicht zur Polizei rannte, um sie anzuzeigen.

»Verdammt!«, fluchte Tory und preschte die Einfahrt hoch, ließ den Wagen direkt vor dem Eingang stehen und rannte zur Tür, die Sienna im gleichen Augenblick aufriss, als habe sie dahinter gelauert.

Ihr Blick war argwöhnisch und schockiert zugleich. Tory begriff, dass sie sich rasch etwas Plausibles ausdenken musste, um Sienna davon abzuhalten, noch heute das Haus zu verlassen.

Sie holte zitternd Luft. »Ist er … ist er okay?«

Sienna hob die Schultern. »Keine Ahnung, als ich rein bin, war er wach, hat mich für ein paar Sekunden angesehen, dann sind seine Augen wieder zugefallen. Vielleicht hat er sich im Schlaf verschluckt oder so. Jedenfalls war er es, den ich husten und röcheln gehört habe. Aber dann ging sein Atem wieder normal. Vielleicht hat er sich bloß verschluckt.«

Tory stieß erleichtert die Luft aus, sah Sienna ernst an. »Ich erkläre Ihnen gleich alles, aber vorher …« Sie brach ab, schluckte angestrengt. »Ich muss zuerst nach ihm sehen.«

Sie ließ Sienna stehen, rannte an ihr vorbei die Treppen hoch, kletterte über die Kisten, stürmte weiter, riss an der Türklinke, stieß sie auf. Als sie sah, dass er fest schlief, dabei nur gelegentlich leise Seufzer und Stöhnlaute ausstieß, sackte sie erleichtert auf die Knie und japste minutenlang selbst nach Luft.

Schließlich rappelte sie sich auf, nahm den Pulsoximeter vom Nachttisch neben dem Bett, steckte das Gerät an seinen Finger. Nachdem sie sich vergewissert hatte, dass Puls und Sauerstoffgehalt seines Blutes vollkommen normal waren, brach sie in Tränen aus.

Es war vorbei.

All die Anstrengungen und die Lügen waren umsonst gewesen. Wie hatte sie nur glauben können, dass eine Fremde im Haus mehr Sicherheit bedeutete? Das Gegenteil war der Fall. Nate hatte ihr seit Langem prophezeit, dass ihr Lügenkonstrukt irgendwann auffliegen würde, schon damals bei Birdie. Doch anders als Sienna war ihr früheres Kindermädchen nicht besonders helle gewesen. Birdie hatte nie eine Anweisung infrage gestellt. Sich aber auch nicht annähernd so liebevoll um Piper gekümmert wie Sienna.

Doch nun …

Nun war passiert, was sie mit aller Macht hatte verhindern wollen.

»Wer ist das?«, fragte Sienna, die von ihr unbemerkt ins Zimmer getreten war.

Tory holte tief Luft, wandte sich wieder zum Bett, streckte die Hand aus, strich ihrem Sohn eine schweißnasse Strähne seines strohblonden Haars aus der Stirn. »Zac«, sagte sie schließlich leise. »Sein Name ist Zac und er bedeutet mir wirklich alles. Er ist Pipers großer Bruder.«

ACHTZEHN
FALMOUTH

2018

Avery

»Was soll die Scheiße …?« Benommen tastete Avery nach ihrem Handy auf dem Nachtschrank, starrte blinzelnd aufs Display. Als sie sah, dass es noch nicht einmal sechs Uhr war, stöhnte sie. Welcher Idiot wagte es, sie um die Zeit aus dem Schlaf zu reißen? Blinzelnd linste sie auf das Display. »Unbekannte Nummer, na toll, wahrscheinlich ein Irrläufer.« Sie wollte das Handy schon wieder zurücklegen, als ihr Gewissen sich meldete. Vielleicht war es ja doch für sie und wichtig.

»Smith«, brummte sie unwirsch, nachdem sie das Gespräch angenommen hatte.

»Thomas Mitchell am Apparat«, meldete sich eine sympathisch klingende Stimme. »Ich hab Sie aus dem Schlaf gerissen, nehme ich an?« Dabei klang er nicht, als täte es ihm leid.

Avery versuchte noch, sich zu sortieren. Sie kannte den Namen und die Stimme auch … aber woher?

»Wir hatten vor über zwei Wochen das Vergnügen«,

fuhr ihr Anrufer fort. »Ich bin Arzt im Falmouth Hospital.«

Schlagartig war Avery wach und erinnerte sich an den Arzt, den sie gebeten hatte, sie zu jeder Tageszeit anzurufen.

»Ist sie aufgewacht?«, fragte sie.

»Gestern schon.«

»Gestern? Ich sagte doch, dass Sie mich sofort …«

»Kommen Sie einfach her«, unterbrach er sie. »Sie können jetzt mit ihr sprechen.« Es klickte in der Leitung.

Verdutzt starrte Avery auf das Display ihres Handys. »Der hat einfach aufgelegt. Was soll die Kacke?«

»Was?« Die Stimme ihres Begleiters von letzter Nacht klang schläfrig. Nur Bruchteile von Sekunden später spürte sie Finger am Saum ihres Slips herumfummeln. »Komm wieder unter die Decke, Süße, ja?«

Avery wandte sich dem Kerl zu und fragte sich, was sie da geritten hatte. Oder besser, wer ... »Ich bin nicht deine Süße, kapiert?« Sie stand auf, schüttelte den Kopf. »Ich muss zur Arbeit. Du findest selbst den Weg zur Tür, nehme ich an.«

Als sie knappe zwanzig Minuten später den Aufzug in den dritten Stock nahm, spürte sie, dass ihr Herz aufgeregt in ihrer Brust schlug. Sie musste sich genau überlegen, welche Fragen sie der Frau stellen würde. Dann fiel ihr Damon ein. Sie zog ihr Handy hervor, tippte eine Nachricht, drückte auf Senden.

Als die Tür aufglitt, erwartete Dr. Mitchell sie bereits. Neben ihm stand eine junge Frau in Schwesternuniform.

»Bevor ich Sie zu ihr bringe, lassen Sie mich Ihnen erklären, weshalb ich nicht früher angerufen habe.«

Avery nickte.

»Wir haben Pixie Nicols' Aufwachprozess gestern Morgen eingeleitet. Das dauert bei jedem Patienten unterschiedlich lange. Auch die Auswirkungen dieses Prozesses sind kaum vorhersehbar. Einige übergeben sich, manche haben heftige Schmerzen, wieder anderen fehlt gar nichts. Es kommt zu kurzfristigen Amnesien, in Einzelfällen zu Muskeltonus-Störungen.«

»Ja, ja, was ist mit ihr? Ist sie ansprechbar?«, fragte Avery ungeduldig.

Mitchell hob die Hand. »Langsam, ich will es Ihnen erklären, damit Sie wissen, was Sie erwartet und entsprechend sensibel vorgehen, bevor ich Sie zu Pixie Nicols lasse.«

»Ist sie wieder ganz bei sich?«

Er nickte. »Ja, das ist sie. Bei ihrem Aufwachprozess kam es jedoch zu Komplikationen. Daher hat ihr behandelnder Stationsarzt mir dringend geraten, bis heute abzuwarten, ehe ich ihr eine Polizistin auf den Hals hetze. Im Grunde ist es für eine Befragung auch heute noch zu früh, doch wie ich sagte, für Kaden und Annie mache ich eine Ausnahme. Mir liegt genauso viel wie Ihnen daran, dass der Mistkerl gefunden wird, der den Mädchen das angetan hat.«

Avery nickte. »Dann ist sie jetzt ansprechbar?«

Mitchell und die Schwester wechselten einen Blick. Dann sah der Arzt wieder zu ihr. »Rein körperlich ist sie über den Berg. Sie hat noch Schmerzen, ihr Herz ist aufgrund des Taserangriffs noch ein wenig schwach und neigt dazu, hin und wieder aus dem Takt zu geraten, aber ihr Körper wird heilen. In absehbarer Zeit. Was ihre Psyche angeht …« Er brach ab, nickte der jungen Frau neben ihm zu.

»Ich bin die Schwester, die bei ihr war, als sie zu sich kam. Mein Name ist Debby.«

Avery nickte, versuchte, ihre Ungeduld zu unterdrücken. »Danke, dass Sie sich die Zeit nehmen, Debby. Vielleicht können wir einiges zuvor klären. Was war das Erste, was Pixie Nicols sagte, als sie zu sich kam?«

Schwester Debby räusperte sich. »Darauf komme ich gleich, aber Sie sollten auch wissen, wie fragil Pixies Zustand noch ist. Am besten erklärt sich dieser, wenn ich Ihnen schildere, wie Sie beim Aufwachen reagiert hat.«

»Ja, sicher«, antwortete Avery und bemühte sich um ein geduldiges Lächeln.

»Ich war dabei, den Tropf zu wechseln, als ich bemerkte, wie ihre Augenlider sich bewegten. Ihr Atem ging hektisch und schwer, doch das ist vollkommen normal, nachdem man sie erst wenige Stunden zuvor von der Maschine genommen hatte.«

Avery musste sich zusammenreißen, um die Schwester nicht anzufahren, ihr nicht zu befehlen, sie solle zum Punkt kommen, stattdessen nickte sie stumm.

»Ich blieb natürlich bei ihr, beobachtete sie und wollte ihr gerade den Schweiß von der Stirn tupfen, als sie vor meiner Berührung zurückzuckte. Erst nachdem sie die Augen ganz geöffnet und bemerkt hatte, dass ich wohl harmlos bin, wurde sie ruhiger. Ich hab sie gefragt, ob sie etwas brauche, ob sie Schmerzen habe, als ihr Atem heftiger wurde und sie sich panisch umsah …«

»Was passierte dann? Was sagte sie?«

»Sie fragte mich, ob er weg sei? Ob sie in Sicherheit sei.«

»Und was haben Sie geantwortet?«

»Ich erklärte ihr, wo sie ist und dass ihr hier niemand etwas zuleide tun würde. Sie fing an zu weinen und wiederholte immer wieder die gleichen Worte.«

»Was genau hat sie gesagt?«

Debby seufzte besorgt. »Sie sagte: *Er wird es mitkriegen.*

Rausfinden, dass ich am Leben bin. Und dann kommt er und holt mich.«

Avery klopfte vorsichtig an die Tür, wartete einige Sekunden, dann drückte sie die Klinke hinunter und trat ins Zimmer.

Pixie Nicols wirkte verloren in dem Bett, das für ihren schmächtigen Körper viel zu groß zu sein schien. Als sie wahrnahm, dass jemand ins Zimmer gekommen war, zuckte sie zusammen, wandte den Kopf in Averys Richtung, die Augen weit aufgerissen.

Sie hat panische Angst, erkannte Avery.

»Keine Sorge, Pixie, ich bin von der Polizei. Mein Name ist Avery Smith«, stellte sie sich vor. »Ich habe bereits vor zwei Wochen veranlasst, dass ein Security-Mann vor Ihrem Zimmer wacht und sicherstellt, dass Ihnen nichts geschieht. Unser Mann lässt nur Personen in Ihr Zimmer, die sich ausweisen können und nachweislich zu ihrer Familie gehören oder in der Klinik arbeiten.«

Sie trat näher, sah sie junge Frau lächelnd an. »Ich habe von Dr. Mitchell gehört, dass Sie wieder ganz gesund werden«, sagte sie im freundlichen Plauderton, um die junge Frau nicht gleich mit ihren Fragen zu überfallen.

Pixie sah sie nur ängstlich an.

»Es war übrigens ein ganz schöner Kampf, bis wir herausfanden, wer Sie sind. Wir wussten ja nicht, dass Sie aus Liverpool stammen, und Ihre Eltern haben zunächst von Ihrem Verschwinden nichts mitbekommen, da Sie ohnehin nur selten mit ihnen telefoniert haben. Sie dachten, dass es Ihnen gut ginge, dass Sie ihren Spaß hätten,

Ihr Studentendasein genießen würden. Auch Ihre Mitbewohnerin wurde nicht misstrauisch, als sie nicht nach Hause kamen, weil sie schon öfter über Nacht weggeblieben sind.«

Auch jetzt reagierte Pixie nur mit einem Schulterzucken. Avery nickte ihr lächelnd zu, bevor sie fortfuhr. »Also haben meine Kollegen und ich zu einer List gegriffen, mit der wir, wie wir hofften, zwei Fliegen mit einer Klappe schlagen würden. Wir ließen eine Phantomzeichnung von Ihnen anfertigen und baten die Öffentlichkeit um Mithilfe bei Ihrer Identifizierung. Außerdem glaubten wir, dass dies den Täter aus der Reserve locken würde.«

Pixie drehte stöhnend den Kopf, sah sie an. »Was haben Sie? Sie haben ihn angelockt? Aber ...«

»Deshalb haben wir Sie auch rund um die Uhr überwachen lassen. Er wäre niemals zu Ihnen durchgedrungen, keine Sorge.«

»Eine Falle? Hat es geklappt? Haben Sie ihn?«

»Leider nein. Doch zumindest haben wir herausgefunden, wer Sie sind. Und jetzt ist es wichtig, dass wir den Mann, der Ihnen das angetan hat, auf andere Weise zu fassen bekommen. Und dabei brauchen wir Ihre Hilfe.«

»Was kann ich schon tun?«

»An was erinnern Sie sich Pixie?«

Die junge Frau sog die Luft scharf ein, stieß sie dann hektisch wieder aus. Avery bemerkte, dass ihr Körper sich verkrampfte. Sie tat ihr leid, doch sie musste einfach versuchen, hier und heute etwas aus ihr herauszubekommen. »Können Sie sich an den Mann erinnern, der Ihnen das angetan hat? Es war doch ein Mann, oder?«

»Ja«, kam es mit zittriger Stimme zurück.

»Gut. Woran erinnern Sie sich noch? Uns hilft jedes noch so winzige Detail. Sie sind vielleicht unsere einzige

Chance, diesen Wahnsinnigen zu stoppen«, legte sie nach. »Wir müssen ihn finden, bevor er anderen Mädchen das Gleiche antut.«

Eine Weile herrschte Schweigen im Raum, nur unterbrochen von einem leisen Schluchzen. »Ich weiß fast gar nichts mehr«, kam es schließlich von Pixie. »Nur dass ich ein Date hatte mit irgendeinem Typen von der Uni. Wir waren im Kino, danach essen. Mir war klar, dass das mit uns nichts werden würde. Und das sagte ich ihm auch.«

Sie stoppte, versuchte, sich zu fassen.

»Hat er das hingenommen?«, fragte Avery behutsam.

»Natürlich nicht«, stieß Pixie aus. »Er wurde zudringlich, ich schrie ihn an, dass er sich verpissen soll. Dann bin ich davongestürzt, wollte nur nach Hause und mir unterwegs ein Uber rufen, doch es war Samstagnacht …« Sie brach ab, sah mit tränennassen Augen zu Avery.

»Sie mussten also nach Hause laufen. Und dann?«

»Dann erinnere ich mir nur noch an diesen heftigen Schmerz, etwas hatte mich getroffen. Ich bin wahrscheinlich gleich ohnmächtig geworden. Als ich wieder zu mir kam, war da dieser Typ … Aber ansonsten …« Sie brach ab, seufzte. »Tut mir leid, ich hab es Dr. Mitchell schon gesagt ... ich erinner mich an nichts weiter.«

»Dieser Typ, mit dem Sie essen waren, könnte er derjenige gewesen sein, der Sie überwältigt hat?«

Pixie schüttelte den Kopf. »Der war viel kleiner und stämmiger, hatte außerdem einen starken Akzent. Er sagte, dass er aus Deutschland stammt, und das konnte ich auch hören.«

»Und der Täter? Konnten Sie sein Gesicht sehen? Etwas anderes, was Ihnen auffiel?«

»Es war schwarz.«

»Schwarz? Sie meinen, er ist dunkelhäutig?«

Pixie schüttelte den Kopf. »Nein, es war anders. Als ich in dem Kofferraum zu mir kam, tauchte plötzlich dieses Gesicht über mir auf. Ich sah ihn nur an. Und ich erinnere mich an seinen Blick. Er hatte Augen wie Eis ... ringsum war alles schwarz.«

»Kann es sein, dass er eine Sturmhaube trug?«

»Möglich, ja.«

»Und die Augen? Wissen Sie die Farbe noch?«

»Ich glaube, sie waren blau.«

»Okay. Haben Sie irgendwas an Ihrem Angreifer erkannt, was Ihnen bekannt vorkam? Seine Stimme, die Art, wie er sprach, seine Gangart, Bewegungsabläufe? Was anderes?«

Pixie schluckte hörbar, schüttelte dann den Kopf.

»Und seine Statur?«

»Er war groß, bestimmt eins neunzig, sehr schlank, fast schon hager.«

»Und was denken Sie, wie alt er sein könnte?«

»Das weiß ich nicht. Ich glaube, er hat seine Stimme verstellt.«

Averys Herz machte einen Satz. »Wie kommen Sie darauf?«

»Sie klang merkwürdig gepresst. Fast ein bisschen zu dunkel. Rau.«

Er hatte Angst, sie könnte ihn an seiner Stimme erkennen.

Und er trug einen Gesichtsschutz.

»Meine Kollegen und ich haben mit allen möglichen Leuten aus Ihrem Umfeld gesprochen. Niemand wusste etwas, das uns weitergeholfen hat. Ihre Mitbewohnerin kannte nicht einmal den Namen des Mannes, mit dem Sie vor dem Überfall unterwegs waren.«

Pixie grinste schief. »Sie meinen Angie? Ich würde nicht sagen, dass wir Freundinnen sind. Sie denkt das vielleicht. Aber wir sind einfach zwei Studentinnen, die sich eine Wohnung teilen, weil wir zu wenig Kohle haben, um uns was Eigenes zu mieten.«

»Dann reden Sie nicht so offen miteinander?«

»Ganz bestimmt nicht!«

»Angie teilte uns mit, dass es da eine Bernadette gibt, eine Kommilitonin, die Ihnen nähersteht. Doch auch sie konnte uns kaum etwas über Sie sagen.«

»Meine echten Freunde sind in Liverpool. Ist ´ne lange Geschichte.«

»Ich weiß, Ihre Mutter hat mir ein bisschen was erzählt. Ihr Verlobter hat sich von Ihnen getrennt, nachdem er von Ihrem Verhältnis erfahren hat, und weil Ihre beste Freundin seine Schwester ist, war es anschließend schwierig für Sie. Deswegen sind Sie von Liverpool weg und hierhergekommen.«

Pixie nickte.

»Die Sache ist die …« Avery ging in Gedanken ihre nächsten Worte durch. »Wir, also meine Kollegen und ich, wir suchen den Mann, der Ihnen das angetan hat, bereits seit fünf Jahren. Sie sind nicht sein erstes Opfer, aber im Gegensatz zu den anderen sind Sie noch am Leben. Sie sind unsere einzige Hoffnung, ihn zu finden.«

Avery bemerkte, wie sich eine Träne aus dem Augenwinkel der jungen Frau löste, und verfluchte sich innerlich für ihre unsensible Aussage. »Tut mir leid«, stieß sie aus. »Ich wollte Sie nicht unter Druck setzen.«

»Schon okay«, brachte Pixie zwischen zwei Schluchzern hervor. »Ich wünschte nur, ich könnte mehr tun. Aber in meinem Kopf … Ich weiß einfach nicht mehr als das, was ich Ihnen bereits gesagt habe.«

Avery nickte bedrückt, sah die junge Frau vor sich an. Als es an der Tür klopfte, runzelte sie die Stirn. Dann fiel ihr Damon ein. »Komm rein«, rief sie, sah Pixie an. »Das müsste mein Kollege sein. Er mag finster dreinblicken, aber er ist harmlos, jedenfalls für Sie.«

Sie grinste, wandte sich zur Tür. Als wenige Sekunden später Damon eintrat und sie wieder zu Pixie blickte, bemerkte sie, wie ein Ruck durch den Körper der

Frau ging. Sie folgte Pixies Blick, der auf Damons Gesicht festgefroren schien. Dann begann Pixie unkontrolliert zu zucken. Sekunden später erfüllten schrille Schreie den Raum. Die Maschine, an die Pixie Nicols angeschlossen war, begann zu piepsen.

Avery sah hilflos zu Damon. »Was hat sie, um Gottes willen? Gerade eben war doch noch alles okay.«

Ihr Kollege hob die Schultern, stolperte zur Seite, als die Tür aufging und mehrere Schwestern ins Zimmer stürmten. Gleich hinter ihnen betrat ein älterer Arzt den Raum und blickte sie streng an. »Sie müssen gehen! Raus hier!«

Avery nickte, packte Damon am Ärmel, zog ihn hinter sich her aus dem Zimmer.

»Was war das denn jetzt?« Damon sah sie ratlos an.

»Keine Ahnung«, antwortete sie. »Als ich ins Zimmer gekommen bin war sie auch panisch, aber das jetzt …« Sie sah Damon forschend an.

»Was?«, schnauzte er sie an. »Denkst du, ich bin der Irre, den wir suchen? Echt jetzt?«

»Selbstverständlich nicht, du Idiot! Aber irgendwas an dir hat Pixie in Panik versetzt. Sie sagte, der Täter sei groß und dünn, so wie du. Und dass er eine Maske trug. Sie hat nur seine Augen gesehen. Als du ins Zimmer kamst, konnte ich sehen, dass sie dich vollkommen entsetzt anstarrte. Deine Augen, um genau zu sein. Weißt du, was ich denke?«

Damon sah sie grimmig an. »Dass ich sie an ihn erinnere?«

Sie nickte. »Ich glaube, sie hat deine blauen Augen gesehen und die haben sie an den Täter erinnert. Als sie ihn beschrieben hat, sagte sie, dass sein Blick eisig war. Vielleicht hat sie seine Augenfarbe gemeint, eisblaue Augen.«

Damon hob die Schultern. »Und wie soll uns das

weiterhelfen? Weißt du, wie viel Prozent aller im Vereinigten Königreich lebenden Männer groß, schlank und blauäugig sind? Das sind Zehntausende. Willst du sie alle verhören?«

Er starrte sie spöttisch an.

Avery erwiderte seinen Blick, straffte die Schultern. »Mir ist scheißegal, was du denkst! Aber Pixies zugegebenermaßen vage Beschreibung des Irren ist das Einzige, was wir haben. Und damit müssen wir arbeiten!«

NEUNZEHN
SAINT JUST/ROSELAND

2019

Sienna

»Zac ist also Ihr Sohn«, sagte Sienna, als Tory zu ihr in die Küche kam.

Ihre Arbeitgeberin nickte. »Wollen Sie auch einen Drink?«

Sienna schüttelte den Kopf. »Nein danke.«

»Okay, dann warten Sie kurz, ich zumindest brauch jetzt was Stärkeres.«

Tory verschwand, kam wenig später mit einem Glas zurück, das bis zur Hälfte mit einer goldenen Flüssigkeit gefüllt war.

Sienna wartete, bis sie einen Schluck genommen hatte, dann sah sie Tory abwartend an.

»Ja, Zac ist mein Sohn«, wiederholte diese und ihre Stimme klang plötzlich weich und liebevoll. »Oder besser gesagt Nates und mein Sohn. Er wird nächsten Monat fünfundzwanzig.« Sie brach ab, nahm einen weiteren Schluck. »Zac hatte angefangen, Medizin zu studieren, alles schien wunderbar zu laufen, doch dann ...« Sie brach ab, nippte wieder an ihrem Glas. »Er hat aus dem Nichts heraus sein Studium abgebrochen, warum weiß ich bis heute nicht. Das war vor etwas mehr als einem Jahr. Nate wurde wütend, als Zac es uns mitteilte. Es kam zu einem riesigen Krach zwischen den beiden. Nate hatte getrunken, Zac auch. Unschöne Worte sind gefallen und Zac …« Sie hielt inne, starrte in ihr Glas. »Er ist immer so ein zurückhaltender, lieber Junge gewesen. Aber die harschen Worte seines Vaters steckte er nicht gut weg. Er war verletzt, stieg in seinen Wagen, ist einfach losgefahren.« Tory blickte zu Sienna auf, als sie mit tränenerstickter Stimme fortfuhr. »Ich war wie erstarrt, noch nie zuvor ist es zwischen den beiden zu einem Streit gekommen. Ich machte mir Sorgen um meinen Jungen, schickte Nate los, um ihn zurückzuholen. Doch da war es bereits zu spät.«

»Was ist passiert?«, fragte Sienna.

»Ein Unfall«, kam es dumpf von Tory. »Etwa zwölf Kilometer entfernt von hier. Zac muss in seinem Zorn die Kontrolle über sein Fahrzeug verloren haben und prallte mit hoher Geschwindigkeit gegen einen Baum. Als Nate am Unfallort ankam, saß Zac neben dem Wagen, blutete am Kopf, schien vollkommen desorientiert. Er rief mich an. Ich bin sofort los, doch ich konnte nicht viel tun, er war zu schwer verletzt. Also brachten wir ihn ins Krankenhaus. Man untersuchte ihn, stellte fest, dass er unter einem Subduralhämatom litt. Drei Tage war er in der Klinik, es schien ihm besser zu gehen, doch dann fingen die epileptischen Anfälle an. Es kam zu Verwirrtheit, seine Persönlichkeit veränderte sich. Plötzlich war er furchtbar aggressiv und dann … dann …«

Sienna bemerkte, dass Tory heftig blinzelte und scheinbar mit aller Kraft gegen die Tränen kämpfte.

Als sie sich wieder gefangen hatte, sah Tory sie ernst an. »Es kam eine Art Demenz hinzu, ausgelöst durch das Hämatom in seinem Gehirn.

Meine Kollegen waren einstimmig der Meinung, dass es nicht operabel sei, er aber bis zur Besserung seiner Symptome keinesfalls in der Klinik bleiben könne. Er müsse in eine spezielle Einrichtung. Aber sollte ich etwa meinen Jungen in ein Pflegeheim bringen? Ich konnte das nicht. Ich bin Ärztin und Psychiaterin, weiß also, was ich im Notfall tun muss, um ihm zu helfen. Deswegen beschloss ich, ihn nach Hause zu holen. Doch Nate war vollkommen überfordert. Wäre es nach ihm gegangen, hätten wir meinen Jungen im Heim untergebracht. Deswegen hängt bei uns seit über einem Jahr der Haussegen schief. Zac und seine Betreuung bestimmen unser ganzes Leben.«

Sienna starrte die Frau an, schüttelte den Kopf. »Aber warum haben Sie ihn in dem Flügel untergebracht und nicht bei sich? Ich könnte nach ihm sehen, mich auch um ihn kümmern, wenn Sie weg sind. Das würde doch alles einfacher machen, für alle Parteien.«

Tory sah sie an, lächelte dankbar. »Das ist großartig von Ihnen, Sienna, und sehr selbstlos. Ich danke Ihnen dafür. Es ist nur so … Piper weiß von alldem nichts, verstehen Sie? Nate und ich haben ihr nie von Zacs Unfall erzählt. Piper ist noch so jung, so unbedarft, sie soll ohne Sorge um Zac aufwachsen dürfen. Es würde Piper zutiefst verstören, ihren geliebten Bruder so zu sehen. Die beiden waren trotz des Altersunterschiedes ein Herz und eine Seele. Ich will nicht, dass Pipers Kindheit von Zacs Unfall überschattet wird.«

»Aber was haben Sie der Kleinen gesagt, wo ihr Bruder ist?«

Tory seufzte. »Ich weiß, dass es schwer verständlich ist, was Nate und ich tun, und dass es auch eine Zumutung ist, von Ihnen zu verlangen, Piper gegenüber ebenfalls Stillschweigen zu bewahren.«

»Aber sie fragt doch sicher nach ihrem Bruder. Was sagen Sie ihr?«

»Sie denkt, dass ihr Bruder für ein Auslandssemester in Australien ist. Das haben wir auch ein paar anderen Leuten erzählt. Freunden von Zac, Leuten aus dem Ort, die ihn näher kannten.«

»Aber wundern die sich nicht, dass er sich nicht meldet?«

Tory seufzte. »Er lässt ja von sich hören. Ich schreibe seinen Freunden gelegentlich Nachrichten von seinem Handy, damit sie nicht misstrauisch werden. Genauso mache ich es mit Piper. Ich schreibe mir von Zacs Handy selbst und zeige es ihr. Sie denkt, er ist glücklich im Ausland, und ich wäre Ihnen sehr dankbar, wenn wir das so beibehalten könnten, zumal …« Tory brach ab, sah sie betreten an.

»Was?«

»Es ist wegen Nate … Wenn er hört, dass Sie Bescheid wissen, dann …«

»Er wird nicht begeistert sein, verstehe.«

»Wären Sie so nett, ihm gegenüber nicht zu erwähnen, dass Sie von unserem Sohn wissen?«

Sienna nickte seufzend. »Ich begreife nur nicht, was das bringen soll«, stieß sie aus, ehe sie sich bremsen konnte.

»Was meinen Sie?«

»All diese Lügen wegen Zac. Sie können dieses Schauspiel nicht ewig durchziehen. Dieser Unfall … als Piper fast ertrunken wäre zum Beispiel. Das konnte nur passieren, weil Sie beide, Nate und Sie, vollkommen überfordert mit der Situation waren. Das ist alles viel zu viel. Zac und seine Krankheit, Sie haben beide anspruchsvolle Jobs, das riesige Haus, Piper.«

»Pipers Unfall war der Grund, warum auch Nate

endlich einsah, dass wir handeln und uns Hilfe holen mussten. Zuerst beharrte er erneut darauf, Zac doch in ein Heim zu bringen, aber ich konnte ihn überreden, es zumindest mit Hilfe hier im Haus zu versuchen. Dann kam Birdie. Alles lief super, bis eines Tages die Polizei vorm Haus stand und uns zu ihr befragt hat. Danach kamen Sie, und ich hab den Eindruck, dass jetzt, wo alle Unklarheiten beseitigt sind, doch noch alles ein gutes Ende nimmt.«

»Aber wie lange wollen Sie das mit Zac verheimlichen? Das ist schlicht zu viel, was da auf Ihnen lastet, neben all den anderen Verpflichtungen, die Ihre Familie hat.«

»Nicht mehr lange, das spüre ich.«

Sienna starrte sie fragend an.

»Er wird wieder gesund, davon bin ich fest überzeugt. Ich bin seine Mutter, ich weiß das einfach. Er wird wieder ein vollkommen normales Leben führen können. Alles, was er braucht, ist noch ein klein wenig mehr Zeit. Die brauchen wir alle.«

Als Sienna am späten Abend endlich die Tür ihres Zimmers hinter sich schloss, fühlte sie sich wie erschlagen.

Nachdem es zumindest zwischen Tory und ihr nun keinen Anlass mehr gab, zu lügen, hatten sie vereinbart, dass Sienna sich heute Abend mit Piper beschäftigen solle, damit sie sich in aller Ruhe um Zac kümmern konnte. Tory hatte Sienna noch einmal eingeschärft, Zacs Zimmer nicht mehr zu betreten. Ihr Sohn brauche vertraute Gesichter um sich herum und benötige viel Ruhe. Zugleich hatte sie Sienna erneut ermahnt, sich

Nate und Piper gegenüber so zu verhalten, als sei alles in Ordnung.

Sienna war nichts anderes übrig geblieben, als zuzustimmen, um ihren Job nicht zu gefährden. Obwohl sie wusste, wie dringend Piper sie brauchte, befürchtete sie, dass Nate nicht zögern würde, sie rauszuwerfen, zumal ihm die Tatsache, dass Zac im Haus gepflegt wurde, ohnehin nicht passte.

Aufgewühlt ließ sie sich auf ihrer Bettkante nieder und versuchte, alles für sich zu verarbeiten. So sehr sie Torys Handeln nachvollziehen konnte, blieben ihr Zweifel. Klar, Tory liebte ihren Sohn, wollte ihn gut umsorgt und nicht in fremden Händen wissen, doch warum spielten Nate und sie nicht mit offenen Karten? Warum sperrten sie Zac in einem Raum ein, hielten ihn vor der Außenwelt und vor seiner eigenen Schwester versteckt?

Und da war noch etwas, was sie nicht verstand. Tory war Ärztin, hatte Medizin studiert, doch sie arbeitete seit vielen Jahren als Psychiaterin, was bedeutete, dass sie bei Zacs Verletzung im Notfall nicht viel ausrichten konnte. Warum also riskierte sie das?

Sienna nahm ihren Laptop zur Hand, fing an, zu googeln.

Als sie sich durch einige medizinische Abhandlungen zum Thema *subdurales Hämatom* gelesen hatte, gab sie entnervt auf.

Nicht etwa weil die Informationen unvollständig waren, sondern weil sie das Gefühl hatte, dass Tory ihr nicht alles gesagt hatte. Im Grunde hatte sie, was Tory anging, von Anfang an ein merkwürdiges Gefühl gehabt, was natürlich auch daran lag, dass sie ja bereits …

Sie schreckte hoch.

Waren das Schritte vor ihrer Tür?

Schleichende Schritte.

Leise schlug sie das Notebook zu, stand auf.

Huschte zur Tür, versuchte, durch das Schlüsselloch zu spähen, doch es war zu dunkel auf dem Gang.

Schließlich richtete sie sich auf, streckte die Hand nach der Klinke aus, holte tief Luft, drückte sie hinunter, riss die Tür auf.

»Du bist das«, rief sie erleichtert aus, als sie Piper mit ihrem Stoffbären auf der Schwelle stehen sah. Das Mädchen schaute sie mit großen Augen an, wirkte wie das personifizierte schlechte Gewissen.

»Du müsstest längst schlafen, Süße. Was machst du denn hier?«

Pipers Kinn begann zu beben.

Schnell zog Sienna sie ins Zimmer, schloss die Tür, ging vor Piper in die Hocke. »Was ist los, mein Schatz, was hast du?«

»Ich will mich entschuldigen«, brachte das Mädchen mit weinerlicher Stimme hervor. »Wegen heute Nachmittag. Ich wollte dir nicht so einen Schrecken einjagen. Das war blöd von mir.«

In Siennas Innerem brach etwas entzwei, als sie das Kind so traurig und schuldbewusst vor sich stehen sah. »Ich bin nicht böse auf dich. Und du musst dich auch nicht entschuldigen, okay? Es ist nur … Ich war tatsächlich erschrocken, hab nur deswegen deine Mom angerufen. Das hätte ich nicht tun sollen, weißt du? Ich hätte es gut sein lassen müssen, als ich dich endlich gefunden hatte. Ehrlich gesagt, weiß ich selbst nicht, wieso ich sie hergerufen habe.«

»Dann ist alles gut zwischen uns?«

Sienna grinste. »Aber natürlich, meine Kleine, alles ist bestens. Und jetzt …« Sie gab ihr einen Klaps, »ab in die Koje, klar?«

Doch Piper rührte sich keinen Zentimeter von der Stelle. »Worüber hast mit Mommy so lange getuschelt?

Ging es da um mich? Ist Mommy wütend auf mich? Oder traurig?«

Sienna schluckte. Sie wollte schon etwas Beschwichtigendes sagen, als sie eine Idee hatte. »Um ehrlich zu sein, ging es um Zac«, sagte sie, »um deinen Bruder.«

Piper zuckte zusammen, starrte sie schockiert an. »Mommy hat mit dir über Zac gesprochen?«

»Ja, warum auch nicht?«

»Weil sie immer, wenn ich nach ihm frage, wütend oder traurig wird. Manchmal weint sie auch, schließt sich in ihrem Schlafzimmer ein und schickt mich fort in mein Zimmer.«

Sienna sah Piper nachdenklich an. »Vermisst du ihn?«

Piper nickte, sah aber nicht überzeugend aus.

»Wie ist er so, dein Bruder?«

Piper hob die Schultern.

»Du weißt nicht, wie dein Bruder ist? Ich dachte, ihr beide seid ein Herz und eine Seele?«

»Hat Mommy das gesagt?«

Sienna nickte.

»Dann lügt sie. Zac kann mich nicht leiden und ich mag ihn auch nicht. Er will nie mit mir spielen, schubst mich und einmal hat er sogar nach mir gehauen. Er ist blöd.«

Sienna lachte. »Klingt nach ganz normaler Geschwisterkabbelei.«

Piper hob die Achseln. »Hast du auch Geschwister?«

Sienna schluckte hart. Dann schüttelte sie den Kopf. »Erinnerst du dich an den Tag, als du deinen Bruder zum letzten Mal gesehen hast?«

Piper nickte. »Er und Daddy haben sich ganz doll angebrüllt.«

»Und weißt du auch, um was es bei dem Streit ging?«

Piper senkte den Blick, schwieg.

»Mir kannst du es ruhig sagen, ich bin doch deine Freundin, das weißt du, oder?«

Piper sah auf, nickte. »Daddy hat Zac geschlagen«, kam es schließlich zögernd von ihr. »Er hat ihn richtig doll gehauen, ein paar Mal mit der Faust. Zac ist auf den Boden gefallen und Mommy hat laut geschrien und Daddy festgehalten.«

»Du hast alles beobachtet?«

»Ich hab Mommy schreien gehört, mich hinter der Gardine versteckt und alles gesehen. Das war draußen, auf dem Parkplatz.«

»Und was ist dann passiert?«

Piper schluckte hörbar. »Das weiß ich nicht. Ich hab Angst bekommen und bin in mein Zimmer gelaufen, hab mich unter meiner Decke versteckt. Als ich später aufs Klo musste und wieder rausgekommen bin, waren Zac und Daddy verschwunden. Aber ich hab Mommy gehört, wie sie telefoniert hat. Ich glaube, sie hat mit Daddy gesprochen. Sie hat ihn angeschrien, ganz laut. Sie hat immer wieder dasselbe gebrüllt.«

»Was?«, fragte Sienna. »Was hat deine Mommy gebrüllt?«

»Das ist alles deine Schuld, du gottverdammter Irrer.«

ZWANZIG
FALMOUTH HOSPITAL

2018

Pixie

»Wie geht es Ihnen heute?«

Pixie versuchte sich an einem Lächeln, doch es misslang. »Ging mir schon besser«, gab sie zurück, sah Dr. Mitchell neugierig an. »Sie sind eigentlich Arzt in der Notaufnahme, nicht wahr?«

Er nickte. »Ich war da, als Sie eingeliefert worden sind, vor fast drei Wochen. Ich musste einfach wissen, wie es Ihnen geht. Haben sie Schmerzen?«

Pixie nickte. »Die Wunden am Bauch sind am schlimmsten.«

»Das wird wieder«, versuchte er, sie zu beruhigen. »Heilung braucht eben ihre Zeit. Wie sieht es mit Ihrem Appetit aus? Essen Sie genug?«

Pixie schluckte. »Viel krieg ich nicht runter.«

»Können Sie gut schlafen?«

Sie senkte den Blick.

»Sagen Sie den Schwestern einfach, dass Sie Ihnen etwas geben sollen. Sie müssen unbedingt zur Ruhe kommen.«

»Ich hab Angst vor dem Einschlafen. Wenn ich meine Augen schließe, dann kommt alles wieder.«

Sie spürte eine Hand auf der ihren, sah auf. Dr. Mitchell musterte sie besorgt. »Vielleicht wäre es am besten, wenn Sie mit jemandem reden würden. Ich meine damit, jemand Professionellem.«

Pixie seufzte. »Das möchte ich nicht.«

»Erklären Sie mir, wieso?«

»Ich will das alles einfach nur noch vergessen. Nicht mehr daran denken.«

»Aber das wird nicht so leicht gehen«, gab der Arzt mitfühlend zurück. »Es wird Sie immer wieder einholen. Das haben die Auswirkungen von nicht verarbeiteten Traumata an sich. Sie kommen immer dann, wenn der große Sturm vorbei ist. Wenn Ruhe einkehrt. Dann nisten sie sich in unserem Innern ein, bringen alles durcheinander, rütteln an sorgsam aufgebauten Schutzmauern, lassen sie einstürzen. Das wird auch bei Ihnen geschehen, wenn Sie nicht frühzeitig Hilfe annehmen. Was Ihnen passiert ist, das ist furchtbar. Aber es ist vor allem eines: nicht Ihre Schuld. Sie konnten nichts dafür, es hätte jede andere auch treffen können.«

Pixie kämpfte gegen die Tränen. Ihr Herz raste, sie bekam plötzlich kaum noch Luft.

Sie stöhnte.

»Was ist los? Soll ich mir das einmal ansehen?«

Sie schüttelte den Kopf. »Ihr Kollege sagt, das kommt von der Stromattacke mit dem Taser. Manchmal braucht der Herzrhythmus danach eine Zeit, ehe er sich gänzlich davon erholt hat. Und bei mir kommen noch die Panikattacken hinzu, die meinen Puls durcheinanderbringen.«

»Sind Sie sicher, dass ich niemanden holen soll?«

Pixie nickte, biss sich dann auf die Unterlippe. »Wenn ich ehrlich sein soll, dann wäre ich gerne einen

Augenblick allein. Im Moment hab ich es nicht so mit anderen Menschen.«

Der Arzt nickte verständnisvoll, stand auf. »Sollte irgendwas sein, lassen Sie mich ausrufen.« Er stoppte, schien über etwas nachzudenken. Schließlich sah er sie ernst an. »Vielen Menschen ist daran gelegen, dass Sie wieder völlig gesund werden, vergessen Sie das nicht.«

Wieder allein im Zimmer, schloss Pixie die Augen. Natürlich wusste sie, dass der Überfall auf sie nicht ihre Schuld war, dass sie nichts hätte tun können, außer die Chance zu ergreifen, wegzulaufen, wie sie es ja auch getan hatte. Doch jetzt, hier und heute, in diesem Bett, fragte sie sich – nicht zum ersten Mal – ob es das Richtige gewesen war.

Niemals wieder in diesem Leben würde sie die Pixie von früher sein. Pixie Nicols, eine Kunststudentin aus Liverpool, ein einfaches Mädchen, das ein Ziel im Leben hatte und bereit war, dafür zu kämpfen.

Jetzt war sie vermutlich nur noch das Mädchen, das den Mordversuch eines Irren überlebt hatte.

Niemals wieder würden die Menschen sie mit unbefangenen Augen sehen. Ihre Eltern nicht, ihre alten Freunde genauso wenig wie neue Freunde. Dieser Irre hatte sie nicht nur gedemütigt, misshandelt und beinahe ermordet, er hatte sie auch für den Rest ihres Lebens gebrandmarkt.

Wenn es schlecht für sie lief, wäre sie künftig ein nervliches Wrack, eine Zumutung für ihre Mitmenschen, eine Belastung für jeden Mann. Ein Leben lang hatte sie gedacht, dass sie mal Mutter sein würde, nicht jetzt, auch nicht in den nächsten fünf Jahren, später irgendwann, mit dem richtigen Kerl, zur richtigen Zeit. Doch jetzt … jetzt musste sie sich die Frage stellen, ob jemand, der so etwa durchgemacht hatte, überhaupt Kinder haben sollte.

Sie blinzelte gegen die Tränen an, zuckte zusammen, als es an der Tür klopfte.

Sie fürchtete sich inzwischen kaum noch davor, dass der Irre zurückkommen könnte. Sie wusste, da draußen stand ein Security-Mann, der seine Aufgabe ernst nahm, doch wenn sie ehrlich war, hatte sie viel mehr Angst vor den Besuchen ihrer Mutter und dem Rest ihrer Verwandtschaft.

Die Tür ging auf und herein kam eine Krankenschwester, die sie bislang noch nicht behandelt hatte. Anders als üblich trug diese Schwester kein Schild, auf dem ihr Name stand, und sie wirkte merkwürdig verunsichert, als sie auf ihr Bett zukam. »Pixie?«, fragte sie mit leiser Stimme, »Pixie Nicols?«

Sie nickte.

»Ich weiß, dass es blöd ist, dass ich mich hier so an dich heranschleiche, aber bitte hör mich an, okay?«

In Pixie verkrampfte sich alles. Das war auf gar keinen Fall eine Krankenschwester. »Wer sind Sie?«, fragte sie und konnte nichts dagegen tun, dass die Panik zurückkam.

»Ich will dir nichts tun«, sagte die junge Frau beschwichtigend. »Ganz im Gegenteil, ich will dir helfen. Dir und den anderen Mädchen. Denen, die es nicht geschafft haben.«

»Bist du Journalistin? Ich glaube, es wäre nicht gut, wenn ich mit dir spreche.«

»Ich bin nicht von der Presse.«

Pixie sah die Frau an, versuchte, deren Alter zu schätzen, kam schließlich zu dem Schluss, dass sie etwa im selben Alter sein mussten. »Was willst du von mir?«

»Dieser Mann. Der Mann, der dir das angetan hat, was kannst du mir über ihn sagen? Hast du ihn erkannt? Sein Gesicht gesehen?«

Pixie seufzte. »Alles, was ich weiß, hab ich der Polizei bereits gesagt.« Sie wusste, dass sie schroff klang, stieß die Luft aus. »Leider ist das nicht besonders viel.«

Die falsche Krankenschwester sah sie an, senkte dann den Blick. »Ich will das Monster finden. Ich muss es finden. Und es aufhalten.«

Pixie lachte. »Der Typ war groß, sehr stark, und er ist vollkommen durchgeknallt. Was willst du gegen ihn ausrichten? Und wie willst du ihn finden, wenn nicht mal die Polizei das schafft?«

»Ich habe eine persönliche Intention, verstehst du? Er und ich, wir haben eine Rechnung offen.«

Pixie starrte sie an.

»Er hat mir jemanden genommen, der mir viel bedeutete.«

»Du kanntest eines der anderen Opfer?«

»Ziemlich gut sogar, ja.«

»Das tut mir leid. Sagst du mir, wen?«

»Besser ist, wenn du nicht zu viel weißt. Ich will nichts riskieren.«

»Wer war sie, die du verloren hast?«

»Ein zauberhaftes junges Mädchen. Verträumt und lebensfroh, ein klein wenig durchgeknallt.«

»Deine Freundin?«

Kopfschütteln. »Ist schon einige Jahre her, aber seitdem hat die Polizei nichts erreicht, wie man an dir sieht. Der Scheißkerl läuft immer noch frei herum.«

»Sie wurde ermordet von ihm?«

»Nein«, kam es nach einigem Zögern von der jungen Frau. »Sie kam davon, genau wie du. Aber trotzdem ist sie mittlerweile nicht mehr am Leben.«

»Warum?«, fragte Pixie betroffen.

»Sie kam einfach nicht mehr mit sich klar.«

Die Augen ihres Gegenübers schwammen in Tränen.

»Aber genug von mir.«

Pixie nickte.

»Gibt es irgendwas, an das du dich erinnerst? Etwas Prägnantes an ihm?«

»Seine Augen. Mehr hab ich nicht gesehen, weil er eine Maske trug. Und das hab ich auch der Polizei gesagt. Er war groß, bestimmt eins neunzig, sehr dünn, aber ziemlich stark.«

»Das ist alles?« Die Stimme der Frau klang enttäuscht.

»Tut mir leid, wirklich.«

»Und was hat er zu dir gesagt? Gibt es da etwas, was mir weiterhelfen kann? Wie hat er dich geschnappt? Was hat er mit dir angestellt?«

»Ich war in Truro unterwegs. Im Kino mit einem Typen, wir haben uns gestritten. Ich wollte nur noch zurück in meine Studenten-WG, weil ich am nächsten Morgen eine Prüfung geschrieben hätte.«

»Du studierst?«

»Kunst, ja. Hier in Falmouth.«

»Okay, und weiter?«

»Ich hab vergeblich versucht, ein Taxi zu erwischen. Bin also zu Fuß los, als ich plötzlich einen heftigen Schmerz spürte und zusammenbrach. Als ich wieder zu mir kam, lag ich in einem Kofferraum und mir brummte so heftig der Schädel, dass ich Angst hatte, ich müsste kotzen, was schlecht gewesen wäre, weil ich geknebelt war. Mir tat jede Faser meines Körpers weh und dann … dann ging plötzlich der Kofferraum auf.«

»Hast du ihn gesehen?«

»Nicht wirklich, er hatte was über dem Gesicht.«

»Der Typ trug eine Maske?«

»Ja, und er hat mich irgendwas gefragt, mich Prinzessin genannt.«

»Erinnerst du dich, wie seine Stimme klang? Alt oder jung?«

»Kann ich nicht sagen, er hat sie verstellt.«

»Und sein Dialekt? Was denkst du? Woher könnte der Kerl stammen?«

»Er hat sich gewählt ausgedrückt. Er klang gebildet, wenn es das ist, was du meinst. Er war kein durchgeknallter Junkie oder Ähnliches. Und das Auto war wirklich riesig.«

»Konntest du die Marke erkennen?«

»Nein, aber der Kofferraum war groß, ich konnte ohne Probleme ausgestreckt darin liegen.«

»Hast du was riechen können?«

»Was meinst du?«

»Irgendein Parfum, was Spezielles?«

»Das Auto roch neu. So ein typischer Geruch von Neuwagen.«

»Okay, und sonst?«

Pixie schüttelte den Kopf. »Ich weiß, das ist nicht gerade viel. Das weiß ich auch.«

Ihr Gegenüber schien zu zögern, dann zog sie etwas unter ihrer Schürze hervor.

»Was ist das?«, fragte Pixie.

»Versprichst du mir, dass du nicht ausrastest?«

Sie sah die andere an, schwieg.

»Ich wusste bereits, dass du Kunststudentin bist. Die Leute reden, deswegen hab ich so einiges mitbekommen. Ich sag es dir am besten geradeheraus. Diese Polizisten sind allesamt Loser. Die kriegen den Kerl nie. Was bedeutet, dass du niemals sicher sein wirst, ebenso wenig wie andere Mädchen in dieser Gegend. Früher oder später wird er wieder zuschlagen und es werden weitere Mädchen verschwinden und sterben. Aber ich verspreche dir, dass ich alles versuche, ihn zu finden, und dazu brauche ich deine Hilfe.« Sie reichte ihr das Päckchen. »Darin sind Stifte und ein Block. Ich möchte, dass du den Kerl malst. Seine Augen, alles, was du gesehen hast. Auch das, was du von seinem Wagen erkennen konntest. Machst du das?«

Pixie nickte.

»Ich hab schon eine Vermutung, in welcher Richtung ich suchen muss, aber das ist noch nichts Hundertprozentiges.«

»Was für eine Vermutung?«

Die junge Frau grinste. »Je weniger du weißt, desto besser. Aber verlass dich drauf, ich krieg ihn, anders als die lahmen Ermittler. Ich hab persönliche Gründe, diesen Perversen zur Strecke zu bringen.« Sie brach ab, senkte den Blick.

Als sie wieder aufsah, erkannte Pixie ein kämpferisches Funkeln darin. »Sagst du mir wenigstens, was du vorhast?«

Die Frau sah sie nachdenklich an, zögerte kurz.

»Die Polizei steckt das Dreckschwein in den Knast und mit viel Glück kommt er irgendwann wegen guter Führung wieder frei. Ich hingegen werde verhindern, dass er jemals wieder einem Mädchen wehtut. Er wird dafür büßen und dann wird er sterben.«

Pixie schluckte. Dann zuckte sie zusammen, als es an der Tür klopfte und zwei Weißkittel ins Zimmer kamen. Dr. Mitchell, der eine Kollegin im Schlepptau hatte. »Ist das in Ordnung?«, fragte er an Pixie gewandt und deutete auf seine Kollegin.

Sie nickte ergeben.

Dann warf sie der falschen Schwester einen Blick zu, die ihr Gesicht vor ihnen verbarg, indem sie so tat, als würde sie die Bettdecke glatt streichen.

Pixie nickte ihr verstohlen zu. »Wie heißt du eigentlich?«, fragte sie leise.

Die Frau grinste nervös. »Nenn mich Scarlett, okay? Ich komme morgen wieder wegen des Bildes. Und verrat keinem, dass ich hier war, verstanden? Niemand darf wissen, dass es mich gibt!«

EINUNDZWANZIG
SAINT JUST/ROSELAND

2019

Sienna

Als die Haustür hinter Tory ins Schloss fiel, atmete Sienna tief durch.

Endlich war Tory fort. Und sie allein im Haus.

Nach ihrem Gespräch mit Piper hatte sie vergangene Nacht kaum geschlafen. Die Worte der Kleinen hatten sie aufgewühlt und beim Frühstück, bei dem ausnahmsweise auch Tory mal anwesend gewesen war, hatte sie sich zusammengerissen, damit Pipers Mutter nicht mitbekam, welches Chaos in ihrem Innern tobte.

Sie hatte sich fröhlich und ausgelassen gegeben und mit Piper herumgeflachst. Tory hatte angedeutet, dass sie versuchen würde, heute schon am Nachmittag aus der Klinik nach Hause zu kommen. Also blieb Sienna nicht viel Zeit, um ihr Vorhaben in die Tat umzusetzen.

Sie lief die Treppen hinauf in ihr Zimmer, nahm den selbst gebauten Dietrich zur Hand, machte sich auf den Weg zu Torys Büro. Diesmal brauchte sie nur zwei Anläufe, ehe das Schloss nachgab und sie eintreten konnte. Im Innern des Raumes herrschte genau wie in

Torys Schlafzimmer penible Ordnung. Einzig auf dem Schreibtisch stapelten sich ein paar Aktenordner, die sich bei näherem Hinsehen als Baupläne, Bankordner und Versicherungsunterlagen herausstellten. Sienna wusste im Grunde nicht recht, wonach sie suchte, daher fing sie bei den Schubladen des Schreibtisches an, zog eine nach der anderen auf, spähte hinein, doch nirgends fand sie Krankenakten oder Arztbriefe, die Zac betrafen.

Ihren Laptop hatte Tory mitgenommen, sodass Sienna schließlich einsah, dass ihre Suche vergeblich war. Heutzutage war alles digitalisiert und sehr wahrscheinlich hatten die Kollegen aus der Klinik Tory alle Unterlagen per Mail zugesandt.

Sie drehte sich einmal um die eigene Achse, als ihr eine Glasvitrine auffiel, die mit Medikamenten gefüllt war. Sie ging darauf zu, rüttelte an dem Türchen, doch es war abgeschlossen.

Sienna versuchte, die Namen der Medikamente zu lesen, und runzelte schon bald die Stirn.

Was war das für ein Zeug?

Sie zog ihr Handy hervor, machte ein paar Fotos von der Vitrine und den dort deponierten Arzneimitteln, verließ den Raum, verschloss die Tür. Für einen Augenblick verharrte sie, überlegte. Dann holte sie ihren eigenen Laptop aus ihrem Zimmer und ging damit in die Küche, setzte sich an den Tisch, suchte im Internet nach den Medikamentennamen und den enthaltenen Wirkstoffen und Anwendungsbereichen.

Je mehr sie las, desto verwirrter war sie, um schließlich kopfschüttelnd den Laptop wieder zuzuklappen. Was zur Hölle hatte sie da entdeckt? Ihr wurde mulmig.

Sie schluckte hart, stieß die Luft aus, überlegte.

Dann suchte sie nach der Telefonnummer des Falmouth Hospital, wählte.

Als die Stimme einer jungen Frau erklang, zögerte

Sienna zunächst. Sie durfte um Gottes willen keinen Verdacht erregen.

»Ich habe eine Frage«, stieß sie schließlich hervor. »Es geht um einen Patienten, der vor etwa einem Jahr eingeliefert wurde, nachdem er einen Unfall hatte. Sein Name ist Ashbury. Zacharias Ashbury.«

»Sind Sie eine Angehörige?«

»Nein, das nicht. Ich wollte nur nachfragen, ob letztes Jahr jemand mit diesem Namen in die Klinik eingeliefert wurde.«

»Wenn Sie keine Angehörige sind, darf ich Ihnen keine Auskunft geben.«

»Aber ich will ja keine Details wissen, nur, ob er in der Klinik untersucht und behandelt wurde.«

Die Frau am anderen Ende der Leitung stieß ein ungeduldiges Seufzen aus. Dann vernahm Sienna ein Tippen. »Ich finde unter diesem Namen nur eine Ärztin im System. Dr. Tory Ashbury.«

Sienna legte auf, atmete gegen die Panik an.

»Scheiße, wenn Tory von dem Anruf erfährt, bin ich geliefert«, stammelte sie vor sich hin.

Du hast deinen Namen nicht gesagt. Und diese Frau arbeitet in der Telefonzentrale einer riesigen Klinik, bekommt täglich hunderte Anrufe. Wieso sollte sie sich an diesen erinnern und es Tory sagen?

Sienna atmete tief durch. Und jetzt?

Sie überlegte, es bei weiteren Kliniken zu versuchen, ließ es dann aber. Warum sollte Tory ihren Jungen in eine andere Klinik bringen? Sie kannte doch in ihrer eigenen Institution jeden und wäre auch die Erste, die an relevante Informationen käme. Nein, es ergab keinen Sinn, dass sie ihn woanders hingebracht haben könnte.

Sie schluckte.

Einen Versuch noch, dachte sie. Schließlich tippte sie die Nummer der Polizei Falmouth in ihr Handy, drückte auf Wählen.

Die Stimme eines Mannes ertönte.

»Guten Tag«, stieß Sienna aus, »ich habe eine Frage. Ist es möglich, von Ihnen eine Information zu einem Unfall zu bekommen, der sich vor etwas über einem Jahr in der Nähe von Saint Just ereignet hat? Ein junger Mann ist mitten in der Nacht gegen einen Baum geprallt und hat sich schwer verletzt. Ich hab leider kein genaues Datum.«

»Warum wollen Sie das wissen?«

»Es geht um ein Schulprojekt«, schwindelte sie.

»Ein Schulprojekt?«

»Genau«, bestätigte sie. »Ich arbeite an einem Referat zum Thema Alkohol am Steuer und brauche nur ein paar Informationen. Nichts was gegen den Datenschutz verstoßen würde. Den Namen des Unfallfahrers kenne ich bereits, ich wollte nur wissen, ob die Unfallursache tatsächlich Alkohol war. Die Leute reden ja viel, doch ich möchte es genau wissen.«

»Wie ist eigentlich Ihr Name, junge Lady?«

Sienna zuckte zusammen, ihre Gedanken rasten. »Ich bin Sienna«, stieß sie aus, hielt die Luft an.

»Und weiter? Ich möchte schon genau wissen, mit wem ich es zu tun habe.«

Vor ihren Augen flimmerte es. »Tut mir leid, Ihre Zeit vergeudet zu haben«, sagte sie und beendete das Gespräch.

Klar, das war jetzt so richtig schlau, höhnte ihre innere Stimme. Sienna schloss die Augen, konzentrierte sich auf ihre Atmung.

Du musst zu ihm, ging es ihr durch den Kopf. Der Gedanke erschreckte sie. *Zac ist deine einzige Chance, die ganze Wahrheit zu erfahren. Du musst noch einmal in dieses Zimmer und versuchen, etwas aus ihm herauszubekommen.*

Sie stand auf, machte sich auf den Weg zur anderen Seite des Hauses. Als sie vor dem abgeschlossenen

Zimmer stand, presste sie ihr Ohr gegen das Holz, lauschte.

Nichts.

Es war absolut ruhig hinter der Tür.

Hatten Tory und Nate ihren Sohn woanders hingebracht?

Ihre Finger zitterten, als sie ihr selbst gebasteltes Einbruchswerkzeug zur Hand nahm, um das Schloss zu knacken.

Als es klickte, machte ihr Herz einen Satz. Sie streckte ihre Hand nach dem Türknauf aus, schloss die Augen.

Jetzt mach schon, schrie es in ihr, und nach einem letzten tiefen Atemzug stieß sie die Tür auf. Sie blinzelte, machte ein paar Schritte in den abgedunkelten Raum, seufzte erleichtert, als sie die Umrisse des jungen Mannes unter der Decke erkannte.

Er atmete regelmäßig und ruhig, was Sienna jedoch wütend machte. Plötzlich wusste sie, auch ohne den jungen Mann aufzuwecken, dass Tory diese Medikamente aus der Glasvitrine nutzte, um Zac ruhigzustellen. Sie kämpfte gegen das Ziehen in ihrer Magengegend an, trat noch näher auf das Bett zu. Als sie so dicht neben Zacs Bett stand, dass sie ihn hätte berühren können, zählte sie in Gedanken bis zehn.

»Zac«, sagte sie schließlich leise und wartete.

Nichts.

»Zac, wach auf!«, wurde sie etwas lauter.

Noch immer rührte er sich nicht.

Sie streckte den Arm aus, tippte gegen seine Schulter.

Dann etwas fester. »Zac!« Diesmal hatte sie fast geschrien.

Ein Ruck ging durch den Körper des jungen Mannes.

Plötzlich ertönte ein schwaches Stöhnen, das Sienna durch Mark und Bein ging.

Sie beugte sich über sein Gesicht, doch seine Augen waren nach wie vor geschlossen. »Zac«, sagte sie noch einmal laut und deutlich. »Bitte, du musst wach werden, ich muss dringend mit dir sprechen.«

Wieder ein Stöhnen, dann, endlich, flatterten seine Lider.

Sienna gab ihm ein paar Sekunden.

Als er es schließlich geschafft hatte, seine Augen zu öffnen, starrten sie einander sekundenlang nur an.

»Ich bin Sienna«, brachte sie aufgeregt hervor, als sie das Gefühl hatte, dass er tatsächlich wach war und seine Umgebung und sie wahrnahm. »Ich bin das neue Kindermädchen deiner Eltern, kümmere mich um deine Schwester und um den Haushalt.« Sie hielt inne, gab ihm Zeit, ihre Worte zu erfassen.

Als er seinen Mund zu einem schiefen Grinsen verzog, atmete sie erleichtert auf. »Ich weiß, dass du Nates und Torys Sohn bist. Zac. Richtig?«

Er nickte schwach. Dann klappte sein Mund auf.

Lass ihn sprechen, gib ihm Zeit!

Sie wartete, bis er so weit war, sah ihn nur an.

»Meine Mutter …«, brachte er mühevoll hervor, »hat sie dich zu mir geschickt?«

Sienna schüttelte den Kopf. »Ganz im Gegenteil. Bis gestern wusste ich gar nicht, dass es dich gibt. Sie und dein Vater behaupteten, dass dieser Flügel des Hauses aus baulichen Gründen nicht sicher sei, Piper und ich deswegen nicht hierher dürften. Aber ich bin trotzdem hergekommen, hab dich gesehen, das war gestern. Du hast aber geschlafen und nichts mitbekommen.«

»Ich hab was gehört«, gab er schwach zurück. »Ein Rufen.«

»Das war ich«, bestätigte Sienna. »Piper hat sich versteckt und ich war panisch vor Sorge, weil ich sie nicht finden konnte. Auf der Suche nach ihr hab ich auch in diesem Zimmer nachgesehen.«

»Du hast … einen Schlüssel?«

Sienna schüttete den Kopf, zog den Dietrich aus ihrer Tasche, hielt ihn vor seine Nase.

Er grinste. Dann stieß er ein gotterbärmliches Stöhnen aus.

»Weiß meine Mutter davon?«

»Dass ich dich gesehen habe?«

Er nickte.

»Leider, ja. Ich hab sie angerufen.«

Er schluckte mühsam, schloss die Augen. Als er sie wieder öffnete, konnte sie die Panik darin erkennen.

»Du hattest gar keinen Unfall, nicht wahr?«

Langsam bewegte er seinen Kopf von links nach rechts.

»Das hab ich mir schon gedacht«, gab sie zurück. »Ich hab die Medikamente gefunden, mit denen sie dich ruhigstellt. Haloperidol und ein Schlafmittel.«

Er verzog das Gesicht. »Sie ist vollkommen irre.«

Sienna nickte. »Ich weiß. Sie ist außerdem eine sehr gute Lügnerin. Und Schlimmeres.«

Einen Augenblick herrschte Schweigen zwischen ihnen. Dann nahm sie all ihren Mut zusammen. »Kannst du laufen?«

Er hob die Schultern, stöhnte. »Das Haloperidol …«

Sienna nickte. »Ich weiß, ich hab mich eingelesen. Es kann den Muskeltonus verändern, zu schlimmen Krämpfen führen und das Parkinsonsyndrom auslösen.«

Sein Blick flatterte.

»Ich werde dir helfen, okay? Aber das schaffe ich nicht allein. Du musst mich unterstützen. Versuch, wach zu bleiben und deine Beinmuskeln zu beanspruchen, bis ich so weit bin. Wenn ich dich raushole, dann müssen wir es irgendwie nach draußen zu meinem Wagen schaffen.

Und dann ist da auch noch Piper, deine Schwester. Ich kann sie nicht hier zurücklassen.«

Er riss die Augen wieder auf, starrte sie an.

Sienna schluckte. »Ich weiß über alles Bescheid, hörst du? Ich weiß, dass alles, was deine Mutter dir antut, mit deinem Vater zu tun hat. Er ist ein …« Sie brach ab, als sie Zacs Blick bemerkte, verkniff sich den Rest. »Aber auch Tory … sie ist …«

Ein Knirschen ertönte.

Autoreifen auf Kies.

Draußen auf dem Hof.

Sie sah auf die Uhr, stöhnte.

Wie hatte sie nur derart die Zeit vergessen können?

Augenblicklich verkrampfte sich Zac, blickte sie panisch an, zappelte mit seinen Beinen.

Sienna lächelte beruhigend. »Ich verspreche, ich komme wieder. Doch bis dahin kein Wort zu irgendwem, okay? Deine Mutter darf dir nichts anmerken. Und schon gar nicht dein Vater. Vor allem er nicht!«

ZWEIUNDZWANZIG
FALMOUTH

2018

Avery

»Es gab einen Zwischenfall im Krankenhaus … Kommst du mit?«

Damon, der sich gerade ein Sandwich einverleibte, nuschelte zwischen zwei Bissen. »Geht's auch etwas konkreter?«

»Ich weiß selbst nicht mehr. Dr. Mitchell hat gerade anrufen, irgendwas ist mit Pixie Nicols. Ehe ich nachfragen konnte, hat er aufgelegt.«

»Echt? Gehts noch? Nicht nur Ärzte sind überlastet.«

»Komm, dein Sandwich kannst du auch unterwegs futtern, und falls es dir nicht bekommt, weil du so arg überlastet bist, kannst du dich gleich vor Ort verarzten lassen. Also los.«

»Schon gut«, brummelte Damon und eilte neben ihr her zu dem Dienstwagen nach draußen. »Hat der Doc echt einfach aufgelegt?«

»Ja, hat er. Das juckt mich ehrlich gesagt nicht. Aber er klang ziemlich panisch, als wäre etwas Furchtbares passiert.«

Damon sperrte den Mund auf, statt den nächsten Bissen zu nehmen. »Du denkst doch wohl nicht …«

»Dass unser Täter es geschafft hat, zu ihr durchzukommen? Doch, das befürchte ich.« Sie fluchte leise vor sich hin.

»Verdammt«, fiel Damon in ihr Fluchen ein. Knüllte den Rest des Sandwichs mit dem Papier zusammen zu einer Kugel, pfefferte sie nach einem letzten sehnsüchtigen Blick in den Abfalleimer. »So langsam fängt diese ganze Scheiße an, mir auf den Sack zu gehen.«

Avery grinste, drehte sich auf dem Absatz um, lief auf den Aufzug zu. Als Damon hinter ihr in die Kabine geschlüpft war, starrte sie ihn grinsend an, zog einen Karamell-Schokoriegel mit Nüssen aus ihrer Jackentasche, reichte ihm diesen. »Willkommen im Club, Kollege. Hier, dein Nachtisch. Ist gut für die Nerven!«

Während der Fahrt ins Hospital schwiegen sie. Nur Damons Kauen auf dem Knusperriegel durchbrach hin und wieder die Stille im Innern des Wagens. Für Avery fühlte es sich an, als wären diese Minuten auch für sie beide so etwas wie eine Galgenfrist, bevor es richtig übel wurde. Nachdem sie immer noch schweigend den Wagen auf einem der freien Parkplätze geparkt, den Motor abgestellt und sich abgeschnallt hatte, warf sie Damon einen finsteren Blick zu. »Sollen wir?«

Er sah sie an, schwieg, blieb sitzen.

»Noch wissen wir nichts«, sagte sie beschwichtigend, obwohl ihr klar war, dass sie sich selbst und Damon mit dieser Phrase etwas vormachte. Er war nicht nur ein guter Polizist, sondern besaß enormen Scharfsinn, gepaart mit einer geballten Ladung Power, und er hörte, wie sie selbst, gelegentlich auf sein Bauchgefühl.

»Lass das, wir wissen beide, dass uns da drin die Kacke um die Ohren fliegt. Was, wenn wir mit unserer vermeintlich cleveren Falle diesen Scheißkerl tatsächlich zu seinem letzten Opfer gelotst haben?« Er stopfte das Papier des Schokoriegels demonstrativ in das Türfach, grinste sie böse an, stieg aus.

Avery folgte ihm, als er mit riesigen Schritten voran zur Lobby der Klinik eilte. Dann bemerkte sie Dr. Mitchell, der ihnen entgegensah. Er wirkte nervös.

Sie winkte ihm zu, doch er reagierte nicht. »Scheiße«, sagte sie und lief los. »Jetzt hab ich wirklich ein mieses Gefühl.«

»Sie ist was?! Das ist ein schlechter Scherz, oder?«

Doch die Miene des Arztes blieb ernst. »Tut mir leid«, wiederholte er, »Pixie ist verstorben.«

Avery starrte Dr. Mitchell entsetzt an, warf dann Damon einen Blick zu, der genauso schockiert schien.

Mitchell stieß die Luft aus, sah ratlos zu Avery, dann zu ihrem Kollegen. »Ich hab es auch erst heute Morgen erfahren, als ich zum Dienst kam. Sie hatte vergangene Nacht einen Herzstillstand, konnte aber reanimiert werden. Trotzdem ist sie dann in den frühen Morgenstunden gestorben. Laut meinem Kollegen, der sie behandelt hat, an Herzversagen.«

Avery spürte, wie die Ader an ihrer Schläfe anschwoll, sie kurz davor stand, die Beherrschung zu verlieren. »Wie konnte das, verdammt noch mal, passieren?«

Dr. Mitchell sah sie ernst an. »Da gibt es unzählige Möglichkeiten, Detektive Smith. Sie dürfen nicht vergessen, was das Mädchen durchgemacht hat. Die schlimmen Verletzungen, das Koma, der Angriff mit dem Taser.«

»Ich dachte, sie sei stabil und auf dem Weg der

Besserung?«, schaltete sich jetzt Damon ein. Seine Stimme klang gefährlich leise.

»Das dachten wir auch, aber es kann immer zu Komplikationen kommen. Wir haben alles getan, was in unserer Macht steht.«

»Ich hab mit ihr gesprochen«, sagte Avery. »Und sie wirkte auf mich nicht gerade, als sei sie derart instabil, dass sie noch an den Folgen des Überfalls sterben könnte.«

»Auf mich auch nicht«, gab Mitchell zu. »Aber wie gesagt, ihr Körper hat viel durchgemacht. Ihr Herz ...« Er brach ab, suchte nach Worten. »Die Medien und auch die Polizei selbst behaupten immer, diese Elektroschockwaffen seien nur selten tödlich, doch in Wahrheit sind diese Dinger hochgefährlich. Ich vermute, dass ihr Herz Schaden genommen hat, als dieser Irre sie damit attackierte. Genaueres muss die Obduktion zeigen, sofern es eine geben wird.«

Avery funkelte den Arzt an. »Was heißt wenn? Natürlich wird es eine geben!«

Er zuckte mit den Achseln. »Ich kann nur wiedergeben, was der behandelnde Arzt festgestellt hat.«

»Und?«

»Dass es sich um eine natürliche Todesursache handelt. Sie verstarb an Herzversagen, im Krankenhaus, nachdem sie einen schweren Angriff überlebt hatte. Das ist ein besonderer Fall, schätze ich, weil der Tod des Mädchens nicht unmittelbar durch den Angreifer hervorgerufen wurde. Außerdem gibt es keinen Anlass, zu vermuten, dass etwas anderes als Todesursache infrage kommt. Niemand Unbefugtes konnte in ihr Zimmer vordringen ...«

»Ach nein?«, fragte Avery spöttisch, um ihre Erschütterung und ihren Frust zu überspielen.

»Nein!«, bekräftigte Mitchell. »Und das wissen Sie

selbst. Vor ihrem Zimmer war rund um die Uhr ein Security-Mann postiert. Er hat von jedem, der zu ihr wollte, die Personalien verlangt. Niemand außer dem Krankenhauspersonal wäre einfach so zu ihr reingekommen.«

Avery sah Damon an. »Das will ich genauer wissen. Geh und rede du mit dem Security-Mann. Und falls derjenige, der nachts Dienst hatte, nicht mehr da ist, lass dir seine Kontaktdaten geben. Ich will ganz genau wissen, wer bei ihr im Zimmer war, ob Besucher oder jemand vom Personal. Ich will von jeder verdammten Person, die bei Pixie war, bevor es zum Herzstillstand kam, den Namen und den Anlass für das Betreten des Zimmers wissen.«

Mitchell seufzte. »Ich weiß, Sie wollten dem Mädchen helfen. Den Mann, der ihr das angetan hat, finden und dingfest machen.«

Avery schüttelte unwirsch den Kopf. »Das ist es nicht allein, klar? Dieses Mädchen war unsere einzige Spur zu dem Verrückten. Pixie war alles, was wir hatten.«

Er nickte ihr zu. »Ich versteh Sie ja, aber es gibt keinen Anhaltspunkt für ein Fremdeinwirken.«

»Das wollen wir erst mal sehen«, protestierte Avery und raufte sich die Haare, die sie heute ausnahmsweise nicht streng zum Zopf oder Pferdeschwanz zusammengebunden hatte. »Es ist zum Kotzen. Jetzt stehen wir wieder ganz am Anfang, was bedeutet, dass der Typ ungehindert weitermachen kann. Es wird weitere Angriffe geben, weitere vermisste Mädchen, weitere Tote, weitere Menschen, die um ihre Kinder, Schwestern und Freundinnen trauern. Pixie war die Einzige, die uns hätte helfen können, diesen Bastard zu stoppen.«

»Aber Sie haben doch mit ihr gesprochen«, warf Mitchell ein. »Das erste Mal, nachdem sie aufgewacht ist, und dann einige Tage später wieder.«

Avery winkte ungeduldig ab. »Sie hat sich kaum an etwas erinnern können, hat nicht viel erkannt. Daher wollten wir einen Hypnosespezialisten hinzuziehen, damit Sie sich an etwas mehr erinnert. Doch nun ...« Sie schüttelte den Kopf. »Ich werde auf einer Obduktion bestehen.«

»Ich schätze, das müssen Sie mit der Familie besprechen oder notfalls übers Gericht erwirken. Von unserer Seite aus handelt es sich um einen Herzstillstand. Am besten reden Sie mit der Mutter, ich glaube, sie ist noch im Haus. Sie wurde von den Ärzten heute Morgen als Erste informiert.«

Avery nickte, reichte dem Mann die Hand. »Ich danke Ihnen trotzdem für alles.« Sie stoppte, zögerte kurz. »Danke auch für Ihre Geduld mit mir. Ich weiß, dass ich manchmal schwierig sein kann.«

Mitchell verzog das Gesicht zu einem Lächeln, doch dieses erreichte seine Augen nicht. »Ach wirklich«, sagte er übertrieben freundlich, »das ist mir gar nicht aufgefallen.«

Avery sah dem Arzt nach, dann machte sie sich auf die Suche nach ihrem Kollegen. Sie wollte gerade auf den Knopf des Auszugs drücken, als die Tür aufglitt und eine verstört dreinblickende junge Frau herausgestürzt kam. Sie war so in Gedanken versunken, wirkte vollkommen durch den Wind, dass sie Avery nicht bemerkte und geradewegs in sie hineinlief.

»Geht's noch?«, schimpfte Avery.

»Sorry«, murmelte die Frau betreten, warf ihr einen entschuldigenden Blick zu. Avery bemerkte, dass die Frau geweint zu haben schien.

Sofort meldete sich ihr schlechtes Gewissen, weil sie sie so angeblafft hatte. Sie wollte gerade etwas sagen, als ihr auffiel, dass die Frau ihr vage bekannt vorkam.

Diese Augen … die bleiche Haut, ihre zerbrechlich

wirkende Statur. *Nur die Haarfarbe und die Frisur der Frau passen irgendwie nicht*, ging es ihr durch den Kopf.

Irgendwoher kennst du sie, hämmerte es in ihrem Hirn, doch ihr fiel nicht ein, woher.

Sie wollte schon ansetzen und die junge Frau in ein Gespräch verwickeln, sie danach fragen, als sie Damons Stimme hörte. Er rief nach ihr. Sie wirbelte herum, sah ihn winkend zwischen zwei uniformierten Männern stehen. Avery nickte, drehte sich wieder zu der Frau um. Sie war verschwunden.

DREIUNDZWANZIG
SAINT JUST/ROSELAND

2019

Sienna

Siennas Herz schlug bis zum Hals, als sie die letzten Stufen bis zur Eingangshalle hinuntereilte. Als sie Tory hereinkommen sah, wurde ihr Mund staubtrocken. *Los,* hämmerte es in ihrem Kopf, *lass dir was einfallen!*

Sie legte einen wehleidigen Gesichtsausdruck auf, ging ihr entgegen.

»Was ist mit Ihnen?«, fragte Tory besorgt.

»Ich glaube, ich hab das Essen gestern Abend nicht vertragen. Mir ist übel und ich, na ja ...« Sie senkte verschämt den Blick.

»Was?«

»Ich komm fast nicht von der Toilette runter.«

»Ach Gott«, sagte Tory, »das tut mir leid. Haben Sie was zum Einnehmen?«

Sienna nickte. »Scheint wohl zu dauern, bis es wirkt.«

Tory musterte sie eingehend. »Wie wollen Sie in dem Zustand Piper nachher abholen?«

Sienna seufzte. »Wird schon irgendwie klappen, sicher wirken die Medikamente bald.«

Tory seufzte verhalten, legte den Kopf schräg. »Nein, das geht so nicht. Legen Sie sich heute ins Bett und ich übernehme.«

Sienna sah zweifelnd auf. »Ist das wirklich okay? Ich kann es zumindest versuchen. Sie haben doch sicher eine Menge zu tun, oder?«

Torys Miene duldete keinen Widerspruch. »Ich hole Piper später ab und bringe Ihnen auch was zu essen mit, vielleicht kann ich auch eine Suppe besorgen. Und was Nate angeht … er schläft schon wieder auswärts, was bedeutet, dass es ein ruhiger Abend wird. Also gehen Sie jetzt und ruhen sich aus!«

In ihrem Zimmer setzte Sienna sich, überlegte. In ihrem Kopf überschlugen sich die Gedanken. Wenn Nate heute nicht heimkam, Tory allein war, dann wäre heute die beste Möglichkeit zu handeln. Sie musste Zac aus dem Haus schaffen, am besten in ein Krankenhaus. Doch was sollte sie mit Piper machen? Sie war minderjährig und wenn sie das Mädchen mitnahm, dann war sie eine Straftäterin, die ein Kind entführt hatte. Bei Zac sah die Sachlage anders aus, er war volljährig, und sollte es sein Wunsch sein, das Haus zu verlassen, dann durfte sie ihm auch helfen, ohne Konsequenzen befürchten zu müssen.

Sie stieß sie Luft aus, bemerkte, dass Kopfschmerzen im Anmarsch waren, wie immer, wenn sie unter Stress stand. Aber sie riss sich zusammen, überlegte sich den nächsten Schritt. Am dringendsten war es jetzt, Zac alles zu erklären. Er musste wissen, was sie wusste und wer sie war. Sie schloss die Augen. Sah das liebe Gesicht ihrer Mutter und das ihrer Schwester. Sofort verkrampfte sich ihr gesamter Körper. Ihre Brust wurde eng.

Es war die Wahrheit gewesen, als sie zu Zac gesagt hatte, dass seine Eltern nicht die einzigen Lügner waren. Auch sie war nicht ehrlich gewesen, hatte sich hier unter Vorspiegelung falscher Tatsachen einquartiert. Und das war bei Weitem nicht alles.

Natürlich bedauerte sie, dass sie Birdie, dem früheren Kindermädchen der Asburys, so übel mitgespielt hatte, nur um sie aus dem Haus zu vertreiben und ihren Job zu übernehmen.

Doch was hatte sie verdammt noch mal für eine andere Wahl gehabt?

Und Birdie hatte es ihr schlicht und ergreifend viel zu einfach gemacht. Es war so leicht gewesen, ihr etwas unterzuschieben. Sie hatte nur noch abwarten und zur rechten Zeit am rechten Ort auftauchen müssen. Dann hatte sie nichts dem Zufall überlassen und dafür gesorgt, dass ihre Story absolut glaubwürdig klang.

Oh ja, sie war raffiniert gewesen, hatte sich gründlich auf ihre Rolle vorbereitet, hatte die Familie beobachtet, ihre Gewohnheiten und Tagesabläufe studiert. Nur Zac hatte sie nicht auf dem Schirm gehabt, weil der junge Mann bereits von Tory und Nate weggesperrt worden war, als sie ihnen auf die Schliche gekommen war.

Als sie Schritte auf dem Gang hörte, schlüpfte sie schnell ins Bett, schloss die Augen. Keine Sekunde später klopfte es. »Kommen Sie rein«, rief sie mit bewusst schwacher Stimme und legte wieder ihre Leidensmiene auf.

Tory trat ein, ein Tablett auf den Händen balancierend, sah sie freundlich an, doch das kaufte ihr Sienna schon längst nicht mehr ab. Es war Fassade, wie alles andere auch.

»Ich hab Ihnen einen Tee gemacht, der sollte helfen, dass sie zumindest schlafen können«, sagte Tory.

Sienna setzte ein zaghaftes Lächeln auf, murmelte »Danke schön.«

»Ich hab auch ein paar Scheiben trockenen Toast mitgebracht, damit Sie, sobald es Ihnen etwas besser geht, was Festes in den Magen bekommen.«

Sienna nickte, schloss theatralisch die Augen.

»Trinken Sie den Tee, solange er heiß ist«, mahnte Tory, ehe sie das Zimmer verließ.

Wieder allein, stand Sienna auf, ging zu dem Tablett, roch an dem Tee. Er schien okay zu sein, doch sicher war sie sich nicht. Daher nahm sie die Kanne und goss alles in das Waschbecken im Badezimmer.

Als sie ihr Gesicht im Spiegel sah, seufzte sie.

Soll ich das echt durchziehen?

Du musst, flüsterte die Stimme in ihrem Innern.

Du hast es versprochen.

Doch was würde aus Piper, wenn sie es zu Ende brachte?

Du machst es genau so, wie du es geplant hast.

Sienna schüttelte den Kopf.

Sie wusste, zu was Nate und Tory fähig waren, sie durfte ihnen die Kleine nicht überlassen. Sie sah auf die Uhr. Die Zeiger krochen quälend langsam vorwärts. Erst in einer guten Stunde würde Tory aufbrechen, um die Kleine abzuholen.

Wie viel Zeit hatte sie dann?

Der Weg zur Schule und zurück, dann wollte Tory noch etwas einkaufen. Sienna runzelte die Stirn. Maximal zwei Stunden blieben ihr.

Reichten die?

Sie musste es versuchen.

Um die Zeit bis zu Torys Abfahrt zu überbrücken, stellte Sienna sich ihren Handywecker, legte sich ins Bett.

Sie war gerade dabei wegzudämmern, als sie die Tür ihres Zimmers aufgehen hörte. Tory kam rein, ohne anzuklopfen, was bedeutete, dass sie sicher zu sein schien, dass sie schlief. Also hatte sie ihr tatsächlich ein Schlafmittel in den Tee getan. Sienna konzentrierte sich darauf, langsam und tief zu atmen, damit Tory ihr den Tiefschlaf abnahm.

Als sie wenig später tatsächlich wieder verschwand, schickte Sienna ein stummes Stoßgebet zum Himmel und ihr wurde klar, dass ihr nicht mehr viel Zeit blieb.

Sie musste so schnell wie möglich aus diesem Haus.

Aber nicht ohne Beweise!

Sie schluckte.

Als sie endlich das ersehnte Knirschen der Räder von Torys Wagen auf dem Kies vernahm, stand sie auf. Zur Sicherheit lugte sie aus dem Fenster und blickte den Rücklichtern nach, bevor sie sich auf den Weg zu Zac machte.

Inzwischen ging sie bereits völlig routiniert mit dem Dietrich um.

Wenn du hier raus bist, kannst du als Einbrecher Karriere machen.

Der Gedanke brachte sie zum Kichern.

Sie betrat das Zimmer, seufzte erleichtert, als sie sah, dass sich Zacs Körper unter der Decke bewegte, er schließlich seinen Kopf in ihre Richtung drehte und sie anstarrte.

Er musste sich schlafend gestellt haben, als Tory nach ihm gesehen hatte, war so hoffentlich um eine weitere Dosis Schlafmittel herumgekommen.

»Alles okay?«, fragte sie.

Er nickte schwach, das Gesicht bleich wie die Wand. »Wo ist sie?«

»Holt deine Schwester und danach was zu essen. Ich hab also nicht allzu viel Zeit.«

»Wie hast du das hinbekommen, dass sie dich alleine hier lässt, nach allem, was du weißt?«

»An mir ist wohl ´ne Schauspielerin verloren gegangen.« Sie blickte ihn eindringlich an. »Was hältst du davon, wenn wir beide wenigstens ehrlich zueinander sind?«

Zac erwiderte ihren Blick, nickte schwach.

»Ich weiß von deiner Schwester, dass du einen Krach mit deinem Vater hattest und dass er dich niedergeschlagen hat.«

Zac senkte den Blick.

»Bist du seit jenem Abend in diesem Zimmer eingesperrt?«

Nicken.

»Außer deinen Eltern und mir weiß übrigens keiner darüber Bescheid. Deine Eltern haben allen mitgeteilt, dass du im Ausland bist. Selbst deine Schwester glaubt das.«

Zac stieß einen Ton aus, der wie ein bitteres Lachen klang.

»Ich kann dich hier rausholen, hörst du? Wenn du das willst.«

Er lächelte sie mit einem leichten Nicken an.

»Aber was Piper angeht, darf ich nichts machen. Sie ist ein Kind, wenn ich sie mitnehme, dann bin ich eine Entführerin und könnte als solche verurteilt werden.«

»Nicht wenn wir sagen, dass ich es war, der sie mitgenommen hat. Ich bin ihr Bruder, mir kann in dieser Hinsicht keiner was.«

»Und dann? Schau dich an, du bist mit Medikamenten zugedröhnt, kannst kaum die Augen offen halten. Wer weiß, was das Zeug sonst noch angerichtet hat. Es wird eine Weile dauern, bis du wieder fit bist. Am besten wäre es, die Polizei anzurufen … doch dazu ist es eigentlich noch zu früh.«

Sienna seufzte, sah zu Boden. Als sie sich wieder im Griff hatte, fixierte sie Zac mit festem Blick. »Ehrlich gesagt, hab ich mir das alles auch anders vorgestellt. Ich wollte versuchen, ihn zu provozieren, so herauszufordern, dass er auch mich angreift, und im Notfall nach Beweisen suchen.«

»Von wem sprichst du?«

»Na von deinem Vater. Ich gehe davon aus, du weißt, was er getan hat, oder? Das war wohl auch der wahre Grund für den Streit zwischen euch. Und deswegen haben sie dich eingesperrt. Sie wollten verhindern, dass du zur Polizei gehst.«

Zac sagte nichts, musterte sie nur mit undeutbarer Miene.

Sie schluckte. »Mein Name ist übrigens tatsächlich Sienna. Sienna Crane. Aber ich bin kein Kindermädchen und wollte auch nie eines werden. Ich bin nur hier, weil ich herausgefunden habe, dass es mit hoher Wahrscheinlichkeit dein Vater war, der meine Schwester auf dem Gewissen hat. Ihr Name war Scarlett. Alles, was ich jetzt noch brauche, sind Beweise.«

»Aha?« Zac sah sie fragend an.

»Beweise dafür, dass dein Vater ein Vergewaltiger und Mörder ist und deine Mutter dabei geholfen hat, alles zu vertuschen.«

VIERUNDZWANZIG
SAINT JUST/ROSELAND

2019

Sienna

Eine Weile starrten sie einander nur an.

Zac war es schließlich, der sich betreten abwandte.

»Tut mir leid«, brachte er gepresst hervor.

»Sie war erst sechzehn«, begann Sienna. »Wunderschön, ein liebenswerter Mensch, voller Lebensfreude und mit aufregenden Zukunftsplänen, doch dann wurde sie eines Abends überfallen. Der Täter hat sie körperlich schwer misshandelt und gedemütigt, ihr Gesicht für immer entstellt. Doch sie überlebte den Angriff – zumindest vorerst. Das schreckliche Erlebnis veränderte sie, nicht nur äußerlich. Und dann … eines Tages … ist sie weggelaufen.«

Zac sah sie stumm an, eine steile Falte zwischen den Brauen.

»Wenig später stand die Polizei vor unserer Tür, weil man ihre Leiche gefunden hatte«, fuhr Sienna leise fort. »Für meine Mutter ist die Welt zusammengebrochen, doch ich … ich wusste, dass ich denjenigen finden muss, der Scarlett in den Tod getrieben hat.« Sienna schluckte gegen die Tränen an. »Sie hat sich umgebracht. Sie hat sich aus über 160 Metern Höhe in die Tiefe gestützt, weil sie nicht mehr länger mit der Erinnerung daran, was ihr angetan worden war, leben wollte.«

Sie suchte Zacs Blick, der immer noch keinen Ton gesagt hatte, holte Luft. »Meine Mom vegetierte nach Scarletts Tod nur noch vor sich hin, fühlte nichts mehr, war nur noch ein Schatten ihrer selbst. Sie litt zudem unter Schuldgefühlen, fragte sich tagein, tagaus, ob sie etwas hätte ändern können. Das alles hat sie krank gemacht. Schwer krank, bis sie zwei Jahre nach Scarlett ebenfalls starb. Und so hat Scarletts Mörder auch sie auf dem Gewissen. Er hat meine komplette Familie ausgelöscht – bis auf mich.«

Sie straffte die Schultern. »Zuerst hab ich gedacht, dass der Irre, der meine Schwester auf dem Gewissen hat, über alle Berge ist. Doch dann verschwand ein weiteres Mädchen aus der Gegend. Kurz darauf wurde wieder eines vermisst. Dann wurde die erste Leiche gefunden.«

»Woher weißt du …?«

»Ich hab darüber in der Zeitung gelesen«, unterbrach Sienna ihn. »Irgendwann ist mir aufgefallen, dass diese Opfer sich ähnelten. Und dass sie mich alle an meine Schwester erinnerten, zumindest ein klein wenig. Und dann fand ich heraus, dass es eines dieser Mädchen … Pixie … geschafft hatte, dem Irren davonzulaufen. Pixie war meine einzige Hoffnung, etwas über den Mann herauszufinden, der meiner Schwester, den anderen Mädchen und ihr all diese schrecklichen Dinge angetan hat.«

Immer noch blickte Zac sie fragend an, schien nach Worten zu ringen.

Sienna nickte ihm zu. »Du brauchst nichts zu sagen, ich versteh, dass du daran zu schlucken hast.« Sie stieß ein bitteres Lachen aus. »Ich musste es zumindest versuchen, mit Pixie zu sprechen, verstehst du das?« Ohne seine Antwort abzuwarten, fuhr sie fort. »Ich hab mich als Krankenschwester verkleidet, in ihr Zimmer geschlichen und mit ihr gesprochen. Sie schien stabil zu sein, erinnerte sich an nicht besonders viel, nur vage an das Fahrzeug, in dem sie eingesperrt war, und an die Augen ihres Entführers. Ich konnte sie aber dazu bringen, ein Bild von dem Kerl zu malen – immerhin war sie Kunststudentin –, doch als ich wieder zu ihr wollte, um zu sehen, was sie fabriziert hat, war sie tot. Laut einem jungen, recht gesprächigen Pfleger ist sie an akutem Herzversagen verstorben.«

»Sie ist tot?«

»Ja, mir war sofort klar, dass da etwas nicht mit rechten Dingen zugeht, deswegen hab ich genauer hingesehen, stieß beim Durchforsten der Krankenhauswebsite auf ein Foto der Psychiaterin Tory Ashbury. Auf ein Foto deiner Mutter. Und nicht nur das, sie hatte auch Zugang zu Pixie ...«

»Woher ... woher weißt du das?«

»Ich hab sie in Pixies Zimmer gesehen. Als ich da war, als Krankenschwester verkleidet. Sie kam mit einem der Ärzte herein, ich hab rasch den Kopf abgewandt, so getan, als würde ich ihre Laken richten, und bin dann aus dem Zimmer geeilt. Deine Mutter hat nicht mal groß auf mich geachtet, wahrscheinlich sind Krankenschwestern für sie so unwichtig, dass sie nicht mal hinsieht«, meinte Sienna verächtlich.

»Kann schon sein«, grummelte Zac mit abwesendem Blick.

»Na, jedenfalls kam ich so auf Nate Ashbury, deinen Vater. Ein Professor für Kunst an der Universität in Falmouth«, stieß sie bitter aus. »Was für ein Zufall, dass einige der Opfer auch dort studierten, Pixie war sogar in seinem Kurs.« Sienna verstummte, als sie sah, dass Zacs Augen in Tränen schwammen.

»Du wusstest es? Hab ich recht?«

Ein fast unmerkliches Nicken.

»Wie hast du es rausbekommen?«, fragte sie.

Er schluckte angestrengt. »Die Ehe meiner Eltern … sie war am Scheitern. Zuerst dachte ich, mein Vater hätte eine Affäre, doch im Laufe der Zeit wurde mir klar, dass viel mehr dahinterstecken musste. Dann hab ich ihn eines Nachts dabei beobachtet, wie er etwas hinten im Teich versenkt hat.«

»Was hat er versenkt?«

»Eine Tasche.«

»Du hast sie rausgeholt und reingesehen …?«

»Natürlich. Und dann hab ich sie an einem sicheren Ort versteckt.«

»Verrätst du mir, was drin ist?«

Zac schluckte, sah aus, als würde er mit sich kämpfen. »Haare, Schmuck, Kleidungsstücke, die von Blut durchtränkt waren. Er hat alles vakuumiert, damit es unter Wasser keinen Schaden nimmt. Ich schätze, er konnte sich nicht von dem Zeug trennen.«

»Und wo sind die Sachen jetzt?«

»Ich hab alles im Bootshaus versteckt, unten am Wasser.«

»Und was ist danach passiert? Hast du deinen Vater mit seinen Taten konfrontiert?«

»Nicht ihn, meine Mutter.«

»Scheiße«, stieß Sienna aus.

»Ich konnte ja nicht ahnen, dass sie Bescheid wusste und sogar eine Zeugin ermordet hatte.«

»Warum denkst du, hat sie das getan? Aus Liebe?«

Zac sah sie mit müdem Blick an. »Weil ihr unser guter Name und der Ruf der Familie über alles gehen. Das war schon immer so. Die Ashburys kommen zuerst.

Der Name darf niemals in ein schlechtes Licht gerückt werden. Und schon gar nicht von einem angeheirateten Wahnsinnigen.«

In Siennas Kopf drehte sich alles. Sie warf einen Blick auf die Uhr, erschrak. »Ich muss gehen«, sagte sie zu Zac, der sie panisch anstarrte.

»Bitte«, stieß er aus. »Lass mich nicht allein.« Er rüttelte demonstrativ mit seinen Händen unter der Decke, versuchte, sich aufzurichten. Sienna trat näher, riss an der Zudecke, bemerkte erst jetzt, dass er an Händen und Beinen mit Gurten an den Rahmen des Bettes gefesselt war, zudem ein Katheterschlauch unter seinem Shirt hervorlugte. Sie sah ihn nach Luft ringend an. »Deine Mutter ist genauso durchgeknallt wie dein Vater, das weißt du, oder?«

Er nickte, stemmte sich wütend mit seinen Beinen gegen die Gurte, doch seine Muskeln vibrierten bereits nach wenigen Sekunden. Er stöhnte frustriert.

»Wir schaffen das schon, okay?« Sienna sah ihn aufmunternd an. »Immerhin sind wir jetzt zu zweit und deine Mutter ist oft an den Abenden allein. Irgendwie bekomme ich dich hier raus und dann überlegen wir uns was. Auch was Piper angeht, lass ich mir was einfallen.« Sie sah ihn ernst an. »Du musst dich ab sofort schlafend stellen, wenn deine Mutter ins Zimmer kommt. Mach ihr so wenig Probleme wie möglich, behaupte notfalls, dass du dich irgendwie krank fühlst und nur noch schlafen willst. Vielleicht reduziert sie dann wenigstens die Dosis des Schlafmittels für ein paar Tage. Und wenn du allein bist und es schaffst, wach zu bleiben, trainier deine Muskeln, so oft es geht.«

»Ich hab Angst«, sagte Zac und sah sie mit flatterndem Blick an. »Keine Ahnung, wie weit die beiden noch gehen … Vor allem jetzt, wo Mutter weiß, dass du mich gesehen hast.«

»Okay, was solls.« Sienna überlegte blitzschnell. »Dann verschwinden wir noch heute Nacht.« Sie schloss die Augen, holte Luft. »Ich hab Beweise und einen Zeugen. Warum also noch warten?« Sie sah Zac an. »Kennst du die Adresse von der Wohnung deines Vaters auf dem Campus?«

Er nickte.

»Dann muss ich mir jetzt nur noch überlegen, wie wir beide an deiner Mutter vorbeikommen und ob wir Piper auch mitnehmen sollen.«

»Im Keller steht die Armbrust meines Vaters. Du solltest sie holen, nur für alle Fälle. Und am besten versteckst du die Beweise jetzt schon irgendwo in deinem Wagen. Am Abend wird dafür keine Zeit mehr sein.«

FÜNFUNDZWANZIG
SAINT JUST/ROSELAND

2019

Sienna

Ein Klopfen ertönte. Sienna zog sich die Decke bis zur Nasenspitze hoch. »Herein«, rief sie leise, während ihr das Herz bis zum Hals schlug.

Torys Kopf schob sich durch den Türspalt. »Wie geht es Ihnen?«

Sienna verzog das Gesicht. »Könnte ich vielleicht noch einen Tee bekommen, der von vorhin hat mir wirklich gutgetan.«

Tory lächelte zufrieden. »Gerne. Darf ich Ihnen Piper für eine Minute reinschicken? Sie gibt keine Ruhe, will Ihnen unbedingt etwas erzählen und hat Ihnen auch etwas mitgebracht aus der Stadt.«

Sienna lächelte gerührt. »Klar, schicken Sie sie rein.«

Sofort drängte sich Piper an ihrer Mutter vorbei, stürmte zu Sienna ins Zimmer, eine prall gefüllte Tüte in den Armen haltend. »Wie geht es dir?«, fragte sie und sah sie besorgt an. »Du bist doch morgen wieder gesund, oder?«

Sienna zwinkerte verschmitzt. »Vermisst du mich schon?«

Piper nickte betrübt. »Mit dir macht alles viel mehr Spaß.«

Siennas Herz zog sich zusammen. Sie hatte dieses kleine Mädchen wirklich lieb gewonnen. »Aber du hast dich doch sicher gefreut, dass deine Mommy dich heute mal abgeholt hat?«

Piper nickte. »Aber Mommy hat keine Zeit, um mit mir Verstecken zu spielen. Und sie ist auch ganz ungeduldig, wenn ich was bei den Hausaufgaben nicht verstehe.«

Sienna lächelte. »Das liegt daran, dass die Schulzeit deiner Mom viel länger her ist als bei mir, weißt du?«

Piper nickte, kam zögernd näher. »Mommy hat gesagt, ich soll von dir wegbleiben, falls du ansteckend bist.«

Sienna grinste. »Da hat deine Mom recht, besser ich umarme dich jetzt nicht.« Sie deutete auf die Tüte in Pipers Händen. »Was ist denn da drin?«

»Ganz viele Geschenke.«

»Sind die etwa für mich?«

Piper nickte stolz und reichte ihr die Tüte.

Sienna setzte sich auf, spähte hinein, entdeckte einen kleinen Teddybären, eine Packung Kekse, dunkle Schokolade, Bananen und ein Buch darin.

»Mommy hat mir geholfen, die Sachen auszusuchen«, erklärte Piper. »Sie hat gesagt, weil du dich so toll um mich und den Haushalt kümmerst, sollst du ganz viele Geschenke bekommen. Als Dankeschön. Wir haben auch noch Suppe gekauft, die wärmt Mommy gerade für dich auf.«

Sienna sah Piper gerührt an. »Das ist so lieb von dir, meine Kleine.«

Das Mädchen sah aus, als würde es sich am liebsten

in ihre Arme stürzen, besann sich dann aber eines Besseren. »Freust du dich über die Geschenke?«

Sienna nickte, nahm den Bären aus der Tasche, drückte ihn an ihre Brust. »Bestimmt kann ich jetzt viel besser schlafen und werde auch rasch wieder gesund.«

Sie zuckte zusammen, als die Tür mit einem Ruck aufgestoßen wurde und Tory eintrat. Sie trug ein Tablett mit einer Suppenterrine und einer Teekanne in den Händen, stellte es auf dem Tisch vor dem Fenster ab. Dann streichelte sie Piper übers Haar. »Geh schon mal runter und deck den Tisch für uns, ich komm gleich nach.«

Das Mädchen warf Sienna einen letzten Blick zu, dann verschwand es. Als sie allein im Zimmer waren, musterte Tory sie. »Ich finde, Sie sehen schon viel besser aus.«

Sienna nickte schnell. »Mein Magen ist noch ein bisschen verstimmt, aber ansonsten wird es langsam.«

Tory nickte, schien erleichtert. »Dann kann ich morgen früh wieder mit Ihnen rechnen?«

Sienna nickte. »Auf jeden Fall.«

Als sie endlich allein war, wiederholte sie, was sie bereits am Nachmittag getan hatte. Sie nahm die Suppe und den Tee, entsorgte beides. Dann setzte sie sich an den Tisch und ging in Gedanken ihre Optionen durch.

Dass Piper so lieb zu ihr war und sie die Kleine wirklich ins Herz geschlossen hatte, erschwerte ihren Plan. Auch der arme Zac hatte alles noch einmal durcheinandergewirbelt.

Du schaffst das trotzdem. Die Stimme in ihrem Kopf klang zuversichtlich.

Sienna musste sich eingestehen, dass sie sich vor ihrem Eintreffen in diesem Haus zwar viele Gedanken gemacht hatte, wie sie Nathan Ashbury entlarven und notfalls aus der Reserve locken könne, doch nie hätte sie gedacht, dass es so einfach sein würde, an Beweise und sogar einen Zeugen wie Zac zu kommen.

Dennoch gab es nach wie vor jede Menge offene Fragen, die sie bislang erfolgreich verdrängt hatte.

Sie hatte noch keine Idee, wie sie Zac aus dem Haus schaffen sollte. Seine Muskeln waren völlig erschlafft und er konnte wohl kaum auf eigenen Beinen hier rausmarschieren. Und was sollte sie mit Piper machen? Tory und Nate waren ihre Eltern, und egal wie mies sie waren, ganz gleich, wie ungeeignet sie ihre Rollen ausfüllten, so waren sie dennoch Pipers Bezugspersonen.

Es würde dem kleinen Mädchen den Boden unter den Füßen wegziehen, zu erfahren, dass seine Eltern nicht die waren, die sie vorgaben zu sein – gesetzestreue Bürger, liebevolle Eltern. Was sie mit Zac angestellt hatten, konnte man schlicht und ergreifend nur als grausam bezeichnen. Es würde ein Schock für Piper sein, wenn sie davon erfuhr. Und danach? Wie ginge es anschließend mit ihr weiter?

Das ist nicht dein Problem, wisperte die Stimme in ihrem Kopf. Doch Sienna war klar, dass sie es sich dann zu einfach machte. Piper war unschuldig, genau wie Zac, doch im Gegensatz zu ihrem Bruder war sie noch ein Kind.

Wenn ihre Eltern des Mordes beschuldigt und inhaftiert würden, dann bliebe den Behörden nichts anderes übrig, als die Kleine in ein Heim oder in eine Pflegefamilie zu geben, zumindest bis Zac wieder auf den Beinen und bereit war, das Sorgerecht zu beantragen.

Du weißt, dass es das einzig Richtige ist, mahnte die Stimme in ihrem Innern.

Du musst Zac und Piper hier rausschaffen, die Beweise sicherstellen und dann zusehen, dass du Land gewinnst. Den Rest soll die Polizei übernehmen.

Sienna stieß die Luft aus. Wenn sie sich den Mörder all dieser Mädchen hinter Gittern vorstellte, wurde ihr speiübel. In den letzten Monaten hatte sie es sich so oft in den allerschönsten Farben ausgemalt. Sie, Sienna, hier in diesem Haus. Ganz genau hatte sie sich vorgestellt, wie sie den Mörder ihrer Schwester zur Strecke brachte. Nicht einfach nur ins Gefängnis … Nein, sie wollte, dass ihm genau das Gleiche widerfuhr wie all den Mädchen, die er auf dem Gewissen hatte. In ihrer Vorstellung war er bereits unzählige Male gestorben, stets durch ihre Hand. Einmal hatte sie ihn in Notwehr abgestochen, ein anderes Mal die Bremsen seines Wagens manipuliert, dann wieder Gift in sein Essen gemischt.

Doch bis es so weit war, musste sie genügend Beweise sichern, dass sie wirklich das Monster gefunden hatte. Das Monster, das die Polizei seit Jahren vergeblich suchte.

Aus den Medien wusste sie, dass der Täter auf die Mädchen geschossen hatte, und als sie heute am frühen Abend, kurz vor Torys Rückkehr mit Piper, die Armbrust nach Zacs Tipp im Keller gefunden hatte, war ihr instinktiv klar geworden, dass auch dieses Ding ein wichtiges Beweisstück war. Sie hatte es gerade noch geschafft, die Waffe in den Spalt zwischen der Wand und ihrem Kleiderschrank zu schieben, als sie auch schon Torys Wagen die Auffahrt hochfahren gehört hatte. Zeit, um Nates Trophäen aus dem Bootshaus zu holen, war keine mehr geblieben.

Egal, dachte sie. Komme, was wolle, sie hielt es keinen Tag länger mehr hier aus. Also war die kommende Nacht die entscheidende. Sie würde Zac und Piper in einem Hotel in der nächsten Stadt in Sicherheit bringen, dann zurückkommen und die Tüte holen. Nur so hatte sie etwas gegen Nate und Tory in der Hand, um beide davon abzuhalten, selbst zur Polizei zu gehen.

Sie ging ins Bad, spritzte sich etwas kaltes Wasser ins Gesicht, blickte auf ihr Spiegelbild, in dem sie sich selbst kaum wiedererkannte. Doch das hatte nichts mit ihrem Aussehen zu tun.

Sie war eine andere geworden.

Da war nichts mehr in ihr von der lebenslustigen jungen Frau, die sie einst gewesen war. Genau wie ihre Schwester war sie früher fröhlich, unbesorgt und sogar ein wenig durchgeknallt gewesen, wenn sie den Worten ihrer Exfreunde Glauben schenken durfte. Doch davon war nichts geblieben. Sie war nur noch von ihrem Verlust und dem Wunsch nach Gerechtigkeit beherrscht.

Sie schluckte, wandte sich von ihrem Spiegelbild ab, warf einen Blick auf die Uhr.

Erst zehn …

Tory ging niemals vor Mitternacht ins Bett, was bedeutete, dass sie noch über zwei Stunden hatte, um sich vorzubereiten.

Sie ging in ihr Zimmer zurück, nahm ihr Handy zur Hand, sah sich noch einmal das Video an, in dem Aufbau und Bedienung einer Armbrust gezeigt wurden.

Ob sie dieses Wissen im Notfall anwenden könnte, ohne je einen Abschuss versucht zu haben, wusste sie nicht. Sie wusste nur eins: Dass Nate momentan nicht im Haus war, hieß überhaupt nichts. Tory konnte ihr genauso gefährlich werden. Auch sie hatte bereits kaltblütig ein Leben ausgelöscht.

Schritt für Schritt erklärte das Video, was zu tun war, und sie sah es sich noch ein weiteres Mal an. Erst nachdem sie das Gefühl hatte, die Tipps und Kniffe des Hobbyschützen verinnerlicht zu haben, schloss sie das Video, steckte ihr Handy ein und fing an, ihre Klamotten zusammenzupacken. Die Tasche versteckte sie in ihrem Schrank.

Da sie im Moment nichts weiter tun konnte als abzuwarten, legte sie sich ins Bett. Was ohnehin sinnvoll war, falls Tory doch noch mal nach ihr sehen sollte. Sicherheitshalber hatte sie sich ihren Handywecker gestellt, für den Fall, dass sie einschlafen würde. Doch dazu war sie viel zu unruhig, immer wieder starrte sie auf ihre Armbanduhr, beschwor die Zeiger, schneller zu laufen.

Schließlich murmelte sie die einzelnen Schritte vor sich hin, um ja nichts zu vergessen.

»Zuerst Torys Tür checken, überprüfen, ob ein Schlüssel steckt. Wenn ja, abschließen. Wenn nein, einen Stuhl unter die Klinke klemmen.«

So weit, so gut.

Sienna stieß den Atem aus.

Was dann?

In ihrem Kopf herrschte plötzlich dichter Nebel.

Das ist nur die Panik, okay. Du musst ruhig bleiben, atmen.

Das tat sie. Atmete bedacht ein und dann wieder aus, bevor sie die nächsten Schritte gedanklich durchging.

Wenn Tory in ihrem Zimmer eingesperrt war, würde sie Piper holen. Sie musste sie aus dem Bett und ins Auto schaffen, ihr eintrichtern, dass sie auf gar keinen Fall zurück ins Haus kommen dürfe.

Erst dann konnte sie Zac holen, weil er am längsten brauchen würde, um nach draußen zu gelangen.

Wenn sie Glück hatte, war Tory bis dahin nicht aufgewacht und hatte auch keine Gelegenheit gehabt, Nate zu alarmieren und herbeizurufen.

Falls etwas schieflief, hatte sie vielleicht nur wenige Minuten, um die Tüte mit den Beweisen sofort mitzunehmen. Ansonsten hatte sie nur die Option, noch einmal herzukommen und die Beweise aus dem Bootshaus zu sichern, notfalls über den Wasserweg.

Sie hatte bereits ein Dreibettzimmer in einem Hotel weiter oben im Norden reserviert, etwa eine halbe Stunde mit dem Auto entfernt, und hoffte, dass Nate und Tory nicht auf die Idee kämen, alle Unterkünfte in der Gegend abzutelefonieren. Ihre einzige Chance bestand darin, alle Beweise – und dazu zählten nun mal auch Zac und Piper – so weit wie möglich vom Anwesen der Ashburys entfernt in Sicherheit zu bringen.

Als die Uhr endlich vierzig Minuten nach Mitternacht zeigte, stieg Sienna aus dem Bett, schlich sich auf den Gang, lauschte.

Es war absolut still im Haus. Ein bisschen wunderte sie sich drüber, dass Tory doch nicht mehr nach ihr gesehen hatte. Scheinbar vertraute sie darauf, dass sie den Tee mit dem Schlafmittel brav ausgetrunken hatte.

Wie sehr man sich doch täuschen konnte, dachte sie und grinste, während sie die Treppe nach unten schlich. Sie war schon fast vor Torys Zimmer angekommen, als ihr der kalte Schweiß ausbrach. In Gedanken ging sie zum gefühlt zehnten Mal durch, welche Ausrede sie hervorbringen könnte, falls Tory sie hier herumschleichen sah. Sie würde ihr irgendwas von saurem Aufstoßen erzählen, das nicht ganz so schlimm wäre, wenn sie herumlief.

Sie hielt den Atem an, als sie an Torys Tür angekommen war, hoffte inständig, dass sie sich nicht selbst eingeschlossen hatte, als sie die Klinke behutsam herunterdrückte. Die Tür ließ sich ohne Widerstand aufdrücken. Im Inneren es Zimmers war es stockdunkel und sie hörte Torys leises Schnarchen, während sie den innen im Schloss steckenden Schlüssel entfernte, sich zurückzog, die Tür von außen zumachte. Ihre Hände zitterten leicht, als sie den Schlüssel von außen einführte und langsam drehte, um Tory einzuschließen.

Geschafft!

Den ersten Teil hast du hinter dir, jubilierte ihre innere Stimme, doch der schwerere Teil lag noch vor ihr. Auf Zehenspitzen schlich sie nach oben in ihr Zimmer, zerrte die Armbrust hinter dem Schrank hervor, nahm die Tasche aus ihrem Schrank und stellte beides im Flur bereit, bevor sie zu Piper ins Zimmer und an ihr Bett ging. Sie schubste sie leicht an.

Das Mädchen räkelte sich noch im Halbschlaf, bevor es sich die Augen rieb und zu Sienna aufsah.

»He du, hast du Lust auf ein kleines Abenteuer?«

Piper setzte sich auf. »Was denn für ein Abenteuer?«

»Ist ein Geheimnis. Aber ich verrat es dir, wenn wir losfahren, okay? Zieh dich rasch an, nimm dein Lieblingsspielzeug und ich such dir ein paar Sachen für zwei Tage zusammen, dann gehts auch schon los.«

»Und Mommy?«

Sienna hasste sich für das, was sie der Kleinen jetzt antun musste. »Sie muss noch was erledigen und kommt später nach«, log sie.

Piper schälte sich aus dem Bett, wollte das Licht anschalten, doch Sienna hielt sie davon ab. »Das ist Teil des Spiels, okay? Kein Licht und keinen Mucks, bis wir im Auto sitzen und auf und davon sind.«

Nachdem sie Minuten später Piper und ihrer beider Gepäck auf der Rückbank ihres Wagens verfrachtet und sie angewiesen hatte, auf sie zu warten, machte sie sich auf den Weg zu Zac.

Nach kurzem Zögern hatte sie sich die Armbrust umgehängt. So war sie notfalls bewaffnet, auch wenn sie innigst hoffte, ihre nur theoretischen Kenntnisse nicht anwenden zu müssen. Mit jedem weiteren Schritt wurde ihr bewusst, dass jetzt der schwierigste Teil ihres Vorhabens folgte. Als sie endlich an Zacs Zimmer angekommen war, öffnete sie die Tür mit ihrem selbst gebastelten Dietrich.

Doch als sie ins Zimmer trat, hörte sie an Zacs schwerem Atem, dass etwas nicht stimmte. Tory schien ihn mit ihren Betäubungsmitteln völlig ausgeknockt zu haben. Sie stürmte auf sein Bett zu, stieß ihn sanft an, doch er rührte sich nicht mal.

Sie sah sich um, wusste nicht, was sie tun sollte, als sie im Dunkeln gegen etwas Hartes stieß. Sie fluchte verhalten, zog ihr Handy aus der Tasche, leuchtete den Raum aus und sah, dass sie gegen einen Toilettenstuhl gestoßen war.

Das war es!

Das Teil sah nicht nur auf den ersten Blick aus wie ein Rollstuhl, es war auch ebenso beweglich. Vor Erleichterung kamen ihr die Tränen. Damit konnte sie Zac erst mal hier raus befördern.

Sie schlug seine Decke zurück, öffnete die Gurte mit fliegenden Fingern, dann rüttelte sie Zac so lange, bis er endlich langsam zu sich kam. »Es geht los«, wisperte sie.

Doch noch immer reagierte er kaum.

Nur seine Lider flatterten, sein Atem ging schwer und seine Glieder fühlten sich kalt an. Sie beugte sich dicht über sein Gesicht, sah ihm in die Augen. »Wir müssen jetzt los, hörst du? Du musst dich in den Toilettenstuhl setzen, damit ich dich bis zur Treppe schieben kann. Aber runter müssen wir es dann ohne Hilfe schaffen, kapiert?«

Er schluckte hart, nickte dann leicht. Ein Stöhnen entfuhr ihm. »Sie hat mir was gegeben.«

Sienna nickte. »Mir hat sie auch was in den Tee getan, aber ich hab ihn weggekippt.«

Sie half ihm, sich aufzusetzen, dann drehte sie seinen Oberkörper so, dass seine Beine aus dem Bett hingen.

Anschließend schob sie den Stuhl seitlich ans Bett, so wie sie es mit ihrer kranken Mutter einst getan hatte.

»Halt dich an mir fest«, raunte sie, beugte sich zu ihm hinunter, damit er seinen Arm um ihre Schultern legen konnte, bevor sie sich und ihn mit aller Kraft aufrichtete und Zac schiebend und drückend auf den Stuhl hieven konnte.

Nach Luft keuchend, nickte sie ihm zu, als er endlich stabil auf dem Stuhl saß. Dann erst löste sie die Bremsen und schob Zac in den Gang hinaus. »Ich hab nichts für dich eingepackt und wir haben auch keine Zeit nach Klamotten zu suchen. Ist es okay, wenn wir so losfahren? Ich kann dir unterwegs eine Jogginghose von mir geben, die mir etwas zu lang ist, damit du nicht auffällst.«

Er nickte leicht.

»Was ist mit Medikamenten? Brauchst du irgendwas davon regelmäßig?«

Er verkrampfte sich, schüttelte den Kopf.

»Also gut, dann los.« Sie schob ihn den Gang entlang, bis zum Treppenabgang. »Mit dem Stuhl kommen wir nicht die Treppen runter. Den Rest wirst du wohl oder übel irgendwie zu Fuß überwinden müssen«, erklärte sie und half ihm aus dem Stuhl. Er war schwer, als er sich auf sie stützte.

»Eine nach der anderen«, ermunterte sie ihn, stieg die erste Stufe hinab, stützte ihn, bis er wackelig auf einer Ebene mit ihr war.

Sie wusste nicht genau, wie lange sie gebraucht hatten, als es nur noch wenige Stufen bis ins Erdgeschoss waren, und schon jetzt zitterten ihre Arme, Schultern und Beine vor Anstrengung. Doch das Adrenalin in ihrem Blut zwang sie, weiterzumachen.

Als sie endlich mit Zac den Boden der Halle betrat,

waren sie beide schweißgebadet. Sie fühlte sich wie erschlagen, schaffte es aber trotzdem, ihm ein aufmunterndes Lächeln zu schenken. »Gleich geschafft«, ächzte sie unter seiner Last. Dann machte sie einen weiteren Schritt und einen weiteren ...

Endlich waren sie an der Tür angelangt. Sie wollte gerade eine Hand ausstrecken und sie öffnen, als sie von selbst aufschwang. Piper stand vor ihr, ein Strahlen auf dem Gesicht.

Doch als sie ihren Bruder erblickte, stieß sie einen schrillen Schrei aus.

»Was zur Hölle«, erklang nun auch Nates Stimme, der direkt hinter Piper aufgetaucht war. Mit weit aufgerissenen Augen blickte er von ihr zu seinem Sohn, schien völlig überfordert von der Situation.

Eine gefühlte Ewigkeit sagte niemand von ihnen etwas, bis plötzlich ein Hämmern durchs Haus dröhnte.

Tory …

Sie musste von Pipers Schrei aufgewacht sein.

Nates Blick löste sich von Zac, glitt zu ihr. »Was habt ihr Verrückten mit meiner Frau gemacht?« Seine Stimme klang leise und gefährlich.

Zac versteifte sich, sackte dann aber nur Bruchteile von Sekunden neben ihr auf den Boden. Die Kraft war ihm ausgegangen, jetzt, wo ihrer beider Plan gescheitert schien.

Sienna sah zu ihm hinunter, dann zu Nate. »Ich weiß, wer Sie sind«, stieß sie bebend vor Zorn hervor, nahm die Armbrust zur Hand, hielt sie schützend vor sich und Zac.

»Lassen Sie uns vorbei.«

»Sind Sie verrückt geworden? Was soll das? Und was meinen Sie damit, dass Sie wissen, wer ich bin? Natürlich wissen Sie, wer ich bin. Sie arbeiten für meine Frau und mich.«

»Zurückbleiben«, befahl Sienna und richtete die Armbrust aus.

Nate stoppte abrupt, starrte sie an, dann seine Tochter. Piper zitterte inzwischen wie Espenlaub und er strich ihr beruhigend übers Haar. »Daddy und Sienna haben etwas zu besprechen, das nur uns Erwachsene angeht. Sei so gut und geh kurz nach oben in dein Zimmer, ja?«

Piper wollte schon loslaufen, doch dann umklammerte sie Nates Taille.

Er seufzte, sah Sienna an, dann glitt sein Blick zu der Waffe in ihren Händen. »Bitte«, beschwor er sie, »lassen Sie mich Piper in ihr Zimmer bringen und dann setzen wir uns in aller Ruhe hin und unterhalten uns.«

SECHSUNDZWANZIG
SAINT JUST/ROSELAND

2019

Tory

Ein Schrei riss sie aus dem Tiefschlaf. Sofort war sie hellwach, fuhr hoch. War das Piper?

Ihr schlug das Herz bis zum Hals.

Da! Schon wieder! Keine Schreie. Aber laute Stimmen.

Nate?

Jetzt ein Weinen.

Das war definitiv Piper.

Sie schlug die Decke zurück, schlüpfte in ihre Klamotten, stürzte zur Tür, riss an der Klinke, doch nichts geschah. Sie rüttelte ein paar Mal am Knauf, drehte und drückte, doch er schien sich verklemmt zu haben. Sie stützte sich mit der Schulter fest gegen das Holz, schob und rüttelte zugleich, doch noch immer gab die Tür nicht nach.

Sie ist abgeschlossen, schoss es ihr durch den Kopf.

Wie kann das sein?

Der Schlüssel?

Er steckte nicht im Schloss.

Jemand hatte sie in ihrem Zimmer eingesperrt.

Wer kam denn auf so eine kranke Idee?

Sienna …?

Tory spürte, wie Zorn in ihr hochkochte.

Sie holte Luft, schlug mit der flachen Hand gegen das Holz. »He! Aufmachen! Sofort!«

Als nichts geschah, nahm sie die Fäuste, und als ihre Hände schmerzten, das Nächstbeste, was sie in die Hände bekam, ihren Schuh. Sie schlug ihn gegen das Holz, schrie so laut, dass sich ihre Stimme überschlug. »Lass mich hier raus! Sienna! Sofort! Mach die Tür auf!«

Nichts passierte.

Ihr Atem ging stoßweise, als sie endlich aufgab und nachdachte. Über Sienna, über dieses Miststück, das sie in ihr Haus und in ihr Leben gelassen hatte. Was fiel diesem Weibsbild ein, sie von ihrer Tochter wegzusperren? Noch dazu wo Piper weinte.

Oder war es am Ende ihre Tochter gewesen, die sie eingeschlossen hatte?

Doch warum sollte Piper das tun?

Weil sie wütend war?

Nein, das ergab keinen Sinn.

Es musste Sienna gewesen sein.

Wahrscheinlich war ihre angebliche Krankheit, die Übelkeit, nur gespielt gewesen waren. Sie hatte das Haus für sich haben wollen, während sie Piper abholte.

Aber aus welchem Grund?

Zac!

Beim Gedanken an ihren Sohn spürte Tory, wie ihr die Knie weich wurden.

Hatte er damit zu tun?

Sienna hatte ihn zu Gesicht bekommen. War da mehr vorgefallen, als sie zugegeben hatte?

Was wusste sie?

Wusste sie überhaupt etwas?

Vielleicht glaubte Sienna, dass Nate und sie Verrückte waren, die ihren Sohn hier zwangsweise vor der Welt versteckt hielten, ihn mit Absicht sedierten.

Tory barg ihr Gesicht in den Händen, stieß ein hysterisches Kichern aus. Dachte Sienna am Ende, dass sie unter dem Münchhausen-Stellvertreter-Syndrom litt oder einfach nur irre war? Glaubte sie etwa, dass Zac in Gefahr sei?

Allein die Vorstellung daran, dass Sienna ihrem Sohn geholfen haben könnte, sein Zimmer zu verlassen, ja, vielleicht sogar das Haus, jagte ihr eine Heidenangst ein.

Diese junge Frau … was wusste sie denn schon?

Tory konzentrierte sich auf ihre Atmung, dann rief sie erneut: »Lass mich hier raus, verdammt!« Wieder hämmerte sie, so fest sie konnte, gegen die Tür und endlich … endlich vernahm sie Schritte auf dem Gang. Jemand näherte sich. Dann das Geräusch eines sich drehenden Schlüssels im Schloss.

Als Nate die Tür öffnete, fing sie vor lauter Erleichterung an zu weinen, ließ sich in seine Arme fallen.

Er duldete es nur Sekunden, dann schob er sie eine Armlänge von sich weg, sah sie an. »Wie konnte das passieren?«

»Was zur Hölle ...?«

»Sienna ist unten in der Lobby mit Zac. Woher weiß sie von ihm?«

Tory starrte ihn wie vom Donner gerührt an, als sie begriff, dass ihr schlimmster Albtraum gerade wahr geworden war.

Dann brach sie weinend zusammen. »Sie hat ihn entdeckt. Neulich schon, als sie Piper beim Versteckspielen nicht finden konnte. Sie ist in den Flügel, hat etwas hinter der Tür gehört, sie dachte, es sei Piper.«

»Warum hast du mir nichts davon gesagt?«

»Weil ich wusste, dass du sie entlassen würdest.«

»Das hätte ich. Und dann wäre das hier niemals passiert!«

Tory nickte. »Ich weiß, aber ich dachte, ich hätte es im Griff.« Sie wischte sich die Tränen aus dem Gesicht. »Ich hab ihr gesagt, dass er einen Unfall hatte. Meine Story war glaubwürdig und sie wirkte, als würde sie mir die Geschichte abnehmen.«

Nate schüttelte nur den Kopf. »Du irrst dich. Und du irrst dich auch in Bezug auf Sienna. Ich glaube nicht, dass sie die Person ist, für die wir sie gehalten haben.«

»Wovon redest du?«

»Sie hat mir gesagt, sie wüsste, wer ich bin.«

Tory starrte ihn verständnislos an.

»Ich glaube, sie weiß es. Sie weiß, was wir getan haben und warum.«

Tory schluckte trocken. »Wo ist Piper?«

»Ich hab sie in ihr Zimmer gebracht, ihr eingetrichtert, dass sie auf gar keinen Fall nach unten kommen darf.«

»Ich muss zu ihr.« Sie wollte an ihm vorbei, doch er hielt sie am Arm fest. »Wir müssen runter, hörst du? Wir müssen Sienna aufhalten. Sie darf nicht mit Zac davonfahren. Das müssen wir verhindern, um jeden Preis.«

»Erst will ich Piper sehen!« Tory riss sich los, stürmte aus dem Zimmer, rannte die Treppe nach oben, riss Pipers Tür auf.

Als sie ihre Tochter sah, die noch immer leise vor sich hin schluchzte, ging sie vor ihr in die Hocke, zog sie in ihre Arme. Für ein paar Sekunden standen sie einfach nur eng umschlungen da, ganz still atmend und zusammen weinend. Dann spürte Tory einen Windhauch im Nacken. Sie wandte sich um, sah Nate. Sein Gesichtsausdruck war schwer zu deuten. Eine Mischung aus Rührung, Panik und Ungeduld. Sie drehte sich zu Piper. »Ich liebe dich, mein Schatz, und ich verspreche dir, dass ich dir alles erklären werde! Es wird sich einiges ändern müssen, aber du wirst sehen, Mommy und Daddy bekommen das hin. Wir haben dich beide lieb.« Sie sah Piper fest an, küsste sie auf die Wange, strich ihr ein paar Tränen aus dem Gesicht. Etwas in ihrem Innern zerbrach. Dann wurde ihre Brust eng. So eng, dass sie kaum noch Luft bekam.

»Bleib hier, Mommy, bleib bei mir«, wimmerte Piper.

Tory blickte flehend zu Nate, doch dessen Miene blieb hart.

Das alles ist auch deine Schuld, schienen seine Augen ihr sagen zu wollen.

Tory seufzte, stand auf, sah Piper liebevoll an. »Du wartest hier, Schatz. Mommy ist, so schnell es geht, zurück.«

Als Tory mit Nate wenig später unten ankam, war die Eingangshalle leer. Alarmiert sah sie ihren Mann an, wiederholte seine Worte: »Sie darf ihn nicht von hier wegbringen, auf keinen Fall. Wir müssen sie stoppen!«

Nate nickte verbissen, stürzte los, stieß die Tür auf, rannte hinaus. Tory eilte ihm nach und sah gerade noch, wie Sienna versuchte, Zac in ihren Wagen zu verfrachten. »Warten Sie, Sie machen einen schrecklichen Fehler«, schrie sie, so laut sie konnte. Doch Sienna beachtete sie nicht. Plötzlich machte Zac eine ruckartige Bewegung, riss sich aus Siennas Klammergriff, wollte vorwärts, verlor jedoch die Balance und stürzte zu Boden. Er schien ihr etwas zuzurufen, worauf Sienna an ihrer Schulter riss.

Erst jetzt fiel Tory die Armbrust auf. Sienna hatte sie am Gurt über der Schulter getragen, hielt sie nun als

Schutzbarriere zwischen sich und Nate, der schon fast bei ihr war. »Stehen bleiben«, schrie sie, »sonst schieße ich.«

Tory hörte, wie Zac ihr mit verwaschener Stimme Anweisungen gab, wie sie die Waffe benutzen müsse.

Als sie schwer atmend neben Nate zum Stehen kam, starrten sie einander eine gefühlte Ewigkeit nur an. Sienna war es, die das Schweigen brach, während sie mit zitternden Fingern einen der Bolzen aus der Halterung fummelte und ihn in die Haltevorrichtung einlegte. »Ich weiß, wer Sie sind«, sagte sie an Nate gewandt. Dann blicke sie zu Tory. »Und Sie haben Ihrem Mann dabei geholfen, alles zu vertuschen.«

Tory schüttelte den Kopf, sah Zac an. Was hatte er Sienna erzählt?

Wieder blickte sie zu Siena, die immer noch mit der Armbrust hantierte. »Bitte legen Sie die Waffe weg, bevor noch jemand verletzt wird.«

Sienna lachte bitter. »Als ob es Ihnen etwas ausmachen würde, wenn jemand zu Schaden kommt. Gerade Ihnen …«

»Was meint sie?«, wollte Nate wissen.

Tory schloss die Augen.

Augenblicklich begriff sie, dass Sienna wusste, was sie getan hatte.

»Das wollte ich nicht«, flehte sie. »Glauben Sie mir. Aber ich hatte doch keine Wahl. Er ist doch mein ...«

»Ich weiß schon«, unterbrach Sienna sie scharf. »Nichts geht über Ihren Namen. Niemand darf das Ansehen Ihrer Familie beschmutzen. Da geht man dann auch mal über Leichen, nicht wahr?«

»Was zur Hölle meint sie?«, fragte Nate erneut, diesmal noch schärfer.

Tory schluckte.

»Du erinnerst dich an diese junge Frau, die überlebt hat? Pixie Nicols, ich habe dir von ihr erzählt.«

Nate nickte. »Sie ist an Herzversagen verstorben, dachte ich.«

Tory holte tief Luft. »Ich hab ihr etwas gespritzt. Sie hat nichts gespürt, ist friedlich eingeschlafen und nicht wieder aufgewacht, weil ihr Herz versagte.«

Nate riss die Augen auf, schüttelte den Kopf. »Du hast sie ermordet? Sag, dass das nicht wahr ist!«

»Niemand weiß etwas. Ich hab ein Medikament benutzt, das sie sowieso schon bekommen hat. Etwas gegen ihre Herzbeschwerden, die von der Stromattacke ausgelöst worden sind. Ich hab ihr eine Überdosis gespritzt, weil ich wusste, dass man das nicht nachweisen kann.«

»Trotzdem ist sie jetzt tot – deinetwegen.«

»Sie hatte uns in der Hand.« Tory sah ihn fest an. »Dieses Bild, das sie gemalt hat. Sie hätte sich an etwas erinnern können. Ich hatte keine Wahl. Es ging um unsere Kinder, um Zac und Piper. Um uns alle ... Was hättest du getan?«

Sie sah, dass er sekundenlang die Augen schloss, einen inneren Kampf auszufechten schien.

Als er sich wieder im Griff hatte, sah er zu Sienna. »Bitte, lassen Sie uns reden, ja?«

Sienna schüttelte den Kopf. »Ich weiß, wo die Beweise sind. Ihre Trophäen.« Sie stoppte abrupt, sah aus, als würde sie jeden Augenblick in Tränen ausbrechen. »Eines der Mädchen war meine Schwester. Scarlett. Ihretwegen ist sie jetzt tot.«

»Das mit Ihrer Schwester tut mir leid«, sagte Tory. »Und ich bedaure auch das mit Pixie, wirklich. Alles was passiert ist, war furchtbar, aber wir müssen jetzt einfach versuchen, eine Lösung zu finden. Ich flehe Sie an. Lassen Sie uns reden.«

Sienna erwiderte ihren Blick. »Ihr Mann ist wahnsinnig. Und Sie sind es auch. Mehr muss ich nicht wissen.«

Sie hielt die Waffe höher, zielte jetzt genau auf Torys Brust.

Tory wich zurück.

»Du musst ihr das Ding wegnehmen, bevor noch jemand verletzt wird, Nate. Bitte nimm es ihr weg.«

Sie sah ihren Mann an, bemerkte, dass er den Kopf schüttelte. »Ich rühre das Teufelsding auf gar keinen Fall an.«

»Was sollen wir denn sonst machen?«

Er seufzte, machte einen Schritt auf Sienna zu. »Bitte, lassen Sie uns in Ruhe reden. Und Zac … er ist …«

Nate zuckte zusammen, als Sienna den Bogen spannte.

»Bitte«, stammelte Tory in Nates Richtung. »Jetzt mach doch etwas! Irgendwas!«

Plötzlich ging ein Ruck durch Nates Körper.

Wie gebannt starrte er auf Zac, der versuchte, sich an der Klinke des Wagens nach oben zu ziehen, um auf die Beine zu kommen.

Sienna neben ihm war deswegen nur für den Bruchteil einer Sekunde abgelenkt, doch Nate erkannte seine Chance, stürzte nach vorn, wollte ihr die Armbrust entreißen.

Plötzlich ein Schlag. Dann ein leises Surren.

Nate blieb vor Sienna stehen, stöhnte, sackte zu Boden.

Torys Blick traf den von Sienna. »Was haben Sie getan?«

Diese starrte schockiert zu Nate, auf dessen Hemd sich Blut ausbreitete.

»Er hat es verdient«, murmelte sie schließlich und blickte auf zu Tory, die Augen trotzig zu Schlitzen verengt. »All die Mädchen, meine Schwester, jetzt ist es endlich vorbei.«

Tory starrte sie an, dann Zac, wollte etwas sagen, doch sie brachte nicht einen Ton heraus. Eine Zeit lang stand sie nur da, starrte zu Nate, der mittlerweile leblos am Boden lag. Dann endlich obsiegten Wut und Trauer in ihr. Sie ging neben Nate in die Hocke, blinzelte gegen die Tränen an, während sie seinen Puls suchte.

Nichts …

Da war nichts …

Zugleich zitterten ihre Hände unkontrolliert. Sie stutzte. Wieso? Ihre Gedanken rasten. Der Bolzen steckte auf Höhe des rechten Lungenflügels in seiner Brust, es wäre also möglich, dass er noch …

Konzentrier dich, mahnte die Stimme in ihrem Inneren.

Ihr Blick glitt zu der Blutlache auf Nates Hemd, die immer größer wurde.

Zorn flutete ihre Adern.

Als sie bemerkte, dass Sienna von Zac abgelenkt wurde, sprang sie auf, stürzte vorwärts. Sie riss der Frau die Armbrust aus der Hand, warf sie zur Seite, packte Sienna an ihrem Shirt, drängte sie von Zac weg, warf sie heftig zu Boden.

»Du beschissene blöde Göre«, schrie sie wie von Sinnen. »Ist dir klar, was du angerichtet hast?« Sie krabbelte über Sienna, sah plötzlich rot. Sie wusste nicht wie, doch als sie wieder bei Sinnen war, wurde ihr bewusst, dass sie Sienna den Hals zudrückte.

Das Gesicht der jungen Frau war bereits krebsrot angelaufen.

Heftig atmend, lockerte Tory ihren Griff. Ein kleiner Augenblick des Loslassens und Innehaltens, den Sienna nutzte, um sie von sich wegzustoßen. Tory taumelte zurück, rappelte sich auf. Nicht schnell genug, Sienna war vor ihr auf den Beinen. Sie röchelte zwar beim Atmen, doch sie war jünger als sie, hatte eine bessere Kondition als sie.

Sienna preschte vor, stieß mit voller Wucht gegen sie, so dass sie den Halt verlor.

Tory ruderte mit den Armen, stolperte rückwärts, dann fiel sie. Als sie mit dem Hinterkopf auf etwas Hartes stieß, vernahm sie ein unheimliches Knacksen. Ihr wurde schwindelig, dann übel, schließlich furchtbar kalt. Die Sicht vor ihren Augen verschwamm. Sie konnte Siennas Umrisse nur noch durch eine Wand aus Nebel wahrnehmen. Ihre Lider flatterten, dann spürte sie klebrige Wärme in ihrem Nacken.

Die Ärztin in ihr wusste bereits, was jetzt kommen würde.

Die Mutter in ihr wehrte sich noch dagegen.

Verzweifelt rief sie sich ein Bild ihrer Tochter vor Augen.

Piper, dachte sie, dann wurde es finster.

SIEBENUNDZWANZIG
SAINT JUST/ROSELAND

2019

Sienna

Schockiert starrte Sienna auf die reglose Frau zu ihren Füßen, um deren Kopf sich eine kleine Blutlache gebildet hatte, während der Rest des Blutes zwischen dem Kies versickerte.

Sienna sah Zac an. »Das tut mir leid, ich wollte das nicht.«

Wieder blickte sie fassungslos zu Tory. Hatte sie sie so fest zurückgestoßen, dass sie gestürzt und mit dem Kopf gegen den Sockel der steinernen Amphore geknallt war?

»Du weißt, dass das keine Absicht war, oder?«, fragte sie Zac.

Er nickte nur.

Sie atmete aus, als ihr Piper einfiel. Sie war in ihrem Zimmer, wo Nate sie vorhin abgeladen hatte, und wartete auf ihre Eltern. Ein Teil von ihr wollte zu dem Mädchen, es fest in die Arme nehmen, es trösten, doch der andere Teil ihrer selbst hielt sie davon ab.

Du hast gerade ihre Eltern umgebracht!

Sienna schnappte nach Luft.

Wie hatte das passieren können? Sie hatte doch nur Zac schützen wollen.

Sie sah ihn an.

Sah, dass etwas nicht stimmte. Sein Blick?

Sie fröstelte. Starrte ihn an, konnte nicht fassen, was sie sah.

Zac kniete keine fünf Meter von seinen toten Eltern entfernt auf dem Kiesboden. Reglos. Mit starrer Miene. Was war nur los mit ihm? Er musste doch was empfinden. Trauer, Wehmut oder Verzweiflung.

Doch da war nichts. Nur Leere.

Das liegt sicher an den Medikamenten.

Und vergiss nicht, was sie ihm angetan haben …

Sienna straffte die Schultern.

Als sie sich zu ihm hinunterbeugte, ihn hochziehen wollte, sah sie aus dem Augenwinkel ein Zucken um seine Mundwinkel.

Weinte er?

Sie sah genauer hin, stellte fest, dass er grinste.

Sein Gesichtsausdruck hatte etwas an sich, das ihr Angst machte. Das konnte nicht sein. Sie musste sich irren.

Sie ging vor ihm in die Hocke, sah ihm ins Gesicht, doch jetzt wirkte er wieder, als stünde er komplett neben der Spur.

»Bist du okay?«

Er nickte schwach, blinzelte.

»Kannst du aufstehen?«

Er keuchte und pumpte, seine Muskeln an den Beinen zitterten, doch schließlich stand er.

Sie bemerkte, dass sein Blick suchend umher schweifte, schließlich auf der Armbrust hängen blieb, die am Boden lag.

Sie runzelte die Stirn.

Dann erinnerte sie sich und es durchfuhr sie wie ein Stromschlag.

Zac hatte behauptet, die Waffe würde seinem Vater gehören. Doch dann hatte Nate Tory angeschnauzt, dass er das Ding im Leben nicht anfassen würde. Warum sollte er so etwas von sich geben, wenn es seine Armbrust war?

Und Zac …?

Er hatte ihr vorhin Tipps gegeben, wie man den Bogen spannte, wie sie damit umgehen musste. Woher wusste er das, wenn die Waffe nicht ihm gehörte?

Sie stieß die Luft aus.

Auch Nates Reaktion, als sie über Pixie gesprochen hatten, passte nicht zu der Theorie, die sie sich zusammengereimt hatte. Nate hatte nicht gewusst, dass Tory das Mädchen getötet hatte.

Und er selbst?

Als sie die Mädchen erwähnt hatte, als sie über Scarlett gesprochen hatte, hatte er sie angesehen, betroffen, traurig. Seine eisblauen Augen hatten überhaupt nicht mehr wütend oder gar bösartig gewirkt, stattdessen hatte er nahezu schockiert gewirkt.

Und dann die panischen Blicke, die Tory ihrem Jungen zugeworfen hatte. Sienna hatte geglaubt, Sorge um ihn darin zu erkennen. Und wenn es etwas ganz anderes gewesen war?

Angst?

Sie sah zu Zac, forschte in seinem Gesicht nach einer Antwort.

Er ist es gewesen, nicht Nate.

Und dann war ihr plötzlich alles klar:

Tory hat ihren Sohn beschützen wollen, ihr Kind, und nicht den Namen der Familie. Sie wusste, dass er nie wieder einen Fuß auf freien Boden setzen würde, wenn er in den Knast käme.

Sie war Psychiaterin, dachte, dass sie ihn therapieren kann.

Deswegen hat sie ihn ruhiggestellt. Um ihn vor sich selbst zu schützen, vor dem dunklen Teil seiner selbst!

Sie hatte sich geirrt, ganz schrecklich geirrt.

Und da lag immer noch die Waffe. Die Armbrust, ganz in Zacs Nähe.

Sie fixierte sein Gesicht mit ihrem Blick, machte langsam einen Schritt nach dem anderen, bewegte sich auf die Waffe am Boden zu.

Zac, der es zu bemerken schien, wollte ihr nach, schwankte, ging zu Boden, krabbelte auf allen vieren in Richtung Armbrust.

Als Sienna danach griff, ließ er den Kopf hängen, stieß hörbar den Atem aus. »Jetzt hast du es also doch noch geschnallt, hm?«

Er neigte seinen Kopf seitwärts, starrte sie mit einer Mischung aus Wut und Belustigung an. Mit eisblauen Augen, die er väterlicherseits geerbt hatte.

»Du dachtest wirklich, du kommst damit davon, oder?« Er lachte heiser. »Du hast es mir so leicht gemacht.«

»Ich weiß.« Sienna richtete die Armbrust auf Zacs Kopf, spannte die Sehne in die Rückhaltevorrichtung, legte einen der Bolzen ein. Schließlich atmete sie tief durch.

»Warum?«, stieß sie zwischen zusammengebissenen Zähnen hervor.

Er setzte sich auf, sah sie an, zuckte mit den Schultern. »Weil ich es wollte. Und weil ich es konnte.«

»Deine Eltern, Nate, Tory, sie liebten dich. Du durftest ein privilegiertes Leben führen. Was also hat dich dazu bewogen, jungen Mädchen das Leben zu nehmen?«

Zac stöhnte. Es klang genervt. »Braucht es denn wirklich immer einen Grund? Eine Mutter, die den Sohn missbraucht oder misshandelt? Einen irren Vater?« Er lachte. Schüttelte langsam den Kopf. »Manchmal ist es halt einfach so … Man spürt einen inneren Drang, etwas Furchtbares zu tun, gibt ihm nach. Und weil es sich so verdammt gut anfühlt, macht man es wieder. Und dann noch mal. Und immer weiter, bis jemand wie du kommt und einen aufhält.«

Sienna blinzelte gegen die Tränen an. »Dann tut es dir gar nicht leid? Scarlett, meine Schwester … und Kaden … sie waren noch Kinder.«

Zac verzog das Gesicht, wirkte, als gingen ihm ihre Worte am Arsch vorbei.

Sienna schluckte hart, krümmte ihre Finger.

»Sienna Crane! Tun Sie das nicht!«

Sie erschrak, wirbelte herum.

Hinter ihr stand eine Frau, die sie schon mal irgendwo gesehen hatte.

Dann fiel es ihr ein. Im Krankenhaus, damals, vor über einem Jahr, als sie nach Pixie hatte sehen und sich das Bild holen wollte.

»Was machen Sie hier?«

»Sie vom größten Fehler ihres Lebens abhalten.«

»Dieser Scheißtyp hat meine Schwester auf dem Gewissen.«

»Scarlett starb durch Suizid, Sienna.«

»Aber nur weil er ihr all diese Dinge angetan hat.«

»Nehmen Sie die Waffe runter.«

»Er hat es nicht verdient, weiterzuleben.«

»Das entscheiden nicht Sie.«

Sienna sah die Frau an. »Warum sind Sie überhaupt hier? Scarlett ist seit Jahren tot. Warum erst jetzt?«

»Selbst das blindeste Huhn findet mal ein Korn«, sagte die Frau und klang tatsächlich, als würde sie sich über sich selbst lustig machen. »Ich bin übrigens Avery. Avery Smith.«

»Sie haben meine Frage noch nicht beantwortet.«

»Tory hat neulich eine Frau auf ihrem Rad fast über

den Haufen gefahren, ihr Geld in die Hand gedrückt. Die Frau kam heute nach längerem Überlegen zu uns, weil die Fahrerin ihr seltsam vorgekommen ist. Sie hat uns die Autonummer nennen können, so kamen wir auf Tory Ashbury.«

Sienna starrte sie nur fassungslos an. »Und ich, woher wissen Sie ...?«

»Wer Sie sind? Oh, das haben Sie selbst verraten. Erinnern Sie sich an Ihren Anruf bei der Polizei? Es war ein glücklicher Zufall, dass der Kollege aus der Zentrale, mit dem Sie gesprochen haben, uns von Sienna Crane berichtet hat, die sich nach einem Unfall erkundigt hat, der angeblich über ein Jahr her ist. Ich hab Ihren Namen gegoogelt, sie erkannt und eins und eins zusammengezählt.«

Avery Smith brach ab, schüttelte den Kopf. »Es war nur eine Vermutung, Sienna, nur ein Bauchgefühl meinerseits. Aber ich hatte wohl recht.«

»Ich dachte, dass es Nate gewesen sei, der all die Mädchen umgebracht hat. Und dass Tory ihm geholfen hat, seine Taten zu verschleiern.«

Avery nickte nachdenklich. »Sie waren damals bei Pixie im Krankenhaus, nicht wahr?«

»Ja, das war ich. Pixie war meine einzige Hoffnung, herauszufinden, wer der Mann war, der meine Schwester in den Tod getrieben hatte.«

»Aber Tory ist Ihnen zuvorgekommen?«

Sienna blinzelte gegen die Tränen an. »Es war meine Schuld, dass Pixie sterben musste. Ich hab ihr gesagt, sie soll alles aufzeichnen, an das sie sich erinnert. Meinetwegen ist sie Tory ins offene Messer gerannt. Einer Löwenmutter, die alles für ihr Kind getan hat.«

Der Blick der Polizistin glitt zu Tory am Boden, dann zu Nate.

In der Ferne vernahm Sienna näher kommendes

Sirenengeheul. Seufzend löste sie die gespannte Sehne aus der Verankerung, ließ die Armbrust sinken.

»Geben Sie sie mir? Das ist ein Beweismittel.«

»Im Bootshaus gibt es noch mehr davon.«

Avery nickte dankbar.

»Was genau ist hier passiert?«, wollte sie schließlich wissen. »Und wie sind Sie überhaupt auf die Ashburys gekommen?«

Sienna seufzte, senkte den Blick. »Das ist eine lange Geschichte.«

»Ich habe Zeit.«

EPILOG

ACHT WOCHEN SPÄTER

Sienna

Als Sienna auf das Gerichtsgebäude zu ging, spürte sie, wie alles in ihr rebellierte. Am liebsten wäre sie umgekehrt und vor dem, was sie erwartete, davongelaufen. Sich in dieses Gebäude zu begeben, der Voranhörung beizuwohnen, die erst der Auftakt zu dem in sechs Monaten startenden Prozess gegen Zac Ashbury sein würde, forderte ihr mehr ab, als sie glaubte, ertragen zu können.

Dennoch gab sie sich nach außen hin kämpferisch, setzte einen Fuß vor den anderen, folgte der Einladung als Angehörige eines Opfers, um gegen Zac auszusagen. Doch tief in ihrem Inneren hatte sie endlich abgeschlossen und wollte mit Zac und dem, was er verbrochen hatte, nicht mehr das Geringste zu tun haben.

Avery Smith hatte ganz recht gehabt mit dem, was sie ihr nach den Geschehnissen jenes Abends in Ashbury Manor gesagt hatte. Scarlett war tot und nichts was sie tat, würde ihre Schwester zurückbringen. Ebenso wenig wie ihre Mutter. Vergangenes war vergangen, so schmerzhaft es auch gewesen sein mochte.

Zac Ashbury hatte kurz nach seiner Verhaftung alles gestanden. Den Überfall auf Scarlett Crane, die Ermordung von vier weiteren Mädchen, den Angriff auf Pixie, deren Leben seine Mutter Tory beendet hatte. Er hatte ausgesagt, was Tory alles inszeniert hatte, um ihn vor der Verhaftung zu schützen. Seine Mutter hatte geplant, ihn zu therapieren, weil sie fest davon überzeugt gewesen war, dass sie es mit ihrem Know-how als Psychiaterin und viel mütterlicher Liebe schaffen würde, ihren Sohn dazu zu bringen, fortan ein redliches Leben zu führen. Gewaltfrei. Selbstlos. Sie war wirklich davon überzeugt gewesen, dass sie es schaffen würde, aus Zac den Sohn zu machen, von dem sie immer geträumt hatte.

Dass sie jetzt tot war, bedauerte Sienna. Sie hatte lange über Tory nachgedacht, versucht, deren Gedankengänge zu verstehen. Schlussendlich hatte sie erkannt, dass alles, was diese Frau jemals getan oder auch nicht getan hatte, einzig aus Liebe zu ihren Kindern geschehen war.

Tory mochte vielleicht für kurze Zeit verblendet gewesen sein und sie hatte in ihrer Verzweiflung Pixie getötet, um ihren Sohn weiter zu schützen, doch ein böser Mensch war sie deswegen nicht gewesen. Dessen war Sienna inzwischen sicher.

Und dann war da noch Nate …

Ihm hatte sie mit ihrer Vermutung bitter Unrecht getan. Er hatte doch nur eines gewollt: Den Frieden in seinem Heim wiederherstellen, und nachdem ihm das nicht gelungen war, hatte er sich abgekapselt. Er hatte gewusst, dass es falsch war, was Tory tat, und hatte von Anfang an darauf gedrungen, Zac der Polizei auszuliefern. Doch aus Liebe und Respekt gegenüber seiner Frau hatte er sich auf dieses gefährliche Spiel mit dem Feuer eingelassen.

Bereits nach Pipers Unfall am Teich hatte er erkannt, dass das Kartenhaus aus Lügen, das Tory um die Familie errichtet hatte, dabei war, einzustürzen. Dass er so oft nicht nach Hause gekommen war, sich mit Tory gestritten hatte, nervös und fahrig erschienen war, wenn er denn doch mal anwesend war – das verstand Sienna inzwischen nur zu gut.

Wenn sie sich heute vor Augen führte, dass der Mann, den sie all die Zeit für ein Monster gehalten hatte, in Wahrheit neben Piper der Unschuldigste von allen gewesen war, fiel sie für kurze Zeit wieder in ein tiefes Loch und marterte sich mit Selbstvorwürfen.

Wie hatte sie sich nur dermaßen in zwei Menschen täuschen können?

Nachdem Avery ihr mitgeteilt hatte, dass Nate überleben würde, sie ihn also doch nicht getötet hatte, war sie in Tränen ausgebrochen. Grenzenlos erleichtert darüber, dass sie Piper mit ihrer Kurzsicht nicht auch noch den Vater genommen hatte.

Natürlich hatte sie ihn besuchen, sich persönlich bei ihm entschuldigen wollen, doch Avery hatte ihr davon abgeraten. Immerhin wäre er ihretwegen beinahe gestorben und hatte seine Frau verloren, die er trotz all ihrer Taten und Fehler noch immer liebte.

Avery hatte sie gewarnt, dass Nate das Recht habe, sie anzuzeigen, nachdem sie grundlos auf ihn geschossen hatte. Doch die Tatsache, dass er das bis heute nicht getan hatte, zeugte wohl von seinem freundlichen Wesen, das sie in ihrer Trauer um Scarlett vollkommen fehlinterpretiert hatte.

Als sie die ersten von mindestens dreißig Stufen zu der schweren Tür nach oben schritt, fühlte sie sich kurz wieder nach Saint Just zurückversetzt. Plötzlich sah sie Piper vor sich, die sie anstarrte und keine Miene verzog.

Sie blieb stehen, schloss für den Bruchteil einer Sekunde die Augen, holte Luft. Als sie wieder hinsah, war Piper fort, doch am obersten Absatz der Treppe zum Gerichtsgebäude stand jetzt Nate, der zu ihr hinabsah. Also hatte sie sich das Kind doch nicht nur eingebildet. Nate lächelte nicht, was verständlich war, wirkte noch immer ein wenig mitgenommen.

»Hallo Sienna«, sagte er, als sie oben angekommen war und vor ihm stand.

Sie schluckte. »Wie geht es Ihnen?«, fragte sie, nur um etwas zu sagen.

»Lassen Sie uns keinen Smalltalk betreiben.«

Sienna zuckte vor seinen Worten zurück. »Natürlich, bitte entschuldigen Sie.«

Er schüttelte den Kopf, sah sie lange an. »Das müssen Sie nicht, Sie müssen sich nicht entschuldigen.«

Sienna schluckte, konnte nicht glauben, was er sagte. Setzte an, um etwas zu sagen, als er sie mit einer Handbewegung stoppte.

»Warten Sie, lassen Sie mich ausreden. Ich habe lange nachgedacht, viel mit den Polizisten und mit Zac gesprochen. Was er getan hat, ist unverzeihlich. Und Tory … ich glaube, ich bin nie so richtig schlau aus ihr geworden, obwohl ich sie so lange kannte. Sie war eine außergewöhnliche Frau.« Er stoppte, sah sie noch immer an. Nicht anklagend, sondern nur einfach ernst bleibend.

Sienna nickte. »Das weiß ich. Auch ich hatte Zeit genug, über alles nachzudenken. Tory hat nur getan, was wahrscheinlich jede Mutter getan hätte – ihr Kind beschützt. Kinder bleiben Kinder, auch wenn sie manchmal zu Monstern werden.«

Nate nickte. »Ich will nur, dass Sie wissen, dass ich gegen Zac aussagen werde. Er ist mein Junge … mein lieber Junge … aber er darf trotzdem niemals wieder einen Fuß aus dem Gefängnis setzen.«

»Danke.« Sienna schluckte hart, dann nickte sie. »Das weiß ich zu schätzen.«

»Und was Sie angeht«, er machte eine Pause, »ich habe Avery Smith gesagt, dass ich von einer Anzeige absehe. Und ich habe ihr geschildert, was an jenem Abend passiert ist. Dass es Tory war, die auf sie losging, dass Sie nicht sicher sein konnten, ob sie Ihnen ein Leid zufügen wollte. Sie mussten handeln, das weiß ich. Deswegen habe ich bestätigt, dass es sich um Notwehr handelte.«

Sienna blinzelte gegen die Tränen an. »Und Piper?«

Er seufzte. »Sie vermisst ihre Mommy, klar, und sie ist traurig wegen Zac.«

»Sie haben ihr alles gesagt?«

»Ich werde niemals wieder zulassen, dass es in unserer Familie finstere Geheimnisse oder Lügen gibt. Piper soll in dem Wissen aufwachsen, dass Ehrlichkeit und Aufrichtigkeit die beiden wichtigsten Grundpfeiler innerhalb einer Familie sind.«

»Es tut mir wirklich von Herzen leid, dass Tory tot ist. Für Sie, für die Kleine.«

»Piper wird irgendwann damit zu leben lernen, wahrscheinlich schneller als ich.«

Sienna sah ihn an. »Dann ist zwischen uns alles gut soweit?«

Nate neigte den Kopf, schien nachzudenken, nickte schließlich. »Ja. Aber wenn das alles hier vorbei ist, dann hoffe ich, dass wir beide uns niemals wiedersehen!«

Sienna schluckte, dann reichte sie Nate Ashbury ihre Hand. Er ergriff sie, hielt sie einen Augenblick lang fest.

»Was denken Sie? Werden Sie jetzt ihren lang ersehnten inneren Frieden finden?«

»Vielleicht.« Sienna hob die Achseln.

Als er ihre Hand losließ, sich umdrehte, um ins Innere des Gebäudes zu gehen, wo Piper auf ihn wartete, legte Sienna den Kopf in den Nacken und starrte in den wolkenverhangenen Himmel.

Genau in dem Augenblick brach zum ersten Mal seit Tagen die Sonne durch, kitzelte ihre Nase, wärmte ihr Gesicht.

Das wird schon alles werden, wisperte es in ihr. Mit einer Stimme, die wie Scarletts klang. *Es ist alles so, wie du es damals vorausgesagt hast, als du von zu Hause weg und zur Uni bist. Auch wenn uns Kilometer oder sogar ein ganzes Universum trennen, im Herzen sind wir trotzdem für immer vereint …*

Ende

GEWINNSPIEL

Liebe Leserin, lieber Leser, es handelt sich bei ***DER VERBOTENE RAUM*** um meinen 41. Thriller. Und natürlich freue ich mich sehr, dass es stetig mehr Leser werden :-)

Deswegen möchte ich auch diesmal wieder unter jenen meiner Leser, die nicht bei Facebook oder Instagram sind, ein Gewinnspiel veranstalten. Verlost werden insgesamt mehrere Preise (Buchpakete, Amazon-Gutscheine und vieles mehr) unter all meinen Newsletter-Abonnenten.

Wer mitmachen möchte und bereits meinen Newsletter abonniert hat, muss nichts weiter tun, da er automatisch im Lostopf ist und dies auch bei künftigen Veröffentlichungen sein wird. Alle anderen schreiben mir bitte eine Mail an:

autorin@daniela-arnold.com

und landen somit in meinem Newsletter-Verteiler und im Lostopf.

DANKSAGUNG

Ich danke meiner grandiosen Coverdesignerin Kristin Pang, für das tolle Cover! Auf eine weiterhin so fruchtbare Zusammenarbeit!

Ich danke meiner Lektorin Inca Vogt und meiner Korrektorin Ilka Bredemeier. Ihr habt wieder einmal eine wunderbare Arbeit geleistet, danke für das tolle Teamwork mit euch.

Ich danke Inca Vogt, dafür, dass sie meinen Büchern ein so wundervolles Innendesign verpasst.

Ich danke all jenen Lesern und Kollegen, die mich bei der Coverauswahl und sonstigen Problemchen unterstützt haben. Ich drücke euch von Herzen und bestimmt kann ich das auch ganz bald wieder in der Realität. Hoffen wir auf nächstes Jahr, was Buchmessen angeht.

Ich danke euch Bloggern da draußen, für all das, was ihr für uns Autoren macht. Eure Arbeit und Mühe ist so wertvoll – danke sehr!

Ich danke meinen Kollegen für das offene Ohr in Hinsicht auf Klappentext-Bastelarbeiten (das ist wirklich keine meiner Stärken). Besonderer Dank geht vor allem auch an Inca Vogt, die neben dem Buch-Layout auch noch mit wachsamen Augen über den gesamten Text geht und im Zuge dessen, schon so manchen Klopper entdeckt hat.

Ich danke meinem Sohn, der, obwohl er meine Bücher nicht liest, dennoch Verständnis hat, wenn ich mich tagelang im Büro verbarrikadiere und zickig bin wie … (mir fällt gar kein Vergleich ein, so schlimm ist das manchmal) ;-).

Nicht zuletzt, danke ich meinen Freunden, die mich aufbauen, wenn ich am Boden bin.

Eventuelle Fehler, die meinen Protagonisten bei der Ermittlung unterlaufen sind, gehen übrigens einzig und allein auf meine Kappe oder sind meiner Fantasie geschuldet. Im Übrigen habe ich mir auch in diesem Roman wieder einige künstlerische Freiheiten genommen – welche selbstverständlich nicht verraten werden.

Über Mails mit Anregungen und Kritik freue ich mich unter:

autorin@daniela-arnold.com

LESEPROBE WEITERER BÜCHER

DER KNOCHENSTRAND

ISLAND THRILLER

Daniela Arnold

Ein verwunschener Küstenort an der rauen Südküste Islands

Eine verschworene Dorfgemeinschaft voller düsterer Geheimnisse

Rätselhafte Todesfälle, die nie aufgeklärt wurden

Achtzehn Jahre liegt der schwere Unfall zurück, der Njola beinahe das Leben gekostet hätte und ihre Familie zerstörte. Bis heute leidet sie an den Folgen einer schweren Amnesie. Sie hat keine Erinnerungen an die Zeit davor.

Als sie die Nachricht vom Tod ihres Vaters erhält, kehrt sie nach all den Jahren zurück in ihre alte Heimat, nach Vik i Myrdal, dem südlichsten Dorf der isländischen Festlandküste. Dort schlägt ihr vom ersten Tag an nur Hass und Ablehnung entgegen. Noch immer scheint über dem Ort ein düsterer Schatten zu liegen, der mit mehreren Todesfällen sowie dem Verschwinden zweier junger Mädchen zusammenhängt, von denen damals nur eines knapp überlebt hat.

Je tiefer Njola in der Vergangenheit gräbt, um herauszufinden, warum ihre Familie zerbrochen ist, desto mysteriöser und gefährlicher wird es für sie. Es scheint, als trachte jemand danach, sie für immer zum Schweigen zu bringen, bevor ihre Erinnerung zurückkommt.

Erneut verschwinden zwei Menschen in dem kleinen Ort und die Situation eskaliert. Njola steht im Fokus der

Ermittlungen und die Angriffe auf sie werden immer perfider.

PROLOG

Vor langer Zeit

»Und? Hab ich dir zu viel versprochen?«

Sarah sah ihren frisch angetrauten Ehemann verliebt an. »Im Gegenteil, dieses Fleckchen Erde ist einfach traumhaft. Und du bist der beste Tourguide und der tollste Mann, den eine Frau sich nur wünschen kann.«

Jack lächelte geschmeichelt. »Ich glaube nicht, dass du auf einer einsamen Malediveninsel mehr Spaß gehabt hättest. Soweit ich weiß, gibt es da nicht mal einen Wasserfall, hinter dem man durchlaufen kann. Und dann der Geysir … war das nicht atemberaubend?«

»Und ziemlich erfrischend.« Sarah lachte. »Jedenfalls für mich. Du hast ja keine Wasserfontäne abbekommen.«

»Hey, ich hab dich gewarnt. Es gibt schon einen Grund, warum die Leute alle Abstand gehalten haben.« Er trat hinter sie, umschlang sie mit seinen Armen, küsste sie in den Nacken. »Und morgen fahren wir zur Gletscherlagune, das wird dich umhauen.«

»Vielleicht sehen wir ja ein paar Papageientaucher oder Seehunde.«

»Gut möglich. Ich wusste doch, dass du es hier lieben würdest. Gib es zu, Island ist nicht zu vergleichen mit einem schnöden Badeurlaub auf einer Insel im Indischen Ozean. Ganz zu schweigen von dem endlos langen Flug von London aus, der uns vier Tage unserer Flitterwochen gekostet hätte.«

»Aber dort müsste ich nicht frieren«, flachste Sarah. »Und ich könnte jetzt in badewannenwarmem Wasser baden.«

Jack wirbelte sie herum, sodass er ihr in die Augen sehen konnte. In gespieltem Entsetzen riss er die Augen auf. »Hab ich dir etwa die Hauptattraktion unserer Unterkunft noch nicht gezeigt?«

»Wovon sprichst du?«

Seine Augen funkelten vor Vergnügen. »Komm mit.«

Er nahm ihre Hand, zog sie in Richtung Schlafzimmer. Dort angekommen, schob er sie zur Terrassentür und nach draußen. »Siehst du das?« Er deutete auf ein kleines Nebengebäude aus Holz mit Glasdach. »Weißt du, was das ist?«

»Nein, sags mir schon.«

»Da drin ist ein Whirlpool mit 38 Grad heißem Wasser.«

Sarah drehte sich zu ihm um, lächelte überrascht. »Nicht dein Ernst!«

»Doch«, gab er zurück. »Heute Morgen hab ich die Hausordnung studiert, um herauszufinden, wo die Mülltonnen sind, und gelesen, dass ein Poolhaus zu unserer Unterkunft gehört. Außerdem gibt es eine Grillhütte auf der anderen Seite mit Blick aufs Meer.«

»Da hast du uns ja eine richtige Luxushütte gebucht.« Sarah grinste. »Bist du sicher, dass wir den Pool nutzen dürfen? Und die Grillkota?«

»So steht es jedenfalls in den Hausunterlagen.«

Sarah stellte sich auf die Zehenspitzen, küsste Jack

auf den Mund. »Dann schlage ich vor, dass wir uns zuerst was Leckeres kochen und danach ...«

»... den Pool einweihen?«

»Unbedingt!«

Knapp zwanzig Minuten später hatte Sarah einen Salat gezaubert und ein Blech Parmesankartoffeln brutzelte im Ofen, während Jack sich um das Feuer in der Kota kümmerte. Auf dem Rückweg von ihrer Tour hatten sie im Supermarkt fangfrischen Fisch gekauft, den sie mit Kräutern und Zitrone in Alufolie gewickelt grillen wollten.

Sarah deckte den Tisch im Esszimmer ihres Ferienhauses und ließ dabei ihren Blick immer wieder zum Fenster schweifen. Sie konnte sich nicht sattsehen an dem Ausblick. Aus einer Vielzahl von Mietobjekten hatten Jack und sie sich für dieses Haus entschieden, weil es fast direkt am Strand lag. Lediglich ein knapp fünfzehn Meter breiter Streifen von grasbedecktem Morast trennte das Haus von der atemberaubenden Bucht, die von schwarzem Lavagestein umgeben war.

Als sie gestern hier angekommen waren, hatte Sarah nur kurz ihre Tasche abgestellt und sich sofort auf den Weg zum Ufer gemacht. Sie war aus ihren Schuhen geschlüpft, zum Wasser gelaufen, hatte vor Schreck aufgeschrien, als eine Welle mit eiskaltem Wasser sie bis zu den Oberschenkeln durchnässte.

Auf dem Weg zurück zum Haus waren ihr die unzähligen wunderschönen großen Muscheln aufgefallen, die überall am Strand verteilt herumlagen.

Versonnen lächelnd stellte Sarah sich vor, wie sie ihr Feriendomizil damit schmücken könnte. Am besten, sie lief gleich los, um einige davon für die Tischdekoration aufzusammeln. Jack würde Augen machen, wenn sie ihrem ersten gemeinsam gekochten Mahl als Ehepaar eine verspielt romantische Note verlieh.

Schnell schlüpfte sie in ihre Jacke und Schuhe, machte sich auf den Weg zum Strand.

Der Wind schlug ihr kalt und heftig entgegen, doch anders als gestern nach ihrer Ankunft in Island störte sie sich heute nicht mehr daran. Jack hatte recht. Diese Insel hatte etwas Wildes und Raues, das sie einzigartig machte.

Was für eine Kulisse für ihre dreiwöchigen Flitterwochen! Daran würden sie sich ein Leben lang erinnern.

Beschwingt lief sie weiter, kletterte über eine Ansammlung von Lavagestein. Doch als ihre Fußsohlen den schwarzen Sand berührten, spürte sie etwas Befremdliches. Etwas war anders als gestern. Wie angewurzelt blieb sie stehen.

Woher kam dieses Unbehagen?

Verwirrt runzelte sie die Stirn.

Sah sich um.

Blödsinn, schalt sie sich selbst. Außer ihr war niemand hier. Unsicher lief sie ein paar Schritte in Richtung Ufer.

Doch je näher sie dem Strandabschnitt kam, an dem die Wellen den schwarzen Sand noch dunkler gefärbt hatten, desto heftiger atmete sie gegen ihre Panik an.

Wieder sah sie sich um.

Von hier aus erkannte sie gerade noch das Dach ihres Ferienhauses. Demnach konnte Jack sie im Moment von der Kota aus nicht sehen. Sie schlang die Arme um ihren Oberkörper, blieb unschlüssig stehen.

Was war nur los mit ihr?

Bis vor wenigen Minuten hatte sie sich so gut gefühlt. Voller Vorfreude auf das, was die nächsten Wochen für Jack und sie bereithalten würden. Sie war regelrecht aufgekratzt gewesen, vollkommen aus dem Häuschen vor Glück.

Was war seither passiert?

Warum hatte sie auf einmal das dringende Bedürfnis, wegzulaufen?

Sie horchte in sich hinein. Woher kam diese Angst?

Gehetzt sah sie sich um, bemerkte, dass weit und breit kein anderes Lebewesen zu sehen war.

Sie zuckte zusammen, als ein paar Meter weiter rechts von ihr hinter einem Felsbrocken ein Raubvogel aufstob. Ihr Blick blieb daran hängen. Irgendwas passierte da. Unzählige Tiere hatten sich dort zusammengerottet, schienen auf etwas einzuhacken. Sie konnte nicht erkennen, was es war. Die Barriere aus Lavabrocken versperrte ihr die Sicht.

Und dann roch sie es …

Fauliges Fleisch.

Bittere Galle schoss ihr den Rachen hinauf in den Mund. Sie würgte, keuchte, doch der Ekel gewann Oberhand. Sie ging in die Knie, erbrach sich auf dem schwarzen Sand zu ihren Füßen.

Als es ihr etwas besser ging, rappelte sie sich auf.

Sie zitterte am ganzen Körper, sie fröstelte, kalter Schweiß lief ihr den Rücken hinab.

Den Blick auf die Vögel gerichtet, machte sie einen Schritt nach dem anderen auf die Quelle des Geruchs zu.

Die Tiere reagierten wütend, stießen schrille Kreischtöne aus, als wollten sie ihr sagen: Bleib bloß weg, komm nicht näher!

Einer der Raubvögel erhob sich in die Luft. In seinem Schnabel trug er einen widerlichen braunen Brocken davon.

Sarah schluckte gegen die erneut aufkommende

Übelkeit an, versuchte, den immer stärker werdenden Gestank auszublenden.

Kehr um, lauf davon!

Jede einzelne Zelle ihres Körpers drängte sie, wegzulaufen, zu flüchten. Zugleich war da dieser Sog, der sie vorwärts zwang. Sie konnte nicht anders, musste nachsehen, was diese Raubvögel anzog.

Als sie über die Steinbarriere stieg, stoben die letzten Vögel mit wütendem Geschrei davon. Sarah zuckte zurück, sah den Tieren nach, dann glitt ihr Blick Richtung Boden. Ein schriller Schrei übertönte das Gekreische der Vögel. Es dauerte einen Moment, bis ihr bewusst wurde, dass sie es war, die geschrien hatte.

Rückwärts taumelnd starrte sie auf die Stelle, an der wenige Sekunden zuvor noch etliche Raubvögel und Möwen ihre Bäuche gefüllt hatten.

Sie würgte bei der Vorstellung.

Starrte mit weit aufgerissenen Augen auf den vom Wasser aufgetriebenen, blassgrauen Fleischberg vor sich.

Noch sträubte sich alles in ihr, dieses ekelhaft aufgeblähte Etwas zu benennen. Es als menschlichen Körper anzusehen.

Auf den Leib starrend erkannte sie unzählige Fleischwunden.

Ihr Blick glitt weiter nach oben.

Sie erkannte langes Haar, einen Brustansatz.

Eine Frau …

Das Gesicht von den Vögeln bis zur Unkenntlichkeit zerfetzt, schien die Tote sie aus leeren Augenhöhlen anzustarren.

Sarahs Mund klappte auf, doch sie brachte keinen einzigen Ton daraus hervor.

In ihrem Kopf formten sich Worte.

Weg! Lauf, so schnell du kannst …

VIK I MYRDAL

2001

Ein Knarzen riss ihn aus dem Dämmerschlaf. Er zuckte hoch, blinzelte. Im Fernsehen liefen gerade die Spätnachrichten.

Er tastete nach seinen Zigaretten auf dem kleinen Beistelltisch neben sich, zündete sich eine an. Als der Rauch heiß in seine Lungen strömte, seufzte er zufrieden. *Jetzt noch ein Glas Selbstgebrannten.* Doch allein die Vorstellung, sich dafür aus dem bequemen Sessel zu schälen, in die Küche zu latschen, um die Flasche aus dem Eisfach des Kühlschranks zu holen, war ihm zu mühsam. Stattdessen nahm er einen weiteren tiefen Zug von seinem Glimmstängel.

Ein Husten erschütterte seinen Körper. Augenblicklich fielen ihm die Worte seines Kollegen ein. *Irgendwann bringen die Dinger dich um!*

Wie zum Trotz nahm er einen weiteren, extra tiefen Zug, ehe er den Stummel im überquellenden Aschenbecher ausdrückte. *Ihr könnt mich mal.*

Grinsend tastete er nach der Fernbedienung, drückte die Taste des Lautsprecherreglers, als er sah, dass nach dem Ende der Nachrichten ein Krimi angekündigt war.

Wohlig ruckelte er sich in seinem tiefen Sessel zurecht, lehnte den Kopf an die hohe Lehne und freute sich auf ein paar spannende Stunden.

Ab morgen hatte er zum ersten Mal seit drei Jahren mehr als nur zwei Tage zusammenhängenden Urlaub und er würde diesen verdammt noch mal auskosten. Dazu gehörte auch, dass er sich einen Film ansah, der erst nach Mitternacht anfing.

Vor sich hin sinnend malte er sich die kommenden zwei Wochen Urlaub aus. Endlich mal nicht mehr kurz vor sechs Uhr aus den Federn kommen, sondern bis zum Mittag durchschlafen. Zeit für seine vernachlässigten Hobbys, mal wieder angeln gehen, vielleicht für ein paar Tage einen alten Kumpel in Reykjavik besuchen.

Die Kinder waren inzwischen groß genug und kamen auch mal eine Weile ohne ihn zurecht, wenngleich seine Tochter sich mit ihren fünfzehn Jahren noch bei Weitem nicht so erwachsen benahm, wie sie gerne wäre.

Er grinste nachsichtig.

Das Mädchen kam eben nach seiner Mutter, und dafür konnte es ja nichts. Sein Sohn war da anders. Er kam nach ihm, hatte schnell gelernt, was es hieß, nach ihm der zweite Herr im Haus zu sein, sich um seine jüngere Schwester zu kümmern, ihr dabei zu helfen, sich zu einer verantwortungsbewussten und anständigen jungen Dame zu entwickeln.

Während seiner Abwesenheit würde es der Junge schon schaffen, dass alles in geregelten Bahnen weiterlief, bis er zurück war.

Wieder ein Knarzen …

Er drückte die Stummtaste an der Fernsehfernbedienung, lauschte.

Nichts.

Das ist das Holz, das arbeitet, sagte er sich, schaltete den Ton wieder ein.

Doch bereits nach wenigen Sekunden stellte er den Fernseher erneut auf lautlos.

Wieder lauschte er.

Nichts.

Im Haus war es absolut still.

Warum also verspürte er auf einmal diese merkwürdige Unruhe? Mit einem Mal war er hellwach.

Er hievte sich aus dem Sessel, lief in den Gang hinaus, spitzte die Ohren.

Nichts.

Es war fast zu still.

Seine Tochter hatte sich unmittelbar nach dem Dinner wegen körperlicher Unpässlichkeiten entschuldigt und in ihr Zimmer zurückgezogen. Wenig später hatte er nach ihr gesehen, aber da hatte sie bereits geschlafen. Nur sein Sohn war mal wieder unterwegs, zog mit ein paar Kumpels um die Häuser.

Egal, dachte er, *der Junge ist einundzwanzig und alt genug. Solange er am nächsten Tag seinen Pflichten nachkommt, darf er sich auch hin und wieder mal die Nächte um die Ohren schlagen.*

Schlurfend bewegte er sich in die Küche, zog dann doch die Schnapsflasche aus dem Eisfach, nahm sie mit ins Wohnzimmer. Noch bevor er sich wieder in seinen Sessel fallen ließ, schraubte er die Flasche auf und nahm einen ersten tiefen Schluck. Er stöhnte wohlig, als die brennende Flüssigkeit seinen Rachen hinunter in seinen Magen lief, wo sich unmittelbar eine angenehme Wärme in seinem Innern ausbreitete.

Er stellte die Flasche auf den Tisch neben sich, griff nach den Zigaretten, wollte sich gerade eine anstecken, als er wieder was hörte. Kein Knarzen diesmal, viel eher eine Art Rumpeln. Es kam von draußen.

»Scheiße, verdammt«, grummelte er, warf die Schachtel auf den Tisch, stemmte sich hoch.

Dann stürmte er zur Haustür, drehte den Schlüssel

herum, trat ins Freie. In Sekundenschnelle durchdrang der eisige Wind seine Kleidung. Zitternd am ganzen Körper starrte er angestrengt in die Dunkelheit, ohne was zu erkennen. Warum hatte er nicht an seine Taschenlampe gedacht?

Verärgert schüttelte er den Kopf. Er war zu hundert Prozent sicher, dass das Geräusch von hier draußen gekommen war.

Unschlüssig blieb er noch eine Weile stehen, bevor er zurück ins Haus und seinem Sessel ging.

Zu spät fiel ihm ein, dass er nicht wieder abgesperrt hatte.

Mit einem entnervten Grunzen stützte er sich auf den Armlehnen auf, um sich wieder hochzustemmen, als er einen Schatten neben sich wahrnahm. Vor Schreck zuckte er kurz zusammen, schalt sich aber im gleichen Moment einen ängstlichen Narren und wollte nach vorne stürmen.

»Sitzen bleiben«, befahl eine schneidende Stimme.

Dann sah er ihn.

Er hatte eine Waffe in der Hand, starrte ihm hasserfüllt ins Gesicht.

»Sag mal, hast du den Arsch offen?«, stieß er schockiert und stinksauer zugleich aus. Fassungslos sah er seinem Angreifer ins Gesicht. »Leg das Ding weg, bevor ich dir deine Scheißfresse poliere.«

Ein monotones Lachen ertönte. »Glaubst du wirklich, ich hab Angst vor dir?« Die Stimme seines Angreifers klang belustigt. Er kam näher, so nahe, dass der Lauf der Waffe ihn beinahe berührte.

Sein Blick traf die Augen seines Gegenübers. Sie sahen ihm vollkommen emotionslos entgegen.

In dem Moment begriff er.

Er würde heute sterben, hier, in seinem alten, verschlissenen Ledersessel, den er so liebte.

Vermutlich an den Folgen eines Kopfschusses.

Sein Blick wanderte von den Augen seines Angreifers in Richtung Tür.

Er dachte an seine Tochter ...

Vielleicht hatte sie mitbekommen, was hier los war, und rief Hilfe herbei.

Er spürte etwas Eisiges an seiner Schläfe.

Kühles Metall auf warmer Haut.

»Sie kommt nicht«, kam sein Angreifer ihm zuvor, als hätte er seine Gedanken erraten. »Niemand wird kommen, um dir deinen fetten Arsch zu retten.«

Er stieß die Luft aus, versuchte, seinen Kopf trotz des Drucks der Waffe an seiner Schläfe so zu drehen, dass er seinem Angreifer ins Gesicht sehen konnte. »Warum?«

Dieser schien nach etwas in seiner Jackentasche zu suchen, grinste zufrieden, als er es endlich gefunden hatte. Er zog die Hand aus der Tasche hervor, streckte sie ihm entgegen, öffnete sie dicht vor seinem Gesicht.

Er wich zurück. »Woher hast du …« Dann hielt er inne, schwieg.

Schließlich stieß er die Luft aus. »Du musst das nicht tun, hörst du? Bestimmt finden wir eine …«

Ein Knall unterbrach ihn.

Dann ein scharfer Schmerz, so stark, dass er seinen Verstand umnebelte. Seine Sicht flackerte, bevor es dunkel wurde. Für den Bruchteil einer Sekunde trauerte er.

Vorbei …

Printed in Poland
by Amazon Fulfillment
Poland Sp. z o.o., Wrocław

22218948R00156